그들의 하루

그들의 하루

차인표 장편소설

차례

나고단 씨의 하루

이보출 씨의 하루

박대수 씨의 하루

독자의 하루

20년 후, 그들의 하루

개정증보판(확장판)을 내며

지난 2011년, 세 인물의 하루를 다룬 장편소설 《오늘예보》를 발표했다. 원래는 일곱 명의 하루가 거미줄처럼 엮여 있는 이야기를 구상했는데, 네 명으로 압축해서 쓰다가 탈고전 한 명을 더 제외시키고 세 명의 이야기로 출간했었다. 마지막에 누락된 한 명은 '공익 1'이라는 인물이었는데, 그는 세상으로 나오지 못한 채 노트북 한 귀퉁이에 있는 폴더 속으로 사라졌다. 폴더의 이름은 'miscellaneous', 우리말로 번역하면 '그 외 다수'였다.

당시 소설이 출간될 즈음 홍보차 라디오 프로그램에 출연한 나에게 진행자는 "작가라고 불러드릴까요? 아니면 배우라고 불러드릴까요?"라고 물었다. 나는 "10여 년쯤 지난 후에는 작가로 불리면 좋겠습니다"라고 답변을 했다. 그로부터 13년이 지났다.

그동안 발표한 장편소설 세 편 중 두 편은 절판되어 서점에서 사라졌다. 《오늘예보》도 그중 하나였다. 시간이 많이 흘렀지만 내가 소설을 쓴다는 사실을 아는 사람들은 많지 않았다. 그럼에도 '연예인이 쓴 소설'이라는 편견을 뒤로하고 읽어준 과거의 독자들께 정말 감사했다고 말하고 싶다.

"10년 묵은 나무에 꽃이 핀다"는 옛말처럼 2024년 여름, 첫 소설 《언젠가 우리가 같은 별을 바라본다면》이 역주행을 해 베스트셀러가 되면서 나의 다른 소설들도 조명을 받기 시작했다. 출판사 '사유와공감'으로부터 《오늘예보》의 복간 제안을 받은 지난여름, 누락되었던 '공익 1'을 떠올리며 노트북을 뒤졌다. 나에게는 15년 된 낡은 노트북, 8년 된 구형, 그리고 작업용으로 쓰고 있는 신형 등 총 세 개의 노트북이 있다. '공익 1'의 이야기는 낡은 노트북의 왼편 끄트머리에 있는, 좀처럼 열어보지 않던 폴더에 들어 있었다. 그 폴더에서 쓰다 만 공익 1의 이야기 파일을 꺼내 새 노트북의 바탕화면에 옮겨놓았다. 그리고 그에게 '유일'이라는 이름을 지어 주었다. 이름을 건네자, 그는 미처 생각지 못했던 이야기를 들려주었다. 그 결과 나고단, 이보출, 박대수 세 명에 정유일이 더해진 《오늘예보》의 확장판 《그들의 하루》를 발표하게 되었다.

책의 절판으로 중단되었던 《그들의 하루》가 다시 시작된 것을 자축하면서, 중단하지 않고, 포기하지 않고 오늘 하루를 살아가는 세상의 모든 그들에게, 그리고 지금 이 책을 읽고 있는 그대들에게 시 한 편을 헌사하고 싶다.

그들, 그대들, 우리들

하나 더하기 하나는 둘입니다.
둘 더하기 둘은 넷입니다.
하지만
엄마 더하기 오빠는 둘이 아니에요.
아빠랑 누나를 보태도 넷이 아니랍니다.
엄마는, 오빠는, 아빠도, 누나도 숫자가 아니니까요.

사람을 숫자로 부르지 말아요.
이름을 불러요.
누구에게나 이름이 있잖아요.

아무리 작아도, 형편이 딱해도, 보잘것없어 보여도
그들에게도 이름이 있어요.
엄마와 아빠, 누나와 오빠, 동생과 친구들,

그리고 그대와 우리.

한 명이 한 세상씩 한껏 품고 살아가는 존귀한 존재랍니다.

그러니 사람을 숫자로 여기지 말아요.

사람은 숫자가 아니에요.

그들은, 그대는, 우리는 존귀한 생명이에요.

인간이 존귀한 이유는 서로가 서로를 그렇게 대해 주기 때문인 것 같다. 한 생명이 이 세상에 태어나면 "아가야, 잘 태어났어, 잘 살아" 하며 축하해 주고, 생일이 돌아올 때마다 다시 모여 또 축하해 주는 서로가 있기에, 아플 땐 걱정 해주고, 슬퍼할 땐 위로하고, 기쁠 때는 같이 웃어주는 서로가 있기에, 마침내 시간이 흘러 세상을 떠날 때가 되면 "잘 가라고, 보고 싶을 거라고" 진심으로 울어주는 서로가 있기에…… 우리는 존귀하고 우리의 삶은 빛난다.

다만 인간이 존재가 아닌 숫자로 표현되는 요동치는 세상에서 살다 보니, 스스로가 얼마나 존귀한 존재인지 망각할 때도 있다.

그럴 때는 서로가 서로에게 끊임없이 일깨워 줘야 한다. 말을 통해, 글을 통해, 노래를 통해, 예술을 통해, 삶을 통해…….

　서로가 서로에게 살 힘을 주고, 살 힘을 얻게 하는 것, 그것
이 인간의 삶이다.

2024년 가을

차인표

작가의 말

IMF 사태로 많은 사람이 직장을 잃은 1998년 봄, 어느 평일 오후에 있었던 일이다.

봄볕을 누리며 땀을 흘리고 싶었던 나는 자전거를 타고 한강 둔치로 나갔다. 삼성동에서 출발해 여의도 방향으로 페달을 밟았다. 햇볕은 따스했고, 바람은 상쾌했다. 그러다 반포대교 부근 둔치를 지날 때 한 사람을 보았다. 허름한 신사복을 입은 중년의 남자가 벤치에 앉아 강물을 바라보며 울고 있었다.

그날 나는 여의도까지 갔다가 돌아오면서 여러 명의 남자를 보았다. 스쳐 지나가듯 보았지만 한눈에 알 수 있었다. 그들은 하나같이 강물을 물끄러미 바라보고 있거나, 하늘을 향해 한숨짓고 있거나, 울고 있었다.

노숙자가 거리에 넘쳐나고, 많은 가장이 살기를 포기해야했던 그 봄날, 나는 고통 중에 울고 있는 사람들을 풍경 바라보듯 스쳐 지나가 버렸다. 페달 밟기를 잠시만 멈추고 자전거에서 내렸더라면, 울고 있는 그에게 다가가 위로의 말 한

마디라도 건넸더라면 좋았을 텐데, 안타깝게도 그날 나는 자전거에서 내리지 않았다.

그간 셀 수 없이 많은 사람을 스쳐 보냈다. 그들에게 미안한 마음을 담아 이야기를 쓰기로 했다. 처음에는 영화 시나리오로 쓰다가, 다시 연극 극본으로 바꿔 써봤다. 결국 나의 첫 번째 장편소설인 《잘가요, 언덕》의 완고를 출판사에 넘긴 후에야 소설 형태로 다시 시작할 수 있었다. 이 이야기에 걸맞은 옷을 찾는 과정이었다고 생각한다.

2008년 여름, 책상 앞에서 나고단 씨와 형이 대화하는 부분을 쓰던 중 인터넷에 접속한 나는 포털사이트의 실시간 검색어를 보고 한동안 멍해졌다. 한 연기자가 스스로 세상을 등졌다는 뉴스가 실시간으로 어지럽게 뜨고 있었다. 그 후 동료, 후배들에게 같은 일이 연달아 벌어졌다.

여러 생각이 스쳐 지나갔다. 쓰러진 그들에게 얼마나 아프냐고 위로의 말 한마디 건넸더라면, 일어나길 기다렸다가 함께 가자고 등 한번 두드려주었다면, 울고 있는 그들의 손을 맞잡고 함께 울어주었다면, 그들은 오늘, 이 아름다운 세상에서 따스한 햇살을 마음껏 누리며 우리와 함께 숨을 쉬고 있을지도 모른다. 한 발짝 다가가서 건네는 그 말 한마디가, 먼 훗날 어떤 미래가 되어 우리 모두를 기다릴지 지금은 알

수가 없다. 지금 우리가 할 수 있는 일은 위로가 필요한 사람들을 안아주는 일뿐이다.

  글이 사람을 안아줄 순 없겠지만, 안아주고픈 그 마음을 전할 수 있다고 믿기에 나는 이 글을 끝까지 썼다. 집필 과정은 천지를 창조한 신의 권력을 마음껏 누려보는 영광과 시작한 창조를 끝내기 위해 눈에 보이지 않는 것을 끊임없이 형상화해야 하는 고통이 교차하는 시간이었다. 처음 쓰기 시작했을 때는 일곱 명의 주인공이 등장했지만, 치열한 서바이벌을 통해 살아남은 세 명의 주인공의 이야기가 이 책에 담겼다. 지난 몇 년간, 나는 나고단, 이보출, 박대수, 이 세 인물과 많은 대화를 나누었다. 때로는 낄낄거리며 웃고, 때로는 훌쩍이며 울었다. 이 책을 읽는 분들도 그랬으면 좋겠다. 때로는 낄낄거리며 웃고, 때로는 훌쩍이며 울고……. 혼자가 아니라 함께 말이다. 결국 부대끼며, 의지하고, 서로 토닥거리며 끝까지 살아야 하기에. 휴식은 할 수 있지만 절대로 중단해서는 안 되는 것, 그것이 인간의 삶이다.

2011년 6월
차인표

나
고
단
씨
의
하
루

||||

꿈

독일 프랑크푸르트에서 태어난 프랑스 국적의 생명공학자 앙드레 쥬거 박사가 설립한 '인간수명연장연구소'를 찾아갔다. 아래위로 온통 검은색 옷을 입은 거구의 앙드레 쥬거 박사가 커다란 책상 뒤에 앉아 내 차트를 검토하고 있었다.

"나고단 씨?"

쥬거 박사가 나를 아래위로 훑어보더니 이름을 확인한다.

"네."

"희망 수명을 96세로 적었네요?"

"네."

"만약 검사 결과 본인의 실제 수명이 적게 나올 경우 96세까지 연장하겠다는 뜻인가요?"

"네."

"왜요?"

"왜요, 라뇨?"

"왜 자신에게 주어진 한계 수명보다 더 살려 하냐고요?"

"그거야, 인간이 오래 살고 싶어 하는 건 당연한 거 아닌가요? 살고 싶다는데 다른 설명이 필요한가요?"

"흠, 정 그러시다면……."

앙드레 쥐거 박사는 나를 MRI 기계같이 생긴 원통 모양의 검사기 속에 눕힌 뒤, 내 몸과 뇌를 샅샅이 훑어가며 검사했다. 나무로 치면 나이테를 확인하듯 층층이 스캔 된 내 신체의 단면이 출력되었고, 이 자료를 토대로 앙드레 쥐거 박사는 나의 실제 수명을 계산해 내었다.

"나고단 씨, 올해로 만 46세라고 했죠?"

"네. 사실 어제로 46세가 되었죠. 어제가 제 생일이었거든요."

"흠……."

"왜요? 제 실제 수명이 연장할 필요가 없을 정도로 길게 나왔나요?"

"나고단 씨의 실제 수명은 24,179,040분, 시간으로 환산하면 402,984시간으로 관측되었습니다."

"그게 몇 살까지 살 수 있다는 뜻인가요?"

"일수로 계산하면 16,791일. 이 값을 365로 나누면…… 46년 하고 하루를 더 살 수 있다고 나오는군요."

"46년 하고 하루요? 그럼 어제가 마흔여섯 번째 생일이었으니까, 오……늘인데! 오늘까지가 내 한계 수명이란 말입니까? 오늘이 이 세상에서 보내는 마지막 날이란 말이에요?"

갑작스러운 괴소식에 놀라 순간적으로 과호흡 상태가 된 나는 숨넘어가듯 물었다.

"나고단 씨의 출생 시각을 기점으로 계산했을 때, 만약 옛 기록이 정확하다면, 분으로 환산해서 남은 시간은 20분입니다."

어이가 없다. 고작 마흔여섯에, 그것도 앞으로 20분 후에 죽을 운명이라니.

"저기요, 박사님. 수명 좀 빨리 연장해 주십시오. 지금 당장이요!"

20분 남았다는 앙드레 쥬거 박사의 말에 화들짝 놀란 나는 박사를 재촉했다. 박사는 책상 서랍에서 식당 메뉴판처럼 생긴 패널을 하나 꺼냈다. 그것은 일종의 가격표였다.

수명 연장 메뉴(부가세 별도)

2년 수명 연장 시	전문의 시술 (시술 경험 100회 이상) ⋯⋯▸ 2억 5천만 원
5년 수명 연장 시	부원장 시술 (시술 경험 500회 이상) ⋯⋯▸ 6억 원
10년 수명 연장 시	앙드레 쥬거 박사 시술 (시술 경험 1,000회 이상) ⋯⋯▸ 10억 원

"나고단 씨의 경우 96세까지 수명 연장을 하려면, 자신의 원래 수명보다 50년을 더 연장해야 하니까, 50억 원이 들겠군요. 지급은 뭘로 하시겠어요? 비자? 마스터? 현금으로 할 경우 10퍼센트 빼 드릴게요."

"저…… 제가 지금 당장은 수중에 돈이 없는데, 나중에 드리면 안 될까요?"

하얀 벽에 걸린 시계의 초침이 째깍째깍 쉬지 않고 움직였다. 앙드레 쥬거 박사가 피식 웃으며 대답했다.

"현금 말고 카드로 결제하면 되잖아요, 신용카드로."

"제가 현재 신용불량 상태라서 카드가 없어요. 대신 앞으로 닥치는 대로 일해서 빠른 시일 내로 갚을 테니까 일단 먼저 좀 살려주세요. 시간이 얼마 남지 않았잖아요. 50년까지는 필요 없고요, 한 5년만 더 살게 해주세요, 네?"

째깍째깍. 앙드레 쥬거 박사는 도저히 이해할 수 없다는 표정으로 나를 한동안 바라보더니 불쑥 한마디를 뱉었다.

"돈 없어?"

갑자기 쥬거 박사의 말끝이 짧아졌다. 말랑 젤리 같던 말투는 구두 밑창처럼 질겨졌고, 봄볕처럼 온화하던 얼굴은 돌처럼 굳어졌다.

"네, 지금 당장은 돈이 없어요. 제가 사실……."

"그럼 집이라도 팔아서 돈을 마련해 왔어야지. 수명을 연장하고 싶다는 사람이 빈손으로 오면 어떻게 해?"

"집이 없습니다. 제가 현재는 가진 것 없는 노숙자거든요."

"가난해?"

"네. 죄송하지만 가난해요."

"가난한데 왜 더 살려고 그래?"

앙드레 쥬거 박사는 도저히 이해할 수 없다는 표정을 지으며 내게 물었다. "가난한데 왜 더 살려 하냐?"라는 박사의 질문에 명치를 한 방 맞은 것처럼 숨이 기도에서 턱 하고 막히며 마땅한 답이 떠오르지 않았다. 나는 잠시 머뭇거리다가 답했다.

"그건⋯⋯ 박사님께서 제 수명이 20분밖에 안 남았다고 하시니까 저로서는 당연히 더 살고 싶은 거잖아요. 몰랐을 때는 어쩔 수 없지만 알게 된 이상 일단 급한 불은 꺼놓고 봐야 하잖아요? 사람 목숨은 다 똑같이 소중한 거잖아요. 그렇죠, 박사님? 박사님은 많이 배우셨으니까 잘 아실 거 아니에요? 이 세상 누구나, 설령 아주 하찮아 보이는 사람이더라도, 자기 목숨은 소중한 거잖아요. 5년이 힘들면 1년이라도 더 살게 해주세요. 네? 정말 일해서 갚을게요."

째깍째깍. 말하는 사이에 벽시계의 초침이 원을 열 번 돌았다. 이제 10분 남았다. 벽시계를 올려다보며 시간을 확인한 쥬거 박사는 손목시계를 내려다보며 시간을 재확인한 후

내게 답했다.

"나고단, 당신 말은 절반은 맞고 절반은 틀렸어. 누구에게나 자신의 목숨이 소중한 건 사실이지만, 남에게는 그 목숨의 주인이 누구냐에 따라 소중할 수도 있고, 소중하지 않을 수도 있는 거야."

이 무슨 궤변이란 말인가? 목숨은 소중하지만, 사람은 그렇지 않을 수도 있다니. 인간은 공산품이 아닌데, 어떻게 인간의 목숨에 가격을 매길 수 있단 말인가?

"됐어요. 다음 환자 기다리고 있으니까 그만 나가요."

박사의 말은 다시 존대로 바뀌었다. 사무적이고 냉정한 말투와 표정으로 대화를 마무리 짓겠다는 통보를 하는 것이다. 그는 더 이상 나와 눈 마주치기를 거부한 채 다음 환자의 차트를 펼쳐 읽기 시작한다.

"선생님, 그럼 반년만, 아니 그게 어려우면 한 달만이라도 더 살게 해주세요."

박사는 대답이 없다.

"선생님, 일주일만 더 살게 해주세요. 네? 딱 일주일만 도와주십쇼. 살려주세요."

역시 대답이 없다. 이제 5분 남았다.

"선생님, 그럼 내일모레까지만이라도, 아니 내일까지만이라도요. 유서 쓸 시간은 있어야 할 것 아니에요. 시간 가잖아요. 제발 살려주세요."

박사는 미동도 없이 다른 환자의 차트를 읽어 내려갔다.

박사가 말한 20분이 다 되어간다. 나는 급한 마음에 호주머니를 뒤졌다. 500원짜리 동전 한 닢이 만져졌다. 어제저녁에 신도림역에서 한 초등학생이 내가 내민 바구니에 떨구어준 동전이다.

"박사님, 그럼 500원어치만이라도 더 살게 해주세요! 마지막 인사라도 할 수 있게요!"

500원짜리 동전을 박사의 책상에 던지듯 내려놓자, 앙드레 쥬거 박사는 그제야 고개를 들어 나를 보았다. 그리고 말했다.

"누구한테 마지막 인사를 할 건데요?"

마땅히 누구한테 해야 할지 떠오르지 않았다. 아니, 아무도 떠오르지 않았다.

"치……친구요."

"수명 연장은 분당 475원이 들어요. 그러니까 이 돈이면 1분 더 연장해 드릴 수 있겠네요. 2층으로 내려가서 수납 창구에 돈부터 내고 오세요."

"맙소사. 시간이 없잖아요. 수납 창구까지 내려갈 시간이……. 시간이 없다고요. 그냥 좀 살려달라고요."

나는 절규했다.

오전

20년 전 어느 날.

오늘은 오랫동안 생각해 왔던 일을 실행에 옮기는 날이다. 그런데 너무 일찍 깼다. 셋까지 세지 않고 하나에 셔터를 눌러버린 성급한 사진사처럼, 신은 내 생애 마지막 날을 너무도 빨리 밝혀버렸다.

잠에서 깨어보니 새벽 4시 반. 꿈에서 얼마나 소리를 질렀는지 목구멍이 쓰라리다. 갑자기 김이 모락모락 나는 막 지은 흰 쌀밥에 파김치 한 조각을 얹어 먹고 싶어서 이 궁리 저 궁리 하다가 용산의 밥퍼로 향했다.

내가 밥퍼에 도착한 시간이 아침 6시 반이었는데, 그 이른 시각에 벌써 길바닥에 앉아 밥을 기다리는 인간들이 백 명도 넘는다. 배고픈 인간들이 왜 이렇게 많은지. 부지런들도 하다. 공짜 밥 한 그릇 먹겠다고 새벽 5시부터 와서 기다렸단다. 새벽 공기가 만만찮게 쌀쌀했다. 코를 푸는데, 왼쪽 코에서 피가 섞여 나왔다. 가래를 뱉으니 시꺼멓고 묵직한 덩어리가 튀어나온다. 초여름인데도 새벽에는 아직 쌀쌀하다. 금방 지은 쌀밥에 뜨거운 시래기 된장국 한 그릇 먹으면 좋으련만, 시간이 나무늘보 하품하듯 엉금엉금 기어간다. 7시쯤 되니까 자원봉사자들이 나타났다. 여자, 남자 합쳐서 열 명쯤 되어 보인다. 커다란 자루에 가득 찬 고사리랑 숙주를 고무 대야에 부어 넣고 양념 기름에 비빈다. 꼼꼼하게 비벼라, 응? 니들 입으로 들어간다고 생각하고 잘 좀 비벼. 나물 무치는 걸 구경하고 있는데 마른입에 저절로 침이 가득 고였다.

8시 정각에 식당 안으로 입장하게 해주었다. 한 번에 백 명쯤 앉아 밥을 먹을 수 있는 식당은 갓 지은 쌀밥 냄새로 가득했다. 구수한 냄새 때문에 아무리 삼켜도 계속 침이 고였다. 그래, 금방 지은 쌀밥에 따뜻한 국 한 그릇 두둑하게 먹자. 마지막으로 배불리 먹고, 하려던 일을 실행에 옮기자.

빈 식판을 앞에 놓고 앉아 밥 기다리는 인간들을 보니 한숨이 절로 나온다. 인간이 백 명이니까 입이 백 개, 이름도 백 개, 사연도 백 가지. 근데 어쩌면 전부 비슷하게 생겼냐? 마치 공장에서 찍어낸 것처럼 닮았다. 차림새, 생김새, 냄새가 전부 닮았다. 왜 그러냐고? 딱 일주일만 길에서 살아보면 알게 될 거다. 궁금하신 분은 꼭 한번 몸소 체험해 보도록.

제각기 할 말이 많겠지. 그래, 할 말들 많을 거다. 자신이 왜 지금 요 모양 요 꼴로 여기에 앉아 있는지 할 말 많을 거야. 그런데 아무도, 아무 말도 하지 않는다. 분명 공짜 아침밥을 먹으며 매일 마주칠 텐데 말이다. 하나같이 입을 닫고, 시선은 빈 식탁에 고정한 채, 조용히 앉아 배식을 기다리고 있다. 아닌 체하고 있는 것이다. 그러니까 이 시간에 밥 얻어먹겠다고 앉아 있으면서도 '난 니들과는 달라, 피치 못할 사정이 있어'라는 표정을 짓고 있다.

왜 그런지 안다. 그 심정, 충분히 이해한다. 서로가 서로를 모른 체하고 눈도 마주치지 않으려 하는 이유는 부끄러움 때문이 아니다. 부끄러움은 이미 배고픔이 먹어버렸다. 그런데 인간에게는 배고픔보다 더 견디기 힘든 것이 있다. 억울함이다. 무엇이 억울하냐고? 자신이 여기에 앉아 있는 수많은 사람과 동급으로 여겨진다는 것이 죽도록 억울한 것이다. 여기 앉아 있는 우리는 이름은 다 다르지만, 모두 싸잡아서 세 글자로 불린다. 노숙자. 건너편에 앉아 돋보기 쓰고 〈가로수〉를 읽고 있는 노인도 노숙자, 그 옆에 앉아 덥수룩한 머리를 박박 긁고 있는 아랫배가 비정상적으로 튀어나온 여자도 노숙자, 그리고 나도 노숙자. 그것이 견딜 수 없이 억울한 것이다. 어떻게 그렇게 잘 아느냐고? 초등학교 시절, 친구들과 선생님이 나의 기억 깊숙이 심어놓은 독 가시 때문이다.

초등학교에 입학하면서부터 작은 키 때문에 1번은 줄곧 내 차지였다. 3학년 때는 9번이었는데, 키가 아닌 이름순으로 번호를 정했기 때문이다. 다음 해에는 다시 1번으로 복귀했다. 우리 반 여자애들 남자애들을 통틀어서 내가 제일 작았다. 5학년 때 머리가 반질반질한 군인이 대통령으로 취임하더니, 우리 학교에 느닷없이 민주화 바람이 불었다. 우리 반은 남자 30명, 여자 31명 해서 총 61명이었는데, 여름방학이 지나고 학교에 나가니까 선생님이 우리에게 각자 개인 소지품을 모두 들고 칠판 앞으로 나오라고 했다. 우리나라는 비로소 민주국가가 되었기 때문에 우리도 민주적으로 짝을 찾아야 한다는 것이다. 새 학기부터 스스로 짝을 정하도록 교육부에서 지침이 내려왔다면서, 각자 짝이 되고 싶은 아이의 손을 잡고 아무 자리에나 앉으라는 것이다. 단, 여자 남자 섞어서 앉으라고 했다. 선진국에서는 다 그런다고 말이다. 그리고 선생님은 팔짱을 끼고는 우리를 지켜보았다.

느닷없는 '민주식 짝짓기'라는 룰에 적응하지 못한 우리는 처음에는 쭈뼛쭈뼛 서로 눈치만 보았다. 그러다가 언제나 솔선수범하던 남자 반장 녀석이 여자 부반장의 손을 잡고 가운뎃줄 맨 앞자리에 앉았다. 아이들이 환호성을 질렀다.

잠시 후 총무부장 하는 남자애가 미화부장 하는 여자애와 손잡고 가서 앉고, 다음에는 축구 잘하는 남자애가 공부 잘하는 여자애랑 짝이 되고, 영어 잘하는 애는 교감 선생님 딸이랑, 카펫 회사 사장 아들 녀석은 제일 예쁜 애랑 짝이 되어 자리에 앉았다. 빈 책상이 점점 채워지고 칠판 앞에 서 있는 아이들의 숫자가 줄어들면서, 난 슬슬 불안해지기 시작했다. 애써 여자아이들이랑 눈을 마주쳐 보려 했지만, 여자아이들은 나에게 관심이 없었다. 난 구원의 손길을 기다리듯 선생님을 쳐다보았다. 그러나 선생님은 꿈쩍하지도 않고 팔짱을 낀 채 빙글빙글 웃으며 상황을 지켜볼 뿐이었다.

칠판 앞에 서 있는 아이들의 숫자가 현저히 줄어들었다. 믿는 구석은 있었다. 내가 아무리 여자애들한테 인기가 없어도 나보다 찌질한 남자애들이 우리 반에 두 명은 더 있었기 때문이다. 흘리개와 딱지코, 최소한 그 아이들보다는 덜 비호감일 테니까.

흘리개는 만날 코를 찔찔 흘려서 콧구멍 아래에 콧물이 말라붙어 있던 아이였다. 게다가 동작까지 굼떠서 항상 아이들의 놀림감이 되는 대표적인 찌질이었다. 딱지코는 수시로 콧구멍을 쑤셔서 파낸 코딱지를 책상이나 걸상 다리에 쓱 묻혀 놓는, 지저분한 걸로는 종결자라고 할 만한 아이였다. 가끔 코를 너무 깊게 파서 코피를 흘리기까지 했다. 비록 남자 여자 통틀어서 내 키가 제일 작다고 해도, 그래서 별로 인기가 없다고 하더라도 흘리개와 딱지코 둘만큼은 이길 자신이 있었다.

이제 총 일곱 명이 남았다. 교탁을 중심으로 왼편에는 여자아이 네 명이 서 있었고, 오른편에 흘리개와 딱지코 그리고 내가 서 있었다. 네 명의 여자애 중 그나마 상태가 가장 나은 미경이라는 아이가 마지못해 걸어 나오더니 셋 중 아무나 오라는 듯 남자아이들을 쳐다보지도 않은 채 보일락 말락하게 손가락을 내밀었다. 망설여졌다. 내민 손을 덥석 잡고 이 자리에서 탈출하고 싶은 마음은 간절했으나, 미경이의 얼굴을 보는 순간 자존심이 확 상했다. 미경이는 마치 똥 묻은 기저귀를 옮기는 양 인상을 있는 대로 찌푸리고, 남학생들을 철저하게 외면한 채로 손가락 한 개만 삐죽 내밀고 있었다. 세 명 다 비호감이긴 마찬가지니까 될 대로 되라, 완전 이 짝이었다. 결국 동작이 굼뜨기로 유명한 흘리개가 어슬렁어슬렁 걸어가서 미경이의 손을 잡았다.

흘리개마저 짝짓기에 성공하고 자리를 찾아 들어가 버리자, 갑자기 피곤이 몰려오더니 심신이 노곤해지고 동공이 풀리면서 다리가 후들후들 떨리기 시작했다. 마지막 자존심이 무너졌다고나 할까. 최소한 내가 흘리개보다는 인기가 있을 줄 알았는데……. 나와 흘리개를 같은 수준으로 취급한 미경이가 원망스러웠다. 진즉에 짝짓기를 성공적으로 끝내고 자리에 앉아 여유를 부리는 수많은 친구도 얄미웠다. 가장 미운 사람은 그놈의 팔짱을 절대 안 풀고 다리를 꼰 채 의자에 앉아 빙글빙글 웃으며 우리를 바라보던 담임선생님이었다.

이제 짝짓기에 성공하지 못하고 칠판 앞에 남은 남자아이는 수시로 콧구멍을 쑤시는 딱지코와 나, 이렇게 둘뿐이었다. 여자애는 셋이 남아 있었다. 씨름부 주장하는 덩치가 엄청 큰 애, 늘 화나 있는 애, 그리고 코트디부아르에서 온 애. 팽팽한 긴장감이 감돌았다. 민주식 짝짓기, 이 이벤트는 결국 우리 반 최고의 비호감을 뽑는 공개 콘테스트였던 셈이다. 너무 잔인했다. 숨 막히도록 수치스러웠다.

씨름부 주장 하는 덩치가 엄청 큰 여자애가 다가왔다. 그래, 덩치가 내 두 배 만해도 좋다. 나를 데려가 줘, 제발. 내가 딱지코보다는 낫잖아? 난 코 안 파. 애원하는 눈길로 여자애를 바라보았다. 눈이 마주치기에, 어색하게 씩 웃어줬다. 그런데…… 분명 나와 눈이 마주쳤던 그 애의 눈동자가 옆으로 슬그머니 움직이는가 싶더니, 딱지코의 손을 잡았다. 1년 365일 코딱지를 파는 그 지저분한 손을 덥석 잡은 것이다. 책상에 앉아 구경하던 아이들이 '와아' 함성을 질렀다. 덩치가 엄청 큰 애의 손에 이끌려 자리로 걸어가는 딱지코가 나를 향해 브이 자를 그려 보였다. 절망했다. 칠판 앞에는 늘 화나 있는 여자애와 코트디부아르에서 온 여자애 그리고 나, 이렇게 셋만 남았다. 그제야 선생님이 한마디 했다.

"어떻게 할래? 어차피 짝이 안 맞는데, 너희는 그냥 너희가 알아서 앉아라."

얼마나 기다렸던 한마디인가. 진즉에 그렇게 말해 주지. 알아서 앉는 게 진짜 민주주의 아닌가. 선생님의 말씀이 떨어지기가 무섭게, 늘 화나 있는 여자애가 코트디부아르에서 온 여자애의 손을 잡고 빈 책상을 찾아 들어가 버렸다. 난 소지품을 들고 홀로 칠판 앞에 한동안 서 있었다. 한 발짝도 움직일 수 없었다. 한 발만 움직이면 자리에 앉아 있는 아이들이 와르르 웃음을 터뜨릴 것만 같았다. 그런데 그 순간, 나를 견딜 수 없을 만큼 짓누른 것은 마지막까지 선택받지 못한 것에 대한 부끄러움이 아니었다. 그것은 부끄러움보다 훨씬 무거운 느낌이었다. 억울함이었다. 우리 반 여자애들이 그동안 나를 흘리개나 딱지코보다 하급으로 여겼다는 것에 대한 억울함 말이다. 도대체 아이들의 기준이 무엇인지 한 명 한 명 붙잡고 따지고 싶었다. 물론 그럴 수 없었다. 왜냐? 대중은 항상 옳은 법이니까.

점심시간이 되었다. 남녀 두 명씩 짝을 지어 앉아 있는 교실에서 홀로 앉아 있는 것이 창피했다. 그래서 도시락도 먹지 않고 무작정 교실을 나왔다. 마땅히 갈 데가 없어서 형을 찾아갔다. 형은 나보다 한 살 많은 6학년이었다. 6학년 국화반 앞에서 창문 너머로 형을 찾았다. 남자 여자 섞여서 모두 자리에 앉아 도시락을 먹고 있는데, 우리 형만 맨 뒤에 혼자 앉아 있었다. 6학년들도 민주식 짝짓기를 한 모양이다.

그날, 집으로 돌아오는 길에 형에게 물었다. 도대체 아이들이 누구를 좋아하고 안 좋아하는 기준이 무엇인지. 형이 한참을 생각하다가 나에게 되물었다.

"고단아, 뱀 좋아하냐?"

"뱀, 먹는 거?"

"아니, 그냥 뱀 좋아하냐고."

"아니, 싫어하는데."

"혹시 뱀한테 물린 적 있냐?"

"아니, 없는데."

"그런데 왜 싫어해?"

마땅히 대답할 말이 없었다.

"그냥 싫지?"

"응."

"남들이 싫다고 하니까 무조건 싫지?"

"응."

알쏭달쏭한 말이었다.

난 공식적으로는 노숙자가 아니다. 몇 달 밀리기는 했지만, 월 15만 원씩 내고 창신동 쪽방에서 살아왔다. 난 대학도 나왔다. 대학을 졸업하고 방위로 군대 갔다 온 후 취직했다가 별 볼 일 없어서 잘 나가는 나이트에서 웨이터도 했었는데, 그때 조금 모은 돈으로 식당을 차렸다가 쫄딱 말아먹었다. 내 나름대로 열심히, 치열하게 살았는데, 지금 남은 것이라고는 수중에 있는 동전 몇 개 하고, 여기저기서 끌어다 쓴 빚이…… 얼마더라? 오천인가, 칠천인가? 계산이 잘 안되네. 사실 계산할 필요도 없다. 오늘이 지나면 앞으로 영원히 돈 걱정은 할 필요가 없을 테니까.

침이 꼴깍꼴깍 넘어간다. 잘 넘어간다. 조금만 기다리면 침 넘어가던 이 목구멍으로 따스한 쌀밥 한 덩어리가 꿀꺽 넘어갈 것이다. 오늘 자원봉사자들은 화정에 있는 무슨 교회에 다니는 교인들이란다. 자원봉사자들이 한 줄로 서서 자기들이 한 밥을 먹어줘서 고맙다고 우리한테 인사를 한다. 공손한 것들. 그래, 알았으니까 이제 그만 인사하고 밥 좀 빨리 줘. 에이, 이번에는 기도하잔다. 그래, 해야지 뭐. 얼른얼른 하고 빨리 밥 먹자.

"네. 누구신지 모르지만 감사하고요. 아멘."

드디어 배식이 시작됐다. 초록색 조끼를 입은 자원봉사자들이 음식 뒤에 일렬로 서서 밥과 국을 퍼 준다. 하나같이 미소를 띠고 인사를 한다.

"형제님, 사랑합니다."

"자매님, 많이 드세요."

뭐야? 저 사람들도 성이 죄다 나 씨야? 내가 모르는 내 핏줄이 저렇게 많았나? 우리 아버지가 그렇게 정력이 좋았나? 그래, 뭐라고 불리면 어떠냐? 밥을 준다는데.

그런데…… 어라? 밥솥 뒤에서 생글생글 웃으며 밥을 퍼 주는 저 여자……. 어디서 많이 본 것 같은데…… 어디서 봤더라? 어디서…… 봤더라? 설마…… 설마…… 아니겠지?

줄이 점점 짧아지면서, 밥 퍼 주는 여자의 얼굴이 확실하게 보인다. 가슴팍에 달고 있는 자원봉사자 명찰을 보니 이름이 적혀 있다. 김옥희.

맞다.

캠퍼스 커플로 대학교 때 700일 동안 손 꼭 붙잡고 다녔던 첫사랑 김옥희가 맞다.

그날은 꽃들이 망울을 잔뜩 머금은 봄의 초입이었고, 4년제 대학 지방분교에 입학한 내가 장거리 등교를 시작한 첫 주였다. 서울역에서 출발할 때부터 경기도 모처에 있는 지방분교로 향하는 스쿨버스에는 빈 좌석이 없었다. 좌석 빼곡히 앉은 학생들은 책을 읽거나, 잠을 청하거나, 차창 밖을 내다보거나 했다. 버스 기사가 틀어놓은 라디오방송에 한 여가수가 나와 '86 아시안 게임과 88 올림픽의 성공적인 개최를 염원하며' 시원하게 노래를 불러 젖혔다. 온 국민이 '성공적인

86 아시안 게임과 88 올림픽을 대비'하면서 숨을 쉬고, 말을 하고, 노래를 부르던 시절이었다.

버스는 강남역을 경유하며 학생들을 더 태웠다. 강남에서 타는 학생들은 강북에서부터 타고 온 나를 포함한 무리와 두 가지 '새'가 달랐다. 첫째는 차림새. 그들은 티셔츠 한 장을 입거나 운동화 한 켤레를 신어도 누구나 알 수 있는 메이커 제품을 착용했다. 마치 백화점에서 막 구입해 온 새 옷처럼 의복은 깔끔했고 고급져 보였다. 여학생들은 약속이나 한 듯이 워크맨이나 마이마이 같은 소형 카세트 라디오를 지니고 있었고, 아주 중요하고 비밀스러운 무언가를 듣고 있는 듯 양 귀에는 하얗고, 빨갛고, 노란 이어폰을 꽂고 있었다.

둘째로 냄새가 달랐다. 강남에서 타는 학생들에게서는 수입산 비누 냄새인지 로션 냄새인지 모를 은은하면서 부티 나는 향기가 느껴졌다. 아침부터 버스 두 번 갈아타고 오느라 땀에 찌든 나한테서 풍기는 쉰내와는 차원이 다른 향기였다. 나만 그렇게 느끼는 게 아닌 듯했다. 강북에서 스쿨버스를 같이 타고 온 남자애들끼리 떠드는 소리를 들었다. 강남역에서 스쿨버스에 올라타는 한 여학생에 관한 소문이었는데, 그 여학생은 집에서 물 대신 야쿠르트를 욕조에 채워 목욕한다는 이야기였다. 그래서 유독 그 여학생 피부에서 광이 나고 달콤한 냄새가 풍긴다고 했다.

"아무리 돈이 많아도 그게 가능하냐?"

"가능할 수도 있지. 이건 돈 문제가 아니라 노력 문제 아닐까?"

얘기에 열중한 남학생들은 실제로 계산을 시전했다.

"야쿠르트 한 병에 65밀리리터, 욕조 웬만한 게 240리터니까, 삼분의 이만 채운다고 계산하면 야쿠르트 2,500병이 들어가네?"

"그 많은 병을 전부 까서 욕조에 쏟아부으려면 서너 시간은 걸리지 않을까?"

"자기가 까겠냐? 일하는 아줌마나 식모 시키겠지?"

"빈 병은 어떻게 처리하냐? 목욕할 때마다 2,500병씩 나올 거 아냐?"

"자기가 처리하겠냐? 집사나 운전사가 처리하겠지."

"어휴, 모르겠다. 잠이나 자자."

다리 하나 건너면 강북에서 강남으로 갈 수 있었지만, 그 시절 강남은 야쿠르트로 목욕하는 공주가 살고 있는 미지의 세계로 느껴졌다.

등교 일주일째 되던 날, 스쿨버스 좌석에 앉아 졸고 있는 나의 코끝에 야쿠르트가 아닌 철 이른 라일락 향기가 스며들어 왔다. 올려다보니 옥희가 내 앞에 서 있었다.

지금은 없어졌지만, 그 옛날 유명했던 죠다쉬에서 나온 블랙진에 진회색 스웨터를 입고 커다란 가방을 멘 그녀는 버스 창밖으로 지나가는 무언가를 바라보며 생글생글 웃고 있었다. 나도 그녀가 바라보는 쪽으로 눈을 돌렸다. 아무것도 없었다. 거리의 풍경이 휙휙 지나갈 뿐, 웃을 거리는 아무것도 없었다. 다시 그녀를 올려다보았다. 그녀는 아직도 생글거리고 있었다.

　'웃기지도 않은데 어떻게 웃을 수 있을까……'

　생글거리는 그녀에게 갑자기 강한 호기심이 일었다. 그래서 말을 걸었다.

　"저기요."

　"네?"

　"가방…… 받아줄까요?"

　"네, 감사해요."

　그녀의 가방이 내 무릎에 놓였다.

　며칠 후, 우리는 목련꽃 핀 밤길을 함께 걸었다. 옥희의 손을 잡을까 말까 몇 번을 망설이다가 살며시 잡았더니 옥희가 기다렸다는 듯 손깍지를 끼워 주었다. 달빛을 받아 반짝이는 하얀 목련꽃이 봄바람에 흔들리며 우리의 출발에 환호했다. 그렇게 시작된 그녀와 나의 사귐은 장장 700일 동안 계속되었다.

그리고 비가 억수로 쏟아지던 어느 겨울날, 헤어졌다. 나는 잠시 외도를 했고, 옥희한테 딱 걸렸다.

"고단아, 어쩜 네가 나한테 이럴 수가 있니?"

그냥 미안하다고, 다시는 안 그런다고 대답해야 했다.

그러나 기억 속에 박혀 있는 그 망할 놈의 독 가시 때문에 나는 마음에도 없는 엉뚱한 대답을 하고 말았다.

"그냥 동친이라고. 동네 친구."

"근데 손은 왜 잡았어?"

"잡을 만하니까 잡았어. 왜? 키 작은 놈은 바람도 못 피우냐? 못 피울 줄 알았냐? 나, 인기 많아. 너 아니어도 잘 살 수 있거든?"

눈물을 글썽이던 옥희는 잠시 생각하다가 작별 인사를 하며 일어섰다.

"맞아, 고단이 넌 내가 감당할 수 없을 만큼 멋지니까…….잘 살아."

나는 멀어지는 옥희의 뒷모습에 말을 건넸다.

'옥희야, 너 후회할 텐데.'

"비는 내리고 소나기 되어 하늘을 찢을 듯한데, 이대로 떠나면 후회할 텐데, 먼 훗날 후회할 텐데."

그날, 옥희를 보내고 돌아오는 버스 안에서 이문세의 노래가 흘러나왔다.

줄이 점점 줄어들면서, 입안 가득 고였던 침이 바싹 말라간다.

어떡하지? 20년이 넘게 흘렀는데 날 알아볼까? 그냥 갈까? 나는 빈 식판을 만지작거리며 상황을 판단한다. 줄이 자꾸 짧아진다. 빨리 결정해야 한다. 그냥 갈까? 근데 그냥 가기엔 너무나 배고프다. 밥 먹고 싶다. 따스한 밥, 이거 먹으려고 창신동에서 여기까지 왔는데……. 맞다. 그냥 가기엔 너무 아쉽다. 이 세상에서 마지막으로 먹는 밥인데……. 먹고 싶다, 따스한 밥.

알아볼까? 못 알아볼까? 갈까? 말까?

망설이는 사이 나는 어느새 김옥희 앞에 서 있다. 구수한 밥 냄새가 코를 찌른다. 얼굴이 하나도 안 변했다. 반짝반짝, 통통한 얼굴에 윤기가 흐른다. 나도 모르게 빈 식판을 김옥희 앞으로 내민다.

옥희가 생글거린다. 그 옛날 생글거렸던 것처럼. 밥을 한 무더기 퍼준 옥희가 내 눈을 똑바로 바라보며 말한다.

"형제님, 사랑합니다."

알아. 옛날에 늘 했던 말이잖아…….

옥희가 나를 알아보지 못한다.

알아보면 어떡할지 걱정했는데, 못 알아본다. 왜 못 알아보지? 난 옥희를 한눈에 알아봤는데…….

"저기요."

"네?"

왜 그랬을까? 옥희가 나를 알아볼 시간을 주려 했던 것인지, 아니면 못 알아보는 것을 확인하려 했던 것인지, 나는 엉겁결에 말을 걸었다. 그 옛날 버스에서 옥희에게 건넨 첫마디도 '저기요'였다.

"네, 형제님."

"저기…… 혹시…….''

"네, 말씀하세요, 형제님."

"저기요…… 혹시…… 나…….''

"네, 알았어요."

옥희가 밥 한 주걱을 더 퍼서 내 식판 위에 얹어놓는다. 밥이 산더미 같다. 식탁으로 돌아와 밥을 한술 뜨는데, 갑자기 감기에 걸린 것처럼 목이 따끔거린다. 모래가 들어간 것처럼 눈도 따끔거리고, 누군가 바늘로 찌르는 것처럼 가슴도 따끔거린다. 술술 넘어갈 것 같던 밥 덩어리가 목구멍에 걸려 넘어가지를 않는다. 꾸역꾸역 집어넣어 보는데 안 먹힌다. 밥맛이 없어졌다. 수저를 내려놓고 그냥 일어섰다.

식당 출입구 쪽으로 걸어가는데, 자꾸 뒤통수가 당긴다.

누군가가 나를 바라보고 있는 것만 같다. 이윽고 상냥한 여자의 목소리가 들렸다.

"저기요."

돌아본 그곳에 옥희가 서 있었다. 생글거리는 얼굴 그대로였다.

'옥희야! 네가 드디어 날 알아보는구나!'

눈시울이 붉어지면서, 〈TV는 사랑을 싣고〉에서 출연자가 옛 은사와 상봉하는 감격스러운 장면이 갑자기 떠올랐다.

"선생님!" 하고 부르면 백발이 된 선생님이 무대 뒤에서 걸어 나오고, 출연자는 눈시울을 붉히며 달려가 선생님과 포옹하는 그 명장면. 난 그 장면을 보면서 내가 유명인이 되어 〈TV는 사랑을 싣고〉에 출연해, 초등학교 5학년 때 담임선생님을 찾는 상상을 하곤 했다.

"자…… 나고단 씨, 이제 선생님, 하고 크게 외쳐보시죠."

사회자는 이렇게 말하고 슬그머니 자리를 비켜준다.

"선생님."

내가 작은 소리로 외치자, 사회자는 더 크게 외쳐보라 권한다.

"선! 생! 님!"

큰 외침이 채 가시기도 전에 무대 뒤에서 초등학교 5학년 때 담임선생님이 팔짱을 낀 모습 그대로 걸어 나온다. 나는 선생님을 향해 달려간다. 그리고 달려가던 속도 그대로 선생님의 가슴팍에 이단옆차기를 날린다. 나자빠진 선생님을 내려다보며 나는 한마디 내뱉을 것이다.

"팔짱 좀 푸세요."

눈시울이 붉어진 나는 더듬거리기 시작했다.

"왜요? 저…… 왜 부르셨어요?"

"왜 불렀는지 모르시겠어요?"

옥희가 생글거린다.

'아…… 처음부터 알고 있었구나. 그럼 그렇지. 옥희야, 반갑다.'

양팔을 벌리고 옥희에게 한발 다가서려는 순간, 옥희가 나에게 생글거리며 이단옆차기를 날린다.

"본인 식판은 정리하고 가셔야죠."

"진정한 성공은 다시 일어섰을 때 더욱 빛나는 것이다."

언뜻 들으면 비뇨기과 광고 카피 같지만, 실은 권투선수 홍수환이 한 말이다. 지금으로부터 30여 년 전, 홍수환은 '지옥의 악마'라 불리던 남미의 복싱 영웅 카라스키야를 꺾고 세계 챔피언이 되었다. 지구 반대편의 파나마라는 나라에서 벌어진 경기에서 홍수환은 카라스키야의 강펀치로 한 라운드에 네 차례나 쓰러졌으나, 쓰러질 때마다 오뚝이처럼 다시 일어나 결국 때리다가 지쳐버린 카라스키야를 KO로 쓰러뜨렸다.

4전 5기, 네 번을 실패해도 다섯 번째에 성공한다. 가슴 뭉클한 말이다. 그런데 나에게 있어서 '사전오기'는 죽을 사에 앞 전, 거만할 오에 기운 기 자였다. 사전오기(死前傲氣), 즉 '죽기 전까지 오기를 부린다'는 뜻이다.

그렇다. 나는 그동안 안 되는 일을 되게 하기 위해 오기를 부리며 너무나 고단하게 살았다. 이혼과 사업 실패, 게다가 무정자증으로 인해 자식도 없는 나는 돈도, 희망도, 친구도, 아무도 없다.

눈치 빠른 사람들은 알아챘겠지만, 나는 오늘 오랫동안 품어왔던 생각을 실행에 옮길 것이다. 스스로 목숨을 끊겠다는 말이다. 잠깐, 혀 차지 마라. "아직 젊은 사람이 어쩌고"는 이야기 꺼내지도 마라. 그냥 외면해라. 못 본 척하고 갈 길들 가라. 사랑하는 척, 아끼는 척하지 말고 제발 그냥 가라. 너희가 무슨 말을 해도 나는 듣지 않을 테니까.

내가 이 세상에서 제일 경멸하는 부류는 잘 모르면서 묻어가는 인간이다. 하나도 안 웃기는데 남들이 웃는다고 따라 웃는 사람들, 사실은 하나도 안 슬프면서 남들이 슬퍼한다고 같이 우는 사람들, 엎어터져서 대자로 뻗었는데 남들이 오뚝이처럼 일어난다고 따라 일어나는 인간들, 사랑하지도 않으면서 남들이 사랑한다고 말하니까 자기도 사랑한다고 말하는 인간들.

40대 중반이면 아직 젊은데 왜 자살하려 하냐고 묻는 자들에게 이렇게 이야기하고 싶다. 그래? 그럼 내가 왜 살아야 하는지 그 이유를 하나만 대봐. 더도 말고 덜도 말고, 딱 한 개만. 빙고. 쉽지 않지? 모르겠지? 왜 모르는지 아나? 관심이 없으니까. 왜 관심이 없냐고? 너는 나를 사랑하지 않으니까. 사랑하지 않으니까 관심이 없고 모르는 거다.

내 성은 나, 나주 나 씨다. 당나라 때 어떤 사람이 당 태종의 미움을 받고 해외로 귀양 가던 도중에 풍랑을 만나 나주에 정착해서 살다가 본관을 나주로 등록했는데, 그분이 바로 내 조상님이시다. 어쩌면 내 몸에 《삼국지》를 쓴 나관중의 피가 흐르고 있는지도 모른다. 만약 나관중 할아버지가 아니라 내가 《삼국지》를 썼다면, 평화를 사랑하는 나는 아마 장비와 관우에게서 사모와 청룡언월도를 빼앗고, 그들 손에 호미와 꽃삽을 쥐여 주었을는지도 모른다.

이름은 고단이다. 성과 이름을 합쳐서 부르면 나고단. 친구들은 나더러 혹시 미국 사람이 "Who are you?"라고 물으면

"I am tired"라고 답하라고 놀렸다. 어떤 정신 나간 부모가 자식 이름을 이따위로 지었을까 욕할지 모르지만, 우리 아버지가 지어준 이름이 맞다. 위로 한 살 많은 형은 정상이었다. 이름이 뭐였냐고? 정상이라니까. 나정상. 우리 아버지는 소방관이었는데, 불을 끄러 갔다가 불에 타서 돌아오셨다. 내가 태어났을 때 아버지는 온몸에 붕대를 감고 병원에 누워 있었는데, 그때 내 이름을 고단이라 지으셨단다. 불에 덴 상처가 얼마나 아팠으면 괴로울 고에 짧을 단 자를 써서 아들 이름을 고단이라 지었을까. 괴로움이 짧길 바라셨던 아버지의 수명도 짧았다.

고등학교에 입학할 때…… 그래, 내 키는 여전히 작았다. 매년 학년이 올라가 반이 바뀌어도, 1번은 만날 내 차지였다. 그래서 매도 제일 먼저 맞았고, 숙제 검사도 제일 먼저 당해야 했다. "그래서? 그래서 어쩌라고? 니들이 나 키 작은데 뭐 보태준 거 있냐?"라고 말할 줄 알겠지만, 천만에. 난 당시만 해도 나를 생긴 그대로 받아들였다. 인생은 키순이 아니다. 인생이 키순이면 역대 우리나라 대통령은 키가 커서 대통령이 됐나. 모르긴 해도 한두 명 빼놓고는 170 못 넘겼을 거다. 윗동네 김가는 키높이 신고 162란다. 러시아 메드베데프 대통령도 162, 1857년부터 연달아 다섯 번 대통령 먹은 멕시코의 베니토 후아레스 대통령은 135센티미터였단다. 1932년

오스트리아 총리였던 토르페스가 148, 흐루쇼프가 155, 나폴레옹도 158센티미터밖에 안 되었다.

내가 이렇게 긍정적으로 생각하려 노력한 데 비해 우리 엄마는 조금 다르게 생각했다. 152센티미터로 고등학교에 입학하자, 아버지 없이 자라서 내 키가 안 컸다고 슬퍼하던 울 엄마는 동네 교회에 다니기 시작했다. 그리고 매주 교회에 나가서 "우리 아들 조금만 더 크게 해주세요" 하고 빌었다. 파출부 일을 나가느라 바쁜 와중에도 엄마는 3년 동안 줄기차게 빌었다. 한번은 학교에서 돌아와 보니, 울 엄마가 다니는 교회의 목사님과 신도들로 보이는 한 무리의 아줌마들이 우리 집에서 나를 기다리고 있었다.

나: 학교 다녀왔습니다.
우리 엄마: 응, 고단아. 많이 고단하지? 인사하거라. 교회 목사님과 집사님들이셔.
나: 안녕하세요.
목사님: 기도하자.

생전 처음 보는 목사님이 솥뚜껑만 한 손으로 내 머리통을 잡아 그대로 무릎을 꿇리자, 순식간에 아주머니들이 에워싸더니 내 등 여기저기에 손을 얹었다. 이윽고 목사님이 중후

47

한 목소리로 기도를 시작했다.

"아버지, 오늘 아버지의 귀한 아들, 나고단이를 아버지께 바칩니다."

'잠깐만…… 나를…… 바쳐? 내가 제물인가? 제사상에 오르는 돼지머린가? 나는 어디 바쳐질 생각이 손톱만큼도 없는데? 자기가 뭔데 초면에 나를 바치지?'라고 생각하고 있는데 목사님의 폭주가 시작됐다.

"아버지께서 나고단이를 태초부터 사랑하셨기에 태어나게 허락하신 줄 믿습니다. 그런데 이게 뭡니까? 이게 키입니까? 작은 키 때문에 고단이가 겪을 고난을 생각하니 벌써 제 심령이 슬퍼집니다. 암울해집니다. 작은 키로 인해 친구들에게 무시당하고, 방황하게 되고, 홧김에 도둑질을 배우고, 도둑질하다가 나쁜 무리와 어울리고! 하릴없이 지하철을 타고 배회하다가 무고한 여학생을 성추행하거나 마약에도 손을 대는 등 쓰레기 같은 인생을 살게 되지 않겠습니까? 도박, 강도, 방화! 이런 것도 하지 말라는 법이 없습니다. 그럼 이 아이의 끝은 무엇이 되겠습니까? 아버지, 이 아이가 쓰레기가 되지 않도록! 키를 늘려주시옵소서. 나고단이의 키를 엿가락처럼 늘려주시옵소서. 커질지어다. 쑥쑥 자랄지어다. 자라라, 자라라. 쫌만 더! 쫌만 더!"

앙꼬 빠진 찐빵이나 공감 없는 위로처럼, 사랑이 빠진 기도는 설득력이 없었다. 당사자인 나도 설득 못 하면서 하나님을 어떻게 설득하려는지 의문이었다. 하지만 그것은 어쩌면 중요하지 않을지도 몰랐다. 그들이 원한 건 결과가 아니라 퍼포먼스일 테니까. 그날 그분은 과격하고 원초적인 표현을 써가며 극단적으로 기도를 했다. 마치 주문을 외우는 것 같았다. 상황을 비약해서 해석하고, 왜곡된 해석을 바탕으로 극단적인 결과를 도출해 공포심을 조장하는 모습이 왠지 낯설지 않게 느껴졌다. 몸에 만병이 있다며 자석요를 팔거나, 집안에 액운이 가득하다며 비싼 굿을 하게 만드는 것과 다를 바 없게 느껴졌다. 그러고 보니 교회 이름도 비정상적으로 길었다. '새 하늘, 새 땅의 선택된 증인들만을 위한 교회' 일단 뭐든 길고 장황하면 의심을 해 봐야 한다.

처음에는 차분하고 중후한 저음으로 기도를 시작한 목사님과 그 일행은 중간부터 고래고래 소리를 지르기 시작했다. 내 머리통을 잡아 누르던 아주머니 중 한 명은 개인적으로 집안에 우환이 있었는지, 갑자기 기도하다 말고 애먼 울 엄마를 끌어안고 엉엉 울었다.

"우씨, 진짜, 이게 뭐냐고요? 네? 왜 우냐고? 아줌마, 실례지만 누구신데 우세요? 내 키가 작은데 왜 아줌마가 초면에 남의 집 안방에서 통곡하세요? 그리고 목사님, 좀 살살 좀 눌러요. 아파요. 키 커지라면서 왜 자꾸 눌러요? 목뼈가 부러

질 것 같아요."

이렇게 항변하고 싶었지만, 참았다. 왜냐? 혹시 진짜 클지도 모르니까. 그래서 커졌냐고? 줄었다. 외부의 강한 압력으로 인해 경추 3번과 4번이 붙었단다. 그래서 152센티미터였던 키가 151이 되었다. 우리 엄마는 그 뒤로 절에 다녔다.

대학을 졸업하고 방위를 마친 후, 이런저런 직장에 다니다가 나이트에 웨이터로 취직했다. 당시에는 연예인의 이름을 따서 웨이터 이름을 짓는 것이 유행이었다. 하지만 내가 보기에 그건 위험한 도박이었다. 그 연예인과 운명을 같이하겠다는 뜻이니까. 박찬호가 홈런 많이 맞으면 내 매상이 떨어지니까. 차인표가 하는 영화마다 망해서 인기가 떨어지면 내가 굶어야 하니까.

그래서 난 내 방식대로 했다.

"안녕하십니까. 쫌만 더 키 크고 싶은 웨이터, '쫌만 더'입니다."

30살 늦은 나이에 브라보 나이트에서 첫 근무를 시작하면서 나는 스스로에게 '쫌만 더'라는 이름을 지어줬다. 다른 웨이터들보다 쫌만 더 열심히 하겠다는 스스로와의 약속이었다. 손님들은 뭉쳐 있을 때보다, 혼자 떨어져 있을 때 훨씬 다가가기 쉬웠다. 그렇게 할 수 있는 최적의 장소는 입구나 홀이 아닌 화장실이었다.

귀청이 떨어질 것처럼 시끄러운 홀에 비해, 정글처럼 북소리만 쿵쿵 울리는 화장실은 손님과 의사소통하기에 용이한 장소였다. 나는 술에 취해 비틀거리는 손님은 패스했고, 멋있거나 잘생긴 손님도 패스했다. 내가 기다리는 손님은 돈은 좀 있어 보이는데 부킹은 잘 안될 것 같은, 즉 별 매력이 없어 보이는 손님들이었다.

삐쩍 마른 20대 초반의 젊은 손님이 화장실로 입장했다. 그는 알코올이 과도하게 섞인 소변을 시원하게 배출하고 손을 씻기 위해 거울 앞에서 자신과 마주했다. 속으로 "오늘도 꽝인가? 이렇게 매력적인데 왜 부킹이 안 되는 거야?"라고 혼잣말을 되뇌며 한숨짓고 있을 게다. 바로 그 순간 손님 뒤편에서 내가 슬그머니 등장한다. 나는 젊은 손님의 어깨에 양손을 올리고 부킹에 실패해 처진 어깨를 힘차게 주무르며 외친다.

"사장님, 시원하십쇼. 오늘도 파이팅입니다."

"야! 여기 물이 왜 이래? 완전히 썩었어."

밤새 부킹에 실패하고 화풀이 대상을 찾던 젊은 손님은 나이 불문 다짜고짜 나에게 반말로 성을 낸다.

"사장님, 담당 웨이터 누구신데요?"

나는 더욱 손아귀에 힘을 주며 그의 목과 어깨를 주무른다.

"보안관, 왜?"

"에이, 보안관 요즘 빠져 가지고, 정신 못 차리네! 사장님, 보안관도 예전의 보안관이죠, 이젠 완전히 한물갔어요. 나이가 거의 마흔인데요. 요즘 핫한 애들로 바꾸세요."

"그래도 의리가 있지. 맨날 보는데 어떻게 바꿔?"

손님이 질문을 던진다는 건 내 의견을 물어본다는 뜻이다. 성공이다.

나는 어깨 주무르던 손을 멈추고 결연한 표정으로 진지하게 묻는다.

"사장님! 부킹 못 하는 웨이터한테 의리가 어디 있습니까?"

"얘, 뭐라는 거야?"

젊은 손님은 정색하는 내가 부담스러운지 한 발 빼려고 한다. 하지만 이미 걸려들었다. 나머지 한 발은 내가 밟고 있으니까.

"건달은 싸움을 해야 건달이고! 웨이터는 부킹을 해야 웨이텁니다!"

영화 대사 같은 말로 단호하게 선포하자 그의 표정이 달라진다.

"어라? 얘 좀 봐라?"

"사장님은 부킹 못 하는 웨이터가 뭐라고 생각하십니까?"

52

"음…… 쓸모없는 새끼?"

나는 쓸모없는 새끼가 되지 않기 위해 목숨을 걸고 부킹을 성공시켰다. 고객들은 나를 잘 기억해 줬다. 자기보다 훨씬 작은 놈이 빨빨거리고 다니면서 열심히 부킹해 주고 싹싹하게 인사하니 기특했는지, 고객들은 나에게 남들보다 '쫌만 더' 많은 팁을 주었다. 나는 내 별명이 좋았다. 무엇을 하든 남들보다 '쫌만 더' 열심히 하자는 나의 인생 철칙이 반영되어 있는 별명이었다. 내가 보기에 인생은 '섰다'와 비슷하다. '한 끗 차'라는 말이다. 더도 말고 덜도 말고, 딱 한 끗. 섰다를 아는 사람은 쉽게 이해할 수 있다. 일땡 잡은 사람을 이기는 데 팔땡, 구땡까지 필요 없다는 뜻이다. 일땡 잡으려면 이땡이면 된다. 남보다 한 끗만 높으면 위너가 될 수 있다. 이 한 끗 차의 가치, 이것 때문에 나는 늘 남보다 쫌만 더 노력했다.

나이트에서의 부킹도 마찬가지다. 남들보다 한 번이라도 더 테이블에 앉겠다는 '쫌만 더' 정신이 없이는 성공할 수 없다. 나이트 죽순이들이 킹카를 하나 물기 위해서 얼마나 많은 노력을 기울이는지 아는가? 모른다면 말을 하지 마라. 나는 브라보 나이트 현업 시절, 하룻밤에 200번 부킹하는 여자 손님을 본 적이 있다. 불가능하다고? 가능하다. 토요일 7시쯤 나이트에 들어선 그녀는 자기 테이블에 앉기도 전에, 웨이터에게 손목을 잡혀 바로 방으로 들어갔다. 내가 일하던 그곳에는 방이 20개 있었는데, 20개를 다 도는 데 한 시간 반이 채 안 걸렸다. 프로는 한 방에서 5분 이상 머물지 않기 때문이다.

그녀에게 물었다.

"언니는 왜 한 방에 5분 이상 안 머물러요?"

그녀가 대답했다.

"바빠서요."

방을 다 돈 후 그녀는 홀에 있는 테이블로 가는데, 순서대로 가는 것이 아니라 퐁당퐁당 다녔다. 예를 들어 1번 테이블에서 부킹을 했으면, 다음엔 2번이 아니라 3번으로 갔다가 다시 2번으로 돌아오고, 그다음에 4번으로, 시간차를 두고 옮겨 다녔다. 그녀도 사람인지라 가끔 헷갈려서, 금방 앉았던 테이블로 도로 가서 "전 부킹 같은 거 안 하는데. 처음 봬요." 한 적도 물론 있다. 그런데 그건 필요한 사고라고 했다.

"생각해 봐요. 하다못해 전기밥통을 만들어도 200대 만들면 그중에 한두 대는 하자가 나오지 않겠어요? 그거랑 똑같죠, 뭐. 하자 무서워서 킹카를 놓칠 수는 없잖아요?"

어떤 나이트든 밤 11시쯤 되면 물이 바뀐다. 제 발로 걸어

나가든 업혀 나가든, 7시부터 퍼마신 애들이 썰물처럼 빠지고 새 물이 밀려 들어오는 것이다. 그러면 그녀는 다시 첫 번째 방부터 돌기 시작했다.

한번은 그녀의 손목을 잡고 방에 밀어 넣으려는데, 그녀가 완강히 거부했다.

"이 손 안 놔? 손님한테 뭐 하는 짓이야?"

"언니, 어디가? 이 방에 오 분만 앉았다가 가. 물 좋아."

그녀가 정색하고 말했다.

"아, 안 돼. 나 화장실……."

나는 그녀의 말을 듣는 둥 마는 둥 잡아끌며 말했다.

"이번엔 진짜 킹카야. 젊은 애들이 차 키가 전부 그랜저야."

"잠깐만, 나 진짜 화장실 가야 한다고."

화장실에 들어가는 사람과 나오는 사람은 결코 같은 사람이 아니다. 따라서 화장실 갔다가 방에 들어가겠다는 그녀의 말을 믿어서는 안 된다. 나는 그녀 앞에 고개를 숙였다. 무릎을 꿇으라면 꿇을 셈이었다.

"언니, 진짜 나 좀 봐주라. 응? 딱 한 방만 더 부킹하고 가."

그러자 그녀가 정색하며 말했다.

"오빠!"

그녀가 처음으로 나를 오빠라고 불렀다. 뭔가 진실을 말하려는 듯했다.

"응, 언니."

나는 고개를 들어 그녀와 눈을 맞췄다.

"나 오줌 세 시간째 참았어. 지금 방광 찢어지려고 해."

"그래? 그럼, 화장실 같이 가자. 밖에서 기다릴게."

그랬다. 그녀는 방광이 찢어지는 고통을 참아가며 매일 밤, 이 방에서 저 방으로 돌아다녔다. 그 고통을 감내하며 그녀가 원하는 건 단 한 가지였다.

킹카.

창문 사이에 갇힌 왕파리처럼 홀을 빙글빙글 돌던 그녀는 킹카를 만나는 순간, 똬리를 틀었다. 구렁이는 똬리를 틀 때 몸을 아래에서부터 둥글둥글 말아 올린다. 땅에 가까울수록 몸이 무겁고, 위로 올라올수록 가늘어지는 것이다. 작은 머리통이랑 긴 목은 가늘어 위태해 보이지만, 천만에. 이미 몸의 대부분을 땅바닥에 밀착시키고 중심을 완벽하게 잡고 있다. 어떤 년이 밀어도 밀리지 않을 만큼 자리를 차지하는 것이다. 단, 보는 사람에게는 가냘파 보인다. 그녀의 가느다란 목은 바람 불면 날아갈 것처럼 하늘하늘 연약해 보인다. 그러면 킹카는 안절부절못한다. 연약한 그녀가 언제 나가버릴지 모르니까.

그렇다. 결국 인생이라는 게 다 그런 거다. 선택과 집중. 딜링과 베팅. 킹카를 발견하는 날이면 그녀는 절대 혼자서 나이트를 나서지 않았다.

그러던 그녀가 어느 날 회심을 했다. 이제 나이트가 싫어졌다고, 원래부터 싫었다고. 자신이 생각하는 킹카는 '쫌만 더' 오빠처럼 평범한 듯하면서 비범하고, 속 좁은 듯하면서 이해심이 많은 남자라고. 그날 밤, 나는 영업 철칙을 어기고 나의 최대 고객이었던 그녀와 동침을 했다.

그날 이후, 그녀는 내 인생에 똬리를 틀었다. 불면 날아갈 듯 하늘하늘 가느다란 목을 빼고, 그녀는 밤새워 일하고 아침에야 들어오는 나를 기다려주었다.

엄마가 돌아가신 후, 내 유일한 혈육이 된 정상이 형은 느닷없이 선교사가 돼서 캄보디아로 떠나버렸다.

형이 캄보디아로 떠나기 전날, 나는 형과 함께 캔맥주 하나씩을 들고 한강 둔치를 찾았다. 한강대교 밑의 어느 한적한 곳이었는데, 그때도 뛰어내리기 참 좋다는 생각을 했던 것 같다.

"캄보디아에는 왜 가는데?"

오랜만에 만난 정상이 형한테 퉁명스럽게 쏘아붙였다.

"우물 파주러."

"우물은 왜 파 주는데?"

"아이들이 목말라하니까."

"그게 형이랑 무슨 상관인데?"

"상관있어."

"왜?"

한참을 머뭇거리던 형의 대답은 의외로 짧았다.

"사랑하니까."

나의 대답도 짧았다.

"웃기고 있네."

어머니가 돌아가신 후 하나밖에 없는 동생은 내팽개치고 홀연히 사라졌다가 몇 년 만에 나타나더니, 생전 듣도 보도 못한 캄보디아에 가서 우물을 판단다. 갑자기 속에서 열불이 났다. 나의 불꽃 같은 공격이 시작되었다.

"내가 보기엔 말이야, 기독교, 불교, 천주교, 천도교, 조로아스터교, 남묘호렌게교, 또 뭐 있냐, 하여튼 이 세상 모든 신 중에서 기독교 신이 제일 황당한 것 같아. 인간들이 절대 할 수 없는 것을 요구하걸랑."

"그게 뭔데? 뭐가 인간들이 절대 할 수 없는 건데?"

"형이 금방 말한 거, 사랑하는 거."

"왜 절대 할 수 없을 거라고 생각하니?"

"쉬울 것 같지? 돈 드는 일도 아니고, 삼천 번씩 절을 해야 하는 것도 아니고, 몸에 폭탄 두르고 자폭해야 하는 것도 아니고! 쉬울 것 같지? 그냥 옆에 있는 사람을 사랑만 하라는

58

데, 심플하지? 그러나! 절대 안 되는 거야."

"왜? 왜 절대 안 되는데?"

"서로 사랑하라며? 네 이웃을 네 몸같이 사랑하라며? 그러니까 절대 안 된다고. 불가능하다고. 차라리 나룻배 타고 노저어서 달나라에 갔다 오는 게 더 쉽지."

"고단아, 그걸 어떻게 아니? 되는지 안 되는지 살아보지도 않고 어떻게 알아? 어떤 사람들은 알지도 못하는 사람을 위해서 아프리카 가서 일생을 바치고, 또 어떤 사람들은 장기 기증도 하고, 평생 라면 팔아서 번 돈도 기부하고. 이 세상에 남모르게 좋은 일 하면서 사는 사람들이 얼마나 많은데."

"에이, 그건 되지. 아프리카에 돈 좀 보내고, '살아 있는 동안 절대 볼 일 없는 아이야, 잘 커라. 나는 너를 무지 사랑해.' 이런 건 되지. 일 없어서 노는 콩팥, 남한테 떼어주고 신문에 나는 것도 되지. 어차피 죽을 날 받아놓고 타이밍상 다 못 쓰고 갈 것 같으니까 남는 돈 기부하는 것도 되지. 그러나! 지금! 현재! 내 옆에 있는 이웃을 사랑하는 건 안 된다니까. 그건 안 되게 돼 있는 거야."

"그걸 고단이 네가 어떻게 알아? 그 사람들처럼 해보지도 않고 어떻게 아느냐고?"

선교사라면서 말하는 스타일이 시합 전 인터뷰하는 격투기 선수처럼 무지하게 호전적이다. 우리 형이 어쩌다가 저렇게 단순 무식해졌을까? 답답했다. 우리의 대화는 평행선을 그리며 끊임없이 나아갔다. 조만간 교차점을 찾지 못한다면 영영 만날 수 없을 것이다.

"내가 이 자리에서 바로 증명해 줄까? 내가 형한테 질문 몇 개만 하면 '네 이웃을 네 몸같이 사랑하라'라는 건 절대 불가능하다는 걸 증명할 수 있거든."

"그래, 증명해 봐."

초등학교 때 처음 등장한 샴푸, 린스 광고를 보고, 샴푸로 감고 린스로 헹구는 거냐, 아니면 린스로 감고 샴푸로 헹구는 거냐 때문에 형이랑 밤새 논쟁을 벌였던 기억이 떠올랐다.

"좋아. 질문 시작한다. 솔직하게 대답해. 1번 질문. 여름에 만원 버스에서 형 발 밟고 서서 껌 짝짝 씹으면서 '왜 쳐다 봐' 하면서 째려보는 아줌마를 형 몸처럼 사랑할 수 있어?"

"……."

"형이 제대로 훈련이 되어 있다면 외면은 할 수 있겠지. 그러나 사랑은 못 해. 또 할까? 2번 질문. 간만에 목욕탕에 가서 때 싹 벗기고 온탕에 들어가 앉았는데, 등짝에 문신한 놈이 탕에 발만 쓱 담그고 발바닥 미는 돌로 무좀 난 제 발바닥 밀어서 탕에 헹구다가 눈 마주치니까 '왜? 꼽냐, 인마' 그러면, 그놈을 형 몸처럼 사랑할 수 있어? '아이고, 욕하시는 형제님의 무좀 난 발바닥을 사랑합니다', 이렇게 말할 수 있느냐고?"

정상이 형은 고개를 숙인 채 아무 말도 하지 않았다.

"못 하지. 귀 막고 무시는 할 수 있지. 하지만 그런 인간은 절대 사랑 못 하는 거야. 또 해줘? 형, 차 없지? 응? 그 나이 되도록 차 없어서 만날 버스 타고 다니지?"

옛날에 북가좌동 살 때, 형이랑 손잡고 버스 종점에 나가서 파출부 일하고 돌아오시는 엄마 기다리면서 이다음에 크면 승용차 사서 엄마를 태우고 다닐 거라고 큰소리들을 쳤던 기억이 났다. 서로 더 큰 차를 사서 모시고 다닐 거라고 우겼었다.

"근데 갑자기 차가 생긴 거야. 하나님이 사줬다고 치자고. '정상아, 너 나 잘 믿어서 착하니까, 옜다, 여기 에쿠스 신형으로 한 대 받아라' 했다 치자고. 아무튼 새 차 뽑아서 막 몰고 나왔는데, 담배 물고 커피 마시면서 핸드폰으로 통화하는 젊은 놈이 불법 유턴하다가 형 차를 제대로 들이받았단 말이야. 범퍼는 너덜거리고, 문짝은 찌그러져서 안 열리고 한단 말이지. 근데 이 젊은 놈이 차에서 내리지도 않고 '왜? 어쩌라고?' 그러면, 형은 그놈 사랑할 수 있어?"

어느 순간부터, 형은 고개를 푹 숙인 채 입을 완전히 닫아 버렸다.

"근데 이걸 어쩌나. 그분이 고등학생인데 면허가 없네. 보

61

험도 안 들었네. 얼씨구, 자기는 미성년이라고 배 째라네?
형, 솔직히 인간적으로 그런 놈도 사랑할 수 있냐? 형 몸땡이
처럼 사랑할 수 있냐고?"

"……."

"따라 할 수는 있지, 남 하는 거 보고. 하지만 따라쟁이들
이 따라 하면서 자기가 지금 사랑을 실천하고 있다고 최면을
거는 거지, 진짜 이웃을 제 몸같이 사랑하는 건 아니란 말이
야. 이웃끼리 어떻게 서로 사랑을 하냐고. 내 이웃이 먹으면
내가 굶어야 하는데, 다 같이 마라톤 뛰었는데 꼴랑 한 모금
남은 물을 내 이웃이 마셔버리면 내가 목말라야 하고. 내 이
웃이 자기 자식들에게 옷 갖다 입히면 내 자식은 발가벗어야
하는데, 내 이웃이 덜 가져야 내가 더 가질 수 있는데! 인간
이 그런 건데. 내 이웃이 홍어에 막걸리 먹고 트림하면 그 냄
새 맡고 오바이트하는 건 난데, 어떻게 그런 이웃을 사랑하
냐고. 그건 불가능한 일이야. 인간적으로 생각했을 때 절대,
절대, 절대 안 되는 일이라고."

형이 고개를 안 든다. 푹 꺾인 고개가 더 깊숙이 처박힌다.
내가 너무 흥분했나? 너무 구체적으로 깠나? 먼 길 떠나는
형한테 너무 심하게 군 것 같기도 해서 미안한 마음이 들었
다. 그러나 나는 현실을 직시하고 말로 옮긴 것뿐이다.

"형, 고개 들어."

형은 고개를 숙인 채 미동도 하지 않는다.

"울어?"

형을 안아주려고 한 건지, 아니면 앞으로 다시는 보지 못할 형의 마른 등을 만져보려고 한 건지 정확하게 기억은 안 나지만, 나는 팔을 뻗어 형의 어깨를 만졌다. 내 손이 형의 어깨에 닿는 순간, 아래로 한없이 꺾이던 형의 머리가 화들짝 들렸다. 형이 침을 닦으며 말했다.

"아이고, 깜빡 졸았네. 형이 요즘 새벽 기도 인도하느라고 잠이 모자라서. 참, 너 어디까지 얘기했지?"

형이 날린 이단옆차기는 대화를 지속하려는 내 의지를 꺾어버렸다. 손목시계를 보며 주섬주섬 가방을 챙기던 형이 말했다.

"고단아, 형이 수수께끼 하나 낼게. 밥은 먹는다고 하고, 잠은 잔다고 하고, 방귀는 뀐다고 하잖아. 그런데 왜 사랑은 '한다'고 하는지 아냐?"

대대로 우리 조상들은 콩 농사를 많이 지었다. 처음엔 생 콩을 오독오독 씹어 먹다가, 그 후엔 비린내를 없애기 위해 삶아 먹었다. 삶아 먹는 것도 질린 어느 날, 누군가 콩을 갈아 두부를 만들어 먹기 시작했다. 그 후로 콩을 가는 무거운 돌은 맷돌이라 하고, 맷돌을 돌리는 나무 손잡이는 어처구니라 불렀다. 콩 갈아서 두부 부쳐 먹자고 온 가족이 둘러앉은 어느 날 저녁, 황당한 일이 벌어졌다. 맷돌을 돌릴 수가 없게 된 것이다. 어처구니가 없어졌기 때문이다. 돌지 않는 맷돌을 바라보며 온 가족이 생콩을 씹어 먹은 그날 이후, 황당하고 재수 없는 일을 당할 때 사람들은 어처구니가 없다고 한탄하게 되었다. 어처구니가 없는 질문을 하는 형을 멍하니 바라보던 나는 진심으로 걱정되어 형에게 물었다.

"형, 뭐 잘못 먹었어?"

사랑은 왜 한다고 하는지 아느냐는 질문을 마지막으로 형은 캄보디아로 떠나버렸다.

오후

이제 이 버스를 타고 아홉 정거장만 더 가면 한강대교에 도착한다. 오래전, 형과 캔맥주를 마셨던 그곳으로 가는 길이다. 내 기억이 맞다면 그곳은 뛰어내리기에 적당한 곳이다.

나이트 웨이터 생활 10년 만에 나는 왕고참이 되었다. 나는 늙어갔지만, 고객들은 나이를 먹지 않았다. 여전히 대학생 또래의 고객들이 "야, 쫌만 더, 이리 와, 저리 가" 하며 부려 먹었지만, 나는 결코 힘들다고 말하지 않았다. 나에게는 그녀가 있었기 때문이다. 그때가 내 인생의 유일한 황금기였다. 웨이터 쫌만 더는 브라보 나이트에서 가장 바쁜 웨이터가 되었고, 팁으로 받은 현찰 다발은 미뤄둔 신혼여행 때 쓰려고 장만한 여행 가방을 배불리 채웠다.

집에서 똬리를 튼 채, 하늘하늘 위태롭게 나를 기다리던 그녀가 어느 날 수영을 배우겠다고 해서 등록시켜 줬다. 배우다 말겠지 싶었다. 그런데 반년이 넘게 꾸준히 배우러 가는 것이다. "뭘 계속 배워?" 막 자유형을 떼었다고 했다. 얼마 후 또 물어보니, 평형 배운단다. 그리고 배영, 배영 끝나고 접영을 떼었다고 했다. 수영 네 종목을 다 배운 다음에도 그녀는 계속 수영 강습을 받았다. 이제 뭘 배우냐고 물었더니, 25미터 찍고 턴하는 걸 배운단다.

"올림픽 나가? 턴을 왜 배워?"

아침밥을 한입 물고 내가 물었다.

거실 소파에 앉아 담배를 피던 그녀가 나를 빤히 쳐다보다가 말했다.

"불쌍해라……."

"누가 불쌍해?"

"너랑 나……."

그땐 미처 몰랐다. 그녀가 하고자 하는 턴이 수영의 턴이 아닌 인생의 턴이었다는 것을. 그리고 턴을 배우려면 강사가 많이 만져야 한다는 사실을. 물론 사람에 따라 다르겠지만, 가르치는 사람이 배우는 사람의 허리와 배를 매우 친근하게 잡고 돌려주어야 한다는 사실을 그때는 몰랐다.

어느 날, 밤새워 일하고 아침에 들어와 보니, 그녀가 자기 짐과 함께 온데간데없이 사라졌다. 그녀는 5년 동안 똬리를 틀었던 둥지를 버리고 새 둥지를 찾아 떠나버린 것이다. 신혼여행 때 쓰려고 장만한 배부른 여행용 가방도 그녀와 함께 사라졌다. 그녀가 떠난 자리에는 쪽지 한 장 없었다. 그동안 많은 이단옆차기를 맞아봤지만, 그녀가 날린 옆차기는 정말 아팠다.

패배를 인정하는 것이 남자들에게는, 특히 한국 남자들에게는 진짜 힘든 일 중의 하나다. 한국 남자들은 그렇게 배웠다. 쥐어 터져서 쌍코피를 흘려도 "하나도 안 아파" 하며 우기라고 배웠다. 목욕탕에서 때 밀어주는 분이 등을 너무 세게 밀어서 피가 철철 나도, "아이고, 시원해라"라고 말하라고 배웠다. 왜? 약한 모습을 보이면 절대 안 되니까. 남자 조상님들이 너무 약한 모습을 보여주셔서 시시때때로 북쪽에서 밀고 내려오고 남쪽에서 치고 올라온 경험이 많으니, 우리 부모님들이 아들들에게 그렇게 가르친 것은 어쩌면 당연했다.

나는 인정할 수 없었다. 직업이 웨이터라서, 키가 작아서, 혹은 무정자증으로 여자를 임신시킬 수 없는 남자이기 때문에 그녀가 떠났다고는 인정할 수 없었다. 그녀가 떠난 것은 불운이라고 생각했다. 그렇다, 그것은 그냥 불운이었다. 녹색 불에 횡단보도를 건너다가 교통사고를 당한 것처럼, 나는 불행한 사고를 당한 것이다. 차에 치이면 병원에서 치료를 받듯, 나도 치료를 받아야 했다. 그런데 마음을 치유해 줄 병원은 찾을 수 없었다.

동서고금을 막론하고 누군가 불행한 일을 당했을 때, 그 일을 전하는 사람들의 입에는 초고성능 엔진이 장착된다. 내 마누라가 몇 날 몇 시에 모 수영장 강사 어떤 놈이랑 도망갔는지, 한번 발동 걸린 동료들의 혀는 구체적이고 정확하게, 그리고 쉴 새 없이 입방아를 찧었다. 웨이터 동료들과 700명이 넘는 고객을 포함하여 나를 둘러싸고 있는 세상 모든 사람이 순식간에 나의 불행한 사고에 대해 알게 된 것이다. 더불어 결혼한 지 5년이 넘은 나랑 내 마누라 사이에 왜 자식이 한 명도 없는지, 내가 언제, 어느 병원에서 무정자증 판정을 받았는지까지 정확하게 입방아에 올렸다. 거기까지는 팩트였기에 괘념하지 않으려 노력했다. 그런데 어느 순간부터, 내가 불임인 이유가 무정자증 때문이 아니라 무고환증 때문이라는 헛소문이 퍼지기 시작했다. 순식간에 나는 가짜 소문에 깔리고 치여서 더 이상 얼굴을 들고 다닐 수 없게 되었다. 억울함, 인간이 가장 견디기 힘든 감정은 억울함이다. 아닌 것을 그렇다고 할 때, 인간은 억울해진다. 대다수가 가짜 뉴스를 진짜처럼 믿고 손가락질할 때 인간은 절망한다.

나이트에 똬리를 틀고 앉아 있는 수많은 그녀들을 보는데, 갑자기 구역질이 올라왔다. 예전엔 나를 먹고살게 해주는 고마운 그녀들이었는데, 갑자기 징그럽게 보이기 시작한 것이다. 오라 가라 반말 해대는 젊은 손님들도 더 이상 고객으로 보이지 않았다. 음악이 흐르면 비틀비틀 걸어 나와 흔들어 대는 그들이 마치 좀비처럼 보였다. 좀비들이 왜 하나같이 비틀거리는지 아는가? 균형 감각이 없기 때문이다. 그들의 뇌는 오로지 한 가지 생각만을 하고 있기에 신체의 균형을 잡아줄 여유가 없다. 남의 피를 빨아먹어야겠다는 생각으로 가득 찬 좀비들처럼, 손님들은 오로지 "오늘 공치면 안 된 다"라는 일념만으로 비틀거렸다.

10년 넘게 다닌 나이트를 그만두고 1년 정도 휴식기를 가졌다. 무엇을 할지 사업을 구상할 시간이 필요했던 것이다. 휴식 후 4개월 동안은 구청이나 정부 기관 같은 데서 실시하는 개인사업자와 소액 자본가를 위한 사업 세미나에 부지런히 다니면서 향후 뛰어들 비즈니스의 세계에 대비해 철저히 준비했다. 그동안 잠 안 자고 모아놓은 돈, 나의 전 재산은 2억 원이 넘었다. 그렇게 차분히 준비하며 한 방을 노렸다.

그러던 어느 날, 머리나 식힐 겸 찾아간 영화관에서 나의 운명은 결정되었다. 〈식객〉이라는 영화였다. 영화 말미에 주인공이 소를 해체하는 장면이 나왔다. 우와, 소 한 마리에서 저렇게 고기가 많이 나오다니. 세상에 소처럼 고마운 동물이 어디 있을꼬. 밭 갈고 짐 나르고 평생 봉사하다가, 갈 때는 부위별로 나뉘어 먹게 해주는 고마운 동물이구나.

영화가 끝날 무렵, 나는 다음과 같은 생각을 하고 있었다.

"그래. 뭐니 뭐니 해도 요식업의 끝은 역시 소고기야. 정면 돌파하자."

그로부터 몇 달간, 나는 서울 시내에서 소고기를 파는 식당들을 분석하며 시장 조사를 했다.

등심 집은 주로 강남에만 몰려 있었다. 단가가 비싼 것은 매력적이지만, 강남에 등심 집을 차리려면 최소 수십억은 들 것 같았다. 갈빗집도 만만치 않았다. 주로 단체 손님을 많이 받아야 하는 갈빗집은 큰 평수에 대규모로 오픈해야 승부가 나니 초기 투자 비용이 부담스러웠다. 게다가 불고깃집은 불고기보다는 냉면 맛인데, 그건 소고기로 가는 정면 승부라고 보기 어려웠다. 냉면이 망하면 불고기도 자동으로 망한다고 봐야 했다. 개 꼬리가 몸통을 흔드는 격이었다. 안고 가야 할 위험이 너무 컸다.

발상을 전환하자. 남들이 우뇌를 쓸 때, 나는 좌뇌를 쓰자. 틈새를 노리자. 대한민국에서 소고기는 원래 돈 많은 사람들만 먹는 음식으로 인식돼 있잖아? 주말 오후, 오랜만에 가족들끼리 외식할 때, 월수 500은 한우 꽃등심 먹고, 300은 불고기 먹고, 200 이하는 좋건 싫건 삼겹살 먹잖아. 글로 써서 식당에 붙여놓지는 않았지만, 사실이 그렇잖아. 깨버리자. 이미 층층이 구분되어 있는 '경제력에 기초한 소고기 소비 행태에 관한 고정관념'을 깨버리자. 서민들도 부담 없이 가족과 함께 즐길 수 있는 소고기 전문점을 차리자. 서민의, 서민에 의한, 서민을 위한 소고기 식당을 만들어보자. 서민. 서러운 민간인, 그들이 바로 서민이지. 옛날 미국에도 진정한 서민, 즉 서러운 민간인들이 꽤 많이 살았었다.

원래 미국 서부 시대 때, 말 타고 들소 떼 몰던 카우보이들은 당시 미국 사회에서 서민 중의 서민이었다. 그들이 카우보이모자 쓰고 허리에 권총을 차고 다녀서 그렇지, 사실 모자 벗기고 총 뺏고 들여다보면, 요새로 치면 비정규직 중에서도 제일 어려운 일용직 노동자들이었다. 소 주인은 따로 있었고, 주인이 소 떼를 장거리 이동시킬 때 자기가 직접 가기는 피곤하니까 동네에서 일거리 없어 놀고 있는 젊은 남자애들, 다시 말해서 청년 실업자들을 모아 알바시키면서 탄생한 것이 바로 우리가 알고 있는 카우보이다. 소 주인은 동네에서 일 없어서 놀고 있는 존이랑 리키를 부르고, 옆 동네에서 마이클이랑 빌도 불러다 카우보이모자도 주고 권총도 채워줬을 것이다. 카우보이. 직역하면 '소 소년', 의역하면 '소 치기 소년'이라는 뜻이다. 이 서민 중의 서민인 카우보이들이 당시 제일 많이 먹던 음식이 스테이크다. 소 몰고 가다가 배고프면, 들판에 장작불 피우고 몰고 가던 소 중에서 제일 특징 없는 놈, 없어져도 티 안 나는 놈을 한 마리 골라서 잡아먹고, 소 주인한테는 잃어버렸다고 둘러댔을 것이다.

뉴스에서는 한미 FTA가 연내에 타결될 것이고 조만간 값싼 미국산 소고기가 수입될 것이라고 했다. 선점하자! 먼저 치고 나가자. 그래서 나는 서민을 위한 수입산 소고기 스테이크 전문점을 내기로 했다. 장소가 관건이다. 가장 목 좋은 곳, 가족들이 제일 많이 모일 만한 곳, 서울에서 서민들이 가족 단위로 제일 많이 놀러 올 만한 곳. 그곳은 서울 시청 광장이었다. 전 재산을 쏟아부었다. 막판에 모자란 돈은 제3금융권에서 대출을 받았다. 그리고 몇 달 후 어느 화창한 여름날, 서울 시청 광장에 중저가 스테이크 전문점, '스테이크를 그대 품 안에'가 탄생했다. 나는 미국산 카우보이 이미지를 그대로 차용했다.

텍사스 카우보이를 아십니까? 그들이 즐겼던 스테이크, 그 맛 그 대로! 이제 여러분의 품속으로 사정없이 달려옵니다.

식당 간판 옆에 그림을 그린 광고판도 걸었다. 모자를 쓴 멋진 미국 카우보이가 살진 소를 타고 열심히 달려오는 그림이었다.

'스테이크를 그대 품 안에'를 개업하던 날, 그나마 남아 있던 친구들이 개업 축하 화환을 보내주었다. 자식들, 화환 말고 차라리 현찰로 보내지. 토요일에 개업했는데, 그날 오후부터 시청 앞 광장에 수많은 인파가 몰려들기 시작했다. "와, 여기 완전 대박이구나." 나는 감격의 눈물을 흘렸다. 그런데 저녁이 되자 비정상적으로 사람들이 많이 모이는 것이었다. 남녀노소 할 것 없이 아주 많은 사람이 끊임없이 시청 앞 광장으로 밀려들었다. 유모차를 끌고 나온 젊은 엄마들도 여럿, 눈에 띄었다.

긴 이야기를 짧게 하자면, '스테이크를 그대 품 안에'가 개업한 바로 그날 저녁부터 '미국산 소고기 수입 반대 대국민 촛불집회'가 시작되었다. 식당 앞에 진열해 놓았던 화환은 거리를 메운 인파에 휩쓸려 분해돼 버렸다. 그날 저녁, 일단 급한 대로 식당 간판과 광고판을 커다란 흰 천으로 가렸다. 다음 날 출근해 보니, 흰 천 위에 "미국산 미친 소는 너나 드세요"라고 쓰여 있었다. 그로부터 일주일 후, 주방장과 아르바이트생 두 명이 동시에 그만두고는 촛불집회에 동참했고, 한 달 후에는 식당 문을 닫았다.

오르막을 오를 때는 계획하고 준비할 시간이 많았는데, 내리막은 순식간이었다. 생각하고 대비할 겨를이 없었다. 고난은 차례를 기다렸다가 순서대로 오지 않고, 쓰나미처럼 한꺼번에 몰려왔다.

쓰러진 나는 바로 벌떡 일어나 국내산 사골을 24시간 끓여
낸 육수만을 사용한 부대찌개 집을 차렸으나 석 달 만에 다
시 쓰러졌고, 그 이후의 생활은 보통 내 처지에 있는 수많은
신용불량자와 비슷했다. 돈이 없어서 사채를 썼고, 빚을 못
갚아 쫓겨 다녔고, 더 이상 갈 데가 없어 궁지에 몰리게 된
나는 이 세상에 있으나, 없으나 아무런 상관이 없는 쓸모없
는 인간이 되어버렸다.

그리고 며칠 전, 캄보디아 주재 한국대사관에서 온 편지
한 통이 마지막까지 잡고 버티던 희망의 끈을 아주 놓게 만
들었다. 형은 폭우로 불어난 강물을 건너던 캄보디아 아이를
구하기 위해 메콩강으로 뛰어들었다가 숨졌다고 했다. 형이
라도 귀국하면 기대어 일어서 보겠다는 나의 마지막 희망도
강물에 가라앉았다. 오늘, 나는 죽으러 간다. 이미 삶아진 돼
지가 끓는 물을 더 이상 두려워하지 않는 것처럼, 나는 더 이
상 죽음이 두렵지 않다. 오히려 사는 게 더 두렵다.

해 질 무렵

해가 노릇노릇 다리 너머로 지고 있다. 강물이 더러워 보인다. 하지만 상관없다. 3분? 5분? 입수 후 숨 못 쉬는 고통은 몇 분일 테고, 그 후에는 아무것도 느끼지 못할 테니까. 죽도록 숨 막히는 삶을 수십 년 버텼는데 고작 몇 분 숨 못 쉬는 고통을 못 참을쏘냐! 잠시 강물을 내려다보며 숨 고르기를 한 나는 마지막으로 하늘을 올려다보고 궁금했던 질문을 던졌다.

"어이! 신! 가기 전에 하나만 물읍시다. 나 죽으면 부모님이랑 형이랑 만나요?"

잠시 기다렸지만 답이 없었다.

"그럴 줄 알았어. 대답 없을 줄 알았다고."

구두랑 상의랑 벗고 막 바지를 벗고 있는데, 젊은 놈 둘이 헐레벌떡 달려왔다. 한 놈은 땡글땡글 통통하고, 한 놈은 마른 체격에 키가 컸다.

통통한 놈이 말했다.

"아이고…… 숨차……. 사장님! 지금 여기서 뭐 하시는 거예요?"

알면서 묻는다. 척 보면 알면서, 꼭 내 입으로 말하게 만든다.

"보면 몰라?"

"에이, 이러시면 안 되죠. 옷 도로 입으세요."

퉁퉁한 놈이 고참인가 보다. 그놈만 말한다.

"뭐가 이러시면 안 돼. 너네야말로 이러시면 안 되지. 내 인생 내가 마감한다는데, 웬 참견이야."

"진정하세요. 사장님."

"꺼져. 내가 알아서 할 테니까. 그리고 말끝마다 사장님 그러는데, 솔직히 니 눈엔 내가 사장으로 보이냐?"

"그러니까요. 그럼, 뭐라고 불러드려요? 선생님이라고 할까요?"

"뭘 불러? 언제 봤다고? 그냥 가라고. 난 내 갈 길 갈 테니까."

바지를 마저 벗는데 이놈들이 서로 눈짓을 하더니, 다가와 내 양팔을 붙잡았다.

"어? 이거 뭐야? 이 팔 안 놔?"

"팔 놓아드리면 옷 도로 입고 갈 길 가실래요?"

"뭘 가? 웬 참견이야?"

"참견하는 게 아니고요, 사장님 생각해서 이러는 거죠."

완전 거짓말이다.

"너희가 내 생각을 해? 참새 뒤집어져 날아가는 소리 하지 말고, 이 팔 놓고 퇴근들 하라고."

"팔 놔드리면 옷 도로 입고 갈 길 가실 거냐고요?"

"글쎄, 내 갈 길 가려고 이리로 왔다잖아."

"사장님, 일단 술 좀 깨시고, 천천히 다시 생각해 보세요."

억울하다. 나를 주정꾼으로 몬다.

자살하려는 사람 = 주정꾼. 이게 말이 되냐?

나는 사람을 단순히 키나 외모로 구별해서 단정적으로 표현하는 인간들을 경멸한다.

"누구?"

"저기 얼굴이 쟁반만 한 애."

"누구?"

"저기 난쟁이 똥자루만 한 애."

빗대서 말하기를 즐기는 인간들에게 묻고 싶다. 너희 중에 난쟁이 똥자루 본 놈 있어? 아무도 없지? 난쟁이가 똥자루를 허리에 차고 다니든, 등에 지고 다니든, 머리에 이고 다니든? 모르지? 본 적 없지? 근데 진짜 난쟁이 똥자루를 본 것처럼 그렇게 빗대서 말들을 해대지? 꼭 그렇게 말해야 직성이 풀리고 항문이 시원해지고 허파에 통풍이 잘되지? 입조심해라. 생각 좀 하고 말해라. 아무렇지도 않게 내뱉는 말 한마디가 때로는 절대 빼낼 수 없는 독 가시가 되어 다른 사람의 마음 깊숙이 박히기도 한단 말이다.

"나 술 안 먹었어. 오늘 하루 종일 아무것도 안 먹었어. 됐냐?"

"술도 안 드신 사장님이 대낮에 옷을 벗고 이게 웬일이세요. 일단 정신 좀 챙기시고, 집에 돌아가셔서 다시 생각해 보세요."

정신을 챙기라고? 조금 전까지는 주정꾼으로 몰더니 이제는 미친놈으로 본다. 어린놈이 말하는 방식이나 순서가 참 밥맛이다. '자살하려는 사람 = 주정꾼 혹은 미친놈'으로 단정 지어버리는 것이다.

"집 없어. 돌아갈 집이 없다고, 됐냐?"

"그래도 이건 아니죠. 사장님! 애타게 기다릴 가족을 생각하시라고요!"

애들은 자살하려는 사람 만났을 때 말하는 교본 같은 거라도 있나 보다. 어쩌면 순서대로 아픈 데만 톡톡 건드릴까?

"없다고! 나 기다리는 가족 없다고!"

"그럼, 친구나 지인이나 뭐 누구라도 있을 거 아니에요?"

"없어! 아무도 없다고. 이 세상에 내 몸뚱이 딱 하나야. 그러니까 내버려두고 가라고. 차분하게 좀 죽자."

삼성전자에 입사하겠다는 것도 아니고, 그냥 죽겠다는데 왜 이리 시시콜콜 인터뷰가 긴지. 정말 짜증이 난다, 창피하기도 하고. 자살하려는 사람도 프라이버시가 있는 건데, 초면에 외람된 질문을 너무 많이 한다.

"누구라도 있을 거 아니에요? 사장님을 위해 슬퍼할 그 누군가를 생각해서라도 여기서 이러시면 안 되죠."

나는 폭발하고 말았다.

"으아아아악, 없다니까. 나 죽어도 슬퍼할 사람 한 명도 없다고!"

결국은 이 얘기를 듣고 싶었던 것이다.

키 크고 마른 놈은 아무 표정 변화가 없지만, 통통한 놈은 웃음을 참고 있는 게 확실하다.

"단 한 명도 없는 사람은 없어요. 잘 생각해 보세요. 누구나 함께 슬퍼해 줄 누군가는 있는 법이에요."

슬퍼해 줄 누군가가 없는 사람도 있는 법이라는 것을 네가 알게 될 때쯤, 너는 나는 떠올리며 피눈물을 흘릴 것이다. 나는 통통한 놈의 얼굴에 내 얼굴을 마주대며 윽박질렀다.

"네가 슬퍼할래? 너, 나 죽으면 슬퍼할 거야? 솔직하게 말해 봐, 인마."

대답이 없다. 그렇게 잘 나불거리던 통통한 녀석의 입술이 붙어버렸나 보다. 옆에서 말 한마디 없이 멀대처럼 서 있던 키 큰 놈에게 물었다.

"그럼, 너 얘기해 봐. 네가 슬퍼할 거야?"

역시 대답이 없다.

"거봐, 안 슬퍼할 거잖아! 하나도 안 슬퍼할 거면서 왜 참견이냐고. 관심은 손톱만큼도 없으면서 웬 참견들이냐고?"

그때까지 말 한마디 없이 눈만 껌뻑거리고 있던 키 큰 놈이 불쑥 말했다.

"사장님!"

"왜!!"

"그럼, 반포대교로 가세요."

"뭐?"

"반포대교로 가시라고요. 거기는 관리초소 같은 거 없어요. 아무도 참견 안 할 거예요."

처음부터 이놈들이 하고 싶은 얘기는 그거였다. 뭘 하든 딴 구역에 가서 하라는 거. 정말 너무한다. 이놈의 세상, 마지막 가는 순간까지도 더럽게 불친절하다. 정나미가 떨어진다. 소리 지를 기운도 없어진 나는 조용히 옷을 챙겨 입고 그 자리를 떠났다.

지난 수개월 동안 죽음을 생각할 때마다 한강대교 아래 뛰어들기 적당한 그곳을 연상했었는데. 여기서마저 거절을 당하자 갑자기 힘이 쭉 빠졌다. 가만히 생각해 보니 오늘 하루종일 아무것도 먹지를 못했다. 주린 배를 움켜쥐고 걷다가 아무 버스에나 올라탔다.

버스 안은 퇴근하는 사람들로 가득 차 있었다. 두 정거장 정도 지나니 자리가 하나 나서 얼른 앉았다. 사람이 많아서 못 앉아 갈 줄 알았는데, 앉게 되니 순간 운이 좋다는 생각이 들었다. 다시 생각해 보니 참 기가 막힐 노릇이다. 불과 한 시간 전에 막냇동생뻘도 안 되는 새파랗게 젊은 공익 놈들한테 수모를 당하고, 하루 종일 굶은 배가 등을 툭툭 건드리고, 마땅히 갈 곳도 없어서 아무 버스에나 올라탔을 뿐인데, 이 와중에 앉을 자리가 생겼다고 운이 좋다고 느끼다니 기가 막히다. 나는 이제 어디로 가야 하는지……. 벽돌을 삼킨 것처럼 가슴이 답답하다.

퇴근길 도로에는 차가 무지하게 많았다. 수많은 차가 촘촘히 늘어서서 각자 어디론가 향하고 있었다. 누군가는 공덕동 로터리로, 누군가는 불광동 기자촌으로, 누군가는 경기도 화정 햇빛마을까지. 막히는 도로를 뚫고서 저들은 아침에 나왔던 그곳으로 돌아가고 있는 것이다. 그렇다. 저 사람들에게는 돌아갈 곳이 있다. 집으로 돌아가는 것이다.

집. 사람에 따라, 머릿속에 담겨 있는 생각에 따라, 각자 처한 상황에 따라 각각 다른 집을 원한다. 나는 가족이 기다리는 집을 원한다. 가족만 있으면, 그곳이 개집이더라도 나의 집이 될 것 같다. 저 많은 자동차 운전자가 가는 그곳, 가족이 기다리는 집으로 나도 따라 들어가고 싶다. 그냥 아무나 붙잡고, 아무 데나 껴서 들어가고 싶다. 안녕히 주무셨는지, 안녕히 가셨는지, 딱 하루에 한 번만이라도 물어봐 줄 가족이 있다면, 그곳이 나의 집이 될 것이다.

떡두꺼비 같은 아들, 공주같이 새침한 딸이 기다리는 집으로 돌아가면, 예쁘진 않아도 참한 마누라가 갓 지은 하얀 쌀밥에 고들빼기를 곁들인 저녁상을 차려주겠지……. 어쩌면 멸치 우린 물에 호박 채를 썰어 넣은 칼국수를 달래장과 함께 내놓을지도 모른다. 쟁반처럼 커다란 칼국수 그릇 옆에는 잘 익은 매실장아찌가 두 알쯤 놓여 있겠지. 토실토실하게 부푼 면을 후후 불어가며 다 먹고 나면, 집에서 담근 시원하고 달착지근한 오디주스로 입가심을 할 수도 있을 것이다.

저녁상을 물리고 나면, 작은 거실에서 아이들과 씨름을 할 것이다. 아들은 레슬링을 하자며 배 위로 올라타고, 딸은 분홍 립글로스 칠한 작은 입술로 뽀뽀를 해줄지도 모른다. 졸린 눈을 껌뻑이며 뉴스를 보고 나면, 〈개그콘서트〉나 〈무릎팍도사〉를 보며 잠시 낄낄거리겠지. 그리고 잠이 들 것이다. 나 같은 건, 이 세상 아무 데도 갈 곳이 없는 나 같은 건, 살았는지 죽었는지 모른 채 꿈나라로 떠날 것이다.

갈 수 없는 집에서 만날 수 없는 가족들과 살 수 없는 삶을 사는 공상을 하며 정처 없이 걷다가 문득 주위를 둘러보니 여의도 샛강 둔치 아래 갈대밭이 보인다. 갈대밭 사이로 키 작은 언덕이 봉긋 솟아있고, 그 아래로 검은 강물이 유유히 흐르고 있다. '그래, 저기다. 저기서 뛰어내리면 되겠다. 굳이 다리가 아니면 어떠냐? 기념사진 남길 것도 아닌데. 그냥 아무 데서나 얼른 빨리 끝내자'라는 생각을 하며 나는 갈대밭을 헤치고 가로질러 작은 언덕 위로 올라섰다.

언덕 아래에서는 안 보였는데 위에 올라 내려다보니 언덕 우측 편에 달보다 더 하얀 불빛이 크레인에 매달려 갈대밭 곳곳을 비추고 있다. 그리고 그 밝은 조명 아래로 한 무리의 사람들이 모여있다. 드라마나 영화를 촬영하고 있는 듯하다. 고생들 하네. 하지만 나와는 상관없는 일이다. 무엇을 촬영하든 그게 방송될 때쯤, 나는 그 방송을 볼 수 없는 곳으로 가 있을 테니까…….

이런 생각을 하며 웃옷을 벗는데, 저 멀리 보이는 촬영 팀

중 몇몇이 나를 가리키며 무어라 소리를 지른다. 거리가 너무 멀어 무어라 말하는지는 잘 들리지 않지만, 여러 명이 한꺼번에 손짓하며 소리 지르는 것으로 봐서, 내가 삶을 마감하려는 것을 알아챈 듯하다. 아마도 그들은 "아저씨……. 뛰어내리지 마세요. 절대 그래선 안 돼요! 그렇게 죽어서는 안 돼요. 스스로 목숨을 끊어서는 안 돼요"라고 소리를 지르고 있겠지. 정말 강물에 뛰어내릴까 봐 발을 동동 구르고 있는 것이겠지……. 그러나 이미 너무 늦었다. 그대들의 친절을 받아들이기엔 나는 너무 지쳤다. 그대들의 안타까운 외침이 바람을 타고 내 귓가에 도달하기 전에, 난 삶을 끝낼 것이기 때문이다.

작은 갈대 언덕에서 내려다본 한강은 유유히 흐르고 있었다. 이 세상에서 나 하나쯤 없어져도 티 안 나는 것처럼, 저 검은 강물은 키 작은 내 몸뚱이를 꿀꺽 삼키고도 아무 일 없었다는 듯 유유히 흐를 것이다.

천천히 한 개, 한 개 단추를 풀어 웃옷을 벗은 나는 바지를 벗다 말고, 고개를 들어 하늘을 올려다본다. 이 세상에서 마지막으로 보는 하늘이다. 별 한 개 떠오르지 않은 밤하늘이 잔뜩 찌푸린 얼굴로 나를 내려다본다.

"그래, 잘 있어라. 나는 간다."

세상과 마지막 작별 인사를 하고 강물을 향해 발을 떼려는 바로 그 순간, 하늘이 나에게 말을 걸었다.

"미안해요."

"뭐?"

"죽지 마세요."

먹구름을 잔뜩 머금은 밤하늘이 나한테 죽지 말란다.

"뭐…… 뭐라고?"

"아저씨가 죽으면 내가 슬퍼할 거예요……. 또똑."

비 한 방울이 내 콧잔등을 때린다. 밤하늘이 눈물 한 방울로 내 죽음을 애도하려나 보다고 생각하는 순간, 한 남자가 내 눈앞에 나타났다. 헐레벌떡 뛰어온 그는 가쁜 숨을 몰아쉬고 있다.

그는…… 포졸이었다. 그렇다. 진짜 포졸이다. 조선 시대를 끝으로 사라졌던 포졸이 맞다. 새빨간 털이 달린 조그마한 검정 갓을 쓰고 검정 도포에 육모방망이까지 든, 수염 난 포졸 한 명이 숨을 헐떡거리며 뛰어온 것이다. 어이가 없고 어처구니가 없고 이해할 수 없지만, 난 내 생의 마지막 순간, 여의도 부근 한강 둔치 갈대밭 사이에서 포졸을 만난 것이다. 저 포졸은 어디서 왔을까……. 스스로 목숨을 끊으려는 나를 말리려 조선 시대로부터 수백 년을 여행해 날아온 것일까?

왜 내 인생에, 지금 이 시점에 포졸이 등장해야 하는 것인가. 거친 숨을 토하던 포졸이 입을 열었다.

"아, 진짜. 아저씨! 미안하지만 좀 비키라고요."

순간 귀를 의심했다. 미안하지만 비키라고?

무언가 응대할 말을 찾고 있는 사이, 포졸의 허리에 달린 무전기에서 고함이 터져 나온다.

"야, 앵글에 걸리니까 빨리 가라고 해. 비 떨어지잖아."

앵글에 걸린다고? 앵글에? 무슨 앵글에 걸린다는 걸까? 상황 파악을 못 하고 벗던 바지를 마저 벗지 못한 채, 엉거주춤 얼음이 된 나에게 포졸이 말했다.

"아저씨, 미안한데요. 저 아래에서 〈양반과 상놈〉 촬영 중이거든요. 근데 지금 카메라 앵글에 완전히 걸려요. 그러니까 좀 비켜주세요, 네?"

"〈양반과 상놈〉?"

그게 뭐지? 영화인가, 드라마인가? 만약 드라마라면 조기 종영될 게 뻔하다. 한 번도 본 적이 없으니까. 어쨌든 내 생애에 가장 중요한 날, 가장 중요한 순간에, 너무나 외람되게 나타난 조선 시대 포졸이 비키란다. 앵글에 걸린다고 말이다. 비키라니, 어디로 비키라는 것인가. 더 이상 갈 데가 없어서 밀리고 밀려 여기까지 왔는데, 연기처럼 뿅 하고 사라질 수도 없고 지우개로 박박 지울 수도 없는데, 나는 엄연히 살아 숨 쉬는 인간인데, 어디로 어떻게 비키라는 것인가.

포졸의 무전기에서 또다시 고함이 터져 나온다.

"야, 비킨대, 안 비킨대? 비 온단 말이야."

포졸이 애원한다.

"아저씨, 좀 비키라고요, 네? 지금 아저씨 때문에 배우들이랑 스태프들이랑 수십 명이 촬영 못 하고 있잖아요. 빗방울 떨어지기 전에 마지막 컷 찍어야 한단 말이에요. 조금만 비켜주세요."

"싫어."

그러지 않으려고 했지만 나는 울먹이고 있었다.

"네?"

"싫다고. 여기 계속 서 있을 거야."

거짓말이다. 원래 시나리오대로라면 나는 지금쯤 강물 바닥에 있어야 한다. 그런데 그냥 뛰어내리기에는 너무 약이 올랐다. 지들이 비키란다고 내가 비켜야 하나? 이 중요한 순간에? 삶의 마지막 순간에? 정녕 너희들은 따스한 작별 인사라도 한마디 해줄 수는 없는 것인가? 마지막 순간까지 나를 이토록 밀어내야만 하는 것인가? 참으려 해도 눈물이 난다.

후드득후드득. 밤하늘도 본격적으로 울어주기 시작한다.

무전기가 말을 한다.

"아, 비 오잖아. 어떻게 됐어?"

포졸이 무전기에 대고 대답한다.

"안 비키겠다는데요."

무전기가 또 말을 한다.

"진짜 바빠 죽겠는데 왜 안 비켜?"

포졸이 대답한다.

"몰라요. 그냥 서서 우는데요?"

이 인정머리 없는 것들아. 너희는 아까 한강대교에서 만났던 공익 놈들만큼이나 인정머리 없는 것들임이 확실하다. 오밤중에 사람이 한강 둔치에서 강물을 바라보며 옷을 벗고 있으면 대충 무엇을 하려는 것인지 알 만큼 배운 인간들이, 고작 한다는 이야기가 앵글에 걸리니까 비키라니. 절대 못 비킨다.

무전기가 또 말을 했다.

"야, 그냥 두고 와. CG로 대충 지워볼게."

CG로 지워볼게. 이 한마디가 내 가슴을 강타했다. 우리 어머니는 나를 낳고 미역국을 잡수셨고, 우리 아버지는 내 분윳값 벌겠다고 불 끄다가 돌아가셨다. 나는 분명 이 세상에 태어나서 40년을 넘게 삶을 이해하고, 포용하고, 극복하기 위해 노력하며 살아왔다. 그런데 엄연히 숨 쉬며 살아 있는 사람을 대충 지우겠다니, 눈앞에 보이는데 안 보이는 것처럼 만들겠다니, 있는데 없게 하겠다니……. 너무나 약이 올라 현기증이 난다.

나는 이성을 잃고 말았다. 돌아서는 포졸의 어깨를 잡고 무전기를 잡아챘다. 그리고 무전기에 대고 젖 먹던 힘까지 짜내어 울분을 터뜨렸다.

"지우지 마, CG로 지우지 말라고. 난 아직 살아 있어. 너희들이랑 똑같이 살아서 숨 쉬고 있다고. 엉엉. 니들이 뭔데 날 지워. 엄연히 살아 있는데 왜 지워. 왜 있는 사람을 없는 사람 취급해, 이 나쁜 놈들아. 나 지우지 마. 엉엉. 못 지워. 지우지 말라고, 이 개새끼들아."

무전기에 대고 마지막 남은 힘을 다해 울분을 토했다.

물끄러미 바라보던 포졸이 말했다.

"아저씨, 그거 무전기 왼쪽 버튼 누르고 얘기해야 들려요."

내가 말했다.

"포졸 아저씨, 너무 배가 고파요."

얼마나 한심할까. 상의는 완전히 탈의한 채, 바지는 반쯤 벗은 채로 안 비키겠다고 우기다가 배고프다고 하소연하는 내가…… 얼마나 한심할까. 그렇지만 나는 진짜 배가 고프다. 고함을 치고 났더니 더 허기진다. 오늘 하루 종일 아무것도 못 먹었다.

포졸이 주머니에 손을 넣더니 주섬주섬 무언가를 꺼내 나에게 건넨다. 꼬깃꼬깃한 천 원짜리 다섯 장이다.

"아저씨, 이거 얼마 안 되지만 식사라도 하시고 기운 차리세요."

오랜만에 구경하는 천 원짜리다. 나는 얼른 그 돈을 받아 들고 포졸에게 물었다.

"어디로 비키면 돼요?"

포졸이 대답했다.

"앵글에 안 걸리게 언덕 아래로 사라지면 돼요."

바지를 다시 입고 웃옷을 걸치고 언덕 모퉁이를 돌아 내려왔다. 내려오는데 무전기에서 흘러나오는 소리가 들렸다.

"갔냐?"

포졸의 대답도 들렸다.

"네, 갔습니다."

"이제 너도 사라져."

"어디로요?"

"아무 데나 눈에 안 보이는 곳으로 숨어."

"네."

굵은 빗방울이 본격적으로 떨어지기 시작한다. 아마도 소나기가 오려나 보다.

무전기가 다시 말했다.

"다 사라졌지? 눈에 보이는 거 없지? 오케이. 자자, 마지막 컷이야. 감정들 잡고, 말없이 바라보다가 키스하는 거야. 오케이? 레디, 액션."

이보출 씨의 하루

꿈

동트기 직전 어스름한 시간이었다. 양복을 빼입은 나는 올림픽 대로를 달리는 스타크래프트 밴의 뒷좌석에 앉아 태평이와 통화를 하고 있었다.

"아들! 왜 이리 일찍 일어났어? 아빠? 아빠는 어제부터 한숨도 못 잤지. 기자간담회하고, 밤샘 촬영했거든. 괜찮아! 안 피곤해. 아빠 드라마 시청률이 잘 나와서 기운이 팍팍 나! 뭐? 선생님들이랑 친구들이 사인해 달란다고? 열 장? 그래, 집에 가서 해줄게. 아빠도 사랑해."

전화를 끊자, 뒤태가 항아리 모양으로 펑퍼짐하게 굴곡진 매니저가 라디오를 틀었다. 여성 같기도 하고 남성 같기도 한 DJ의 음성이 흘러나왔다. DJ의 목소리는 달궈진 프라이팬 위에서 통통 튀는 물방울처럼 경쾌하게 들렸다.

"굿 모닝, DJ 보나 마나예요. 또 하루가 시작되었어요. 여러분의 하루를 정확하게 예보해 드리는 '십중팔구' 바로 출발합니다. 또 날이 밝았습니다. 하루가 시작된 거죠? 태양이 어제와 같은 자리에 어김없이 떠올랐으니까요. 여러분은 '태양' 하면 무엇이 연상되나요? 희망, 정열, 헬륨, 비타민 D, 태닝, 여름휴가 뭐 대충 이런 것들인가요?"

차창 밖을 내다보았다. 아직 미명이 밝지 않았다. 그런데 DJ는 태양이 떠올랐다고 우기고 있었다.

"애청자 여러분들은 저 태양이 죽음을 부른다고 느끼지 못하죠? 아침부터 웬 죽음 얘기냐고요? 죽음은 피한다고 안 오는 게 아니에요. 코스요리처럼 순서대로 나오는 거예요. 그래서 인생 잘살아 봐야 별것 없다고들 하는 거예요. 어차피 끝은 다 똑같으니까요. 열심히 산다고 살았는데, 어땠어요? 본질이 뭔지 모르겠죠? 내용물은 구경도 못 했죠? 마치 상자는 열어보지도 못하고 포장만 만지작거리는 아이가 된 기분이죠? 음식은 입에 대 보지도 못하고 주인이 먹는 모습만으로 맛을 상상하는 멍멍이가 된 것 같기도 하죠? 맞아요. 늘 본질은 놓친 채 현상만 죽어라 쫓으며 살아온 여러분의 삶은 그런 거예요. 원래 그런 거니까 이해도 못 하는 경전 같은 거 읽으면서 삶을 '이렇다, 저렇다' 규정지으려 하지 말아요. 고전에서 인용구 따와서 미화하려고도 말고요.

아주 짧고 간단하게 정리해 드릴게요. 오늘도 저 태양이 떠올랐기 때문에 여러분은 죽음에 하루 더 가까워진 거예요. 목숨이 하루치만큼 없어진 거라고요. 물독에 물 한 바가지 없어진 것처럼 살날이 하루 없어졌다고요. 그게 삶의 본질이에요. 매일매일 녹아 없어지는 거, 태어나는 순간부터 죽음을 향해 달려가는 거. 그러니까 아등바등 애쓰면서 살 필요들 없다는 거예요."

DJ의 음성이 점점 크게 들렸다. 나는 운전석의 매니저에게 말했다.

"항아리, 라디오 볼륨 좀 줄여줘."

항아리라 불리는 매니저는 내 말을 들었는지 못 들었는지 반응 없이 소보로빵을 한 입 베어 물고 오물거렸다. 운전할 때 뭐 먹지 말라고 여러 번 잔소리했지만, 소귀에 경 읽기다.

"일산에 사는 김미래 주부님, 꼭두새벽부터 공원을 빠르게 걸으니까 활기찬 것 같죠? 묵직했던 아래 뱃살이 빠지면서 새록새록 젊어지는 것 같나요? 근데 어쩌나요? 허리 뻐근하시죠? 척추가 탈구되었네요. 인대가 느슨해져서 뼈가 마음대로 춤을 춰요. 내일부터 못 걸으실 거예요. 청담공원에서 매일 아침 소나무에 등치기 하는 정아흔 할아버지! 컨디션 좋은 것 같죠? 영원히 살 것 같죠? 그런데 이를 어째요? 오늘 밤에 낙상하실 거예요."

통통 튀던 DJ의 목소리가 변해 뱀이 혓바닥을 날름거리는 것처럼 스르륵, 스르륵거리며 귀에 거슬리게 들렸다.

"항아리! 라디오 꺼버려."

항아리는 반응하지 않았고, DJ의 음성은 점점 크고 가깝게 들렸다.

"해남에 사는 박낙어 어부님, 매번 잘 못 낚았죠? 오늘도 혹시나 하고 갔다가, 역시나 못 낚으실 거예요. 박낙어 어부님은 담배 끊을 필요 없어요. 이미 돌이킬 수 없는 병에 걸렸으니까요. 또 누구의 하루를 예보해 드릴까요? 맞다. 사인조가 있었네요. 하루가 무지하게 꼬여버린 네 명, 당연히 예보해 드려야죠. 먼저 나고단 씨, 오늘 드디어 죽는 날이죠? 축하드려요. 꼭 성공하시고요, 어서 오세요. 만나면 무지하게 반가울 거예요."

뱀처럼 스르륵거리던 DJ의 음성이 강물 속에 가라앉은 것처럼 묵직하고 우울하게 변했다.

"야! 항아리! 라디오 끄라고. 내 말 안 들려?"

소보로빵 다음에 단팥빵을 베어 문 항아리는 도무지 내 말에 무반응이었다.

"박대수 씨는 따님이 많이 아프죠? 골수를 이식해야 하는데 아무리 기다려도 기증자가 안 나타나죠? 기다리지 마세요. 오늘도 안 나타날 거예요."

안전벨트를 풀고 라디오를 직접 끄려고 했다. 그런데 벨트의 끝을 고정하는 버클을 찾을 수 없었다. 좌석 틈새 속에 빠져 안 보이나 싶어 손바닥을 펴서 틈새 깊숙이 찔러 넣어 봤지만, 아무것도 손가락 끝에 걸리지 않았다. 버클이 없는 안

전벨트에 묶인 나는 좌석을 벗어날 수 없었다. 따라서 라디오를 끌 수도 없었다.

"정유일! 넌 곧 소집해제 되지? 더 이상 숨을 곳이 없네? 굴에서 나와 세상과 대면하는 순간 너는 질식하고 말 거야. 세상은 너 같은 종류를 원하지 않거든."

움직일 수 없다는 사실을 자각하는 순간부터 가슴이 답답해지며 과호흡이 시작되었다. 마치 물에 빠진 사람처럼 정신이 혼미해지고, 숨이 차올라 가슴이 풍선처럼 부풀어올랐다. 이 상황에서 벗어날 수 없다는 사실을 인지하는 순간, 죽을 것 같은 공포가 몰려왔다. 공포와 비례해 DJ의 음성도 귀청이 떨어져 나갈 정도로 증폭되었다.

"그리고 이보출이! 오늘도 살아보겠다고 무지하게 달릴 거야? 바보야, 그만 달려. 아무리 달려도 니 인생은 원위치야. 백날 달려봐야 거기서 거기라고. 왜 그런지 모르겠어? 어차피 넌 보조출연이야. 주제 파악을 해! 정신 차리라고!"

아니라고 소리 질렀다. 오늘 하루를 열심히 살면 미래는 나아질 거라고 말했다. 누구나 자기 삶에서는 주연이라고 외쳤다. 삶이란 재미있고 보람된 하루하루가 모인 것이고, '보나마나'라는 편견과 '십중팔구'라는 잣대로 섣불리 다른 이의 하루를 판단하지 말라고 목청껏 소리 질렀다. 다만 내 목소리는 들리지 않았다. 그러기에는 DJ의 목소리가 너무나 컸다.

오전

20년 전 어느 날.

여기는 여의도의 한 방송국 별관 앞 도로변. 현재 시각 오전 3시 28분.

시간을 제외한 모든 것이 잠든 시각. 우리는 그냥 서 있다. 코뚜레에 고삐가 걸리기를 기다리는 황소처럼, 아직 열리지 않는 버스 문에 시선을 고정한 채 묵묵히 서 있다.

내 이름은 이보출, 나는 〈양반과 상놈〉이라는 TV 드라마에 출연 중인 엑스트라. 요즘은 보조출연자라고 부르지만, 아직은 엑스트라라고 부르는 사람들이 더 많다. 나에게는 누나네 맡겨놓은 아들이 있다. 태평이, 초등학교 1학년이다. 사정이 여의치 않아 근 1년째 떨어져 살고 있다. 함께 살 방 한 칸 마련해 보겠다고 닥치는 대로 일하는 중이지만, 쉽지 않다. 뭐, 다 돈 때문이긴 한데, 사실은 돈 이전에 나 때문이다. 욕심부리다가 빚만 잔뜩 지고, 마누라는 떠나고, 아들이랑 생이별한 처지니까…….

3시 29분이 되면 어김없이 그가 나타난다. 낡은 등산모에 뿔테 안경을 쓴, 작지만 다부진 체구의 길 반장이다. 단 한 치의 오차도 없다. 지난 30년간 보조출연 업계에서 잔뼈가 굵어 온 길 반장에게, 지각이란 여의도에 쓰나미가 몰려온다 해도 있을 수 없는 일이다. 환갑이 다 되었지만, 특별히 힘주어 소리 지르지 않는데도 목소리가 엄청나게 크다. 그렇다고 쩌렁쩌렁한 건 아니다. 걸걸하다. 걸걸한 목소리는 힘이 세다고 낼 수 있는 것이 아니다. 그가 살아낸 세월과 그 세월만큼 흘린 땀이 만들어내는 것이다.

이윽고 길 반장의 걸걸한 목소리가 어둠을 뚫고 정적을 가른다.

"마흔네 명 맞지? 자, 모두 탑승!"

45인승 버스의 문이 열리고, 우리는 줄지어 버스에 탑승한다.

오늘은 아침 6시 전에 출발하니까 6천 원씩 교통비를 지급받는다. 그러나 이미 응암동 필승 고시원에서 여의도까지 택시를 타고 오는 데 9천 원이 들었다. 나는 3천 원을 손해 보면서 일과를 시작하게 된 것이다. 그래도 감사하다. 내가 지금 이 시각에 일터로 가는 버스에 올라타기 위해 얼마나 많은 변수들이 있었는지 헤아려 보면 정말 감사하지 않을 수 없다. 독립운동하러 가는 것도 아닌데 웬 변수가 그리도 많냐고? 순서대로 정리해 보면 다음과 같다.

 - 우선 유명 작가, 무명작가, 신인 작가, 작가 지망생 포함, 많은 작가가 다양한 작품들을 썼겠지.

 - 작가들은 방송국 드라마 제작국의 높은 사람에게 각자 자기 작품 원고를 보냈을 거고.

 - 높은 사람은 자기 책상에 놓인 많은 대본 중 〈양반과 상놈〉이라는 대본을 골랐겠지.

 - 그리고 전도유망한 젊은 후배 피디들이랑 일 없어서 놀고 있는 중고 피디들 사이에서 누구에게 일을 줄지 갈등하다가 행운의 주인공을 찍어 연출을 맡겼겠지.

 - 연출자가 선정되는 그 순간부터 새로운 세계가 열린다. 연출자 밑으로 나무뿌리가 여러 갈래로 뻗어 내려가듯, 무지하게 많은 사람들에게 일거리가 배분되기 때문이다.

 - 연출을 맡게 된 피디는 조연출을 선택하고, 조연출은 연출 팀을 꾸렸겠지. 카메라, 조명, 미술, 음악, 오디오, 분장, 소도구, 대도구 등 각 팀장이 선택되고, 각 팀장 밑으로 팀원들이 구성되었겠지. 주연, 조연, 단역 순으로 배우들도 캐스팅됐겠지. 잘나가는 배우는 출연 안 하겠다고 도망 다니고, 못나가는 배우는 출연 좀 시켜달라고 쫓아다녔겠지.

 - 배우들까지 캐스팅되고 난 후, 맨 마지막으로 피디는 고

려예술, 이쁜이예술, 길따라예술 등 수많은 보조출연자 동원 회사 중 어느 회사와 일할지 고민하다가 고려예술을 낙점했 겠지.

- 피디는 고려예술에서 보조출연자 팀을 운영하는 허 반장, 주 반장, 유 반장, 길 반장 등 여러 반장 중에서 가장 마음에 드는 길 반장을 선택했겠지.

- 피디의 성은을 입어 〈양반과 상놈〉의 보조출연 팀 팀장이 된 길 반장은 고려예술에 등록된, 밤하늘의 별처럼 많은 보조출연 희망자들의 명단을 훑어보면서 자신과 운명을 함께할 44명의 팀원을 골랐겠지. 그중에 나도 포함된 것이다.

이렇게 터프한 경쟁과 변수를 뚫고 나는 오늘 일터로 가는 버스에 오르게 되었단 말이다. 그러니 어찌 감사하지 않을 수 있단 말인가!

하루 일당은 4만 원. 점심값으로 5천 원이 지급될 것이고, 저녁 7시가 넘어가면 저녁 식사비로 또 5천 원, 만약 밤 12시 이후까지 촬영이 이어진다면 하루 일당의 더블, 즉 8만 원을 받게 될 것이다. 그러나 그렇게 될 확률은 희박하다. 오늘은 촬영 마지막 날이기 때문이다.

그렇다. 오늘은 촬영 마지막 날이다. 나는 지난 몇 달 전부터 조선 시대의 신분을 초월한 러브스토리를 그린 대하 사극, 〈양반과 상놈〉에 출연해 왔다. 보조출연자들을 총괄 지휘하는 길 반장 덕택이다. 길 반장이 동작 빠르고 눈치 엄청 빠른 나를 제 식구로 받아들여 주었기 때문이다. 하지만 그것도 오늘까지다. 원래 50부작으로 기획된 〈양반과 상놈〉이 한 자리의 저조한 시청률로 고전하면서, 30부를 끝으로 갑자기 조기종영 하게 되었기 때문이다. 오늘은 30부를 끝내는 마지막 촬영 날이다. 오늘이 지나면, 그래서 〈양반과 상놈〉의 촬영이 끝나면, 나는 다시 실업자로 돌아가야 한다.

아직 희망이 있긴 하다.

엑스트라는 일반적인 경우 반장과 함께 팀별로 움직이기 때문이다. 반장이 드라마의 보조출연 팀장으로 선택되면 반장은 그 드라마에 엑스트라로 출연할 보조출연자들을 뽑아 팀을 꾸리고, 그렇게 꾸며진 팀들은 특별히 사고를 치지 않는 한 반장과 함께 드라마가 끝날 때까지 일을 할 수 있게 된다. 다시 말해서 PD는 반장을 선택하고, 반장은 우리를 선택하는 것이다. 수완 좋고 인간관계 좋은 길 반장이 타 방송사에서 새로 시작하는 50부작짜리 사극에 PD의 성은을 입어 간택되었다는 따끈따끈한 소식을 나는 어제야 들었다. 이미 함께 갈 팀원들이 거의 꾸려졌고, 나머지 한 자리가 남았다는 소식도 더불어 들었다. 나는 무슨 일이 있어도 길 반장의 팀원으로 한 번 더 간택되어야만 한다. 그렇게만 된다면 앞으로 최소한 6개월 동안은 염려 없이 일을 할 수가 있는 것이다. 하루에 4만 원씩, 12시를 넘겨 철야 촬영하는 날은 8만원, 점심, 저녁 식사비 5천 원씩 꼬박꼬박 받아 반년 동안 돈을 모은다면 내 아들 태평이와 함께 살 방 한 칸을 마련할 수 있을 것이다.

결코 쉽지만은 않은 일이다. 나처럼 길 반장의 선택을 받으려는 경쟁자들이 아주 많기 때문이다. 시간이 없다. 오늘 하루 촬영하는 동안 무언가 길 반장의 눈에 들 만한 멋진 일을 해내지 않는다면, 그래서 나 이보출이가 함께 일하기 좋은 놈이라는 인상을 주지 못한다면, 나는 새로이 출범하는 길 반장호에 승선할 수 없을는지도 모른다.

용인 민속촌으로 향하는 덜컹거리는 버스 안에서 선잠이 들 때쯤 되면, 실내등이 켜지고 맨 앞에서 일일 촬영 스케줄표를 들여다보던 길 반장이 차내 마이크를 잡는다.

"잘 들어라. 홍석이, 성수, 재윤이, 대훈이, 경모, 효성이, 보출이. 이상 일곱 명은 오늘 포졸이다. 알았냐? 포졸들!"

"네, 알겠습니다."

나는 다른 때보다 더욱 힘주어 대답한다.

뿔테 안경을 올려 쓰며 길 반장의 잔소리가 이어진다.

"대훈이랑 경모, 니들 말이야, 짚신 말고 장화 달라고 의상 팀 막내한테 떼쓰지 마. 알았어? 조선 시대 때 포졸들이 짚신 신었다는데, 니들이 뭐라고 장화 신었다고 우겨, 우기긴. 그 냥 주는 대로 신어. 떼쓰지 마, 알았지? 그리고 포졸이건 상 놈이건 일단 짚신 신은 사람들은 쉬는 시간에 버스에 올라타 지 마. 지푸라기 날리니까. 날 풀렸으니까 그냥 밖에서 대기 해. 박 기사님이 지푸라기 알레르기 있어서, 버스에서 짚신 지푸라기 날리면 집에 못 간다. 알았어!"

다행이다. 일단 대훈이랑 경모는 아웃인가 보다. 역시 불평 은 리스크를 동반한다. 경쟁자가 두 명 줄어든 셈이다. 뭐 각 자 꼭 일을 해야만 할 사연이 있겠지만, 오늘만큼은 내 사연 이 먼저다. 따발총처럼 길 반장의 말이 이어진다.

"다음은 화적 떼. 화적은 오늘 총 열 명인데, 원희, 태윤이, 용범, 정민이, 준호, 경수, 기영이, 진결이, 이삭이, 정근이, 이 상이다. 니들 화적 떼들 말야, 분장 팀 막내들이 수염 붙여주 면 붙여준 대로 촬영 끝날 때까지 그냥 있어. 가렵다고 수염 떼지 마. 수염 야금야금 떼서 아무 데나 버린다고 분장 팀장 이 공식적으로 항의했어. 알았어? 그리고 촬영 끝나고 민속 촌 화장실 바닥에 수염 함부로 버리지 마. 쓰레기통에 넣든 가, 변기에 집어넣고 물 내려. 알았어? 민속촌 경비가 한 번 만 더 화장실 바닥에서 수염 발견되면 화장실 문에 자물통 채워놓는다고 경고 들어왔어. 화장실 못 쓰게 하면 어떻게

할래? 안 싸고, 안 눌래? 조심들 해. 수염 떼지 마. 가려우면
이쑤시개나 꼬리빗 뒤집어서 콕콕 찔러서 누르던가, 그래도
가려우면 '더 가려워 봐라, 더 가려워 봐라' 이렇게 주문을
외우면서 그냥 참아. 알았어?"

60이 넘는 나이에 저렇게 큰 소리와 정확한 발음으로 콩
볶듯이 쉬지 않고 말할 수 있다는 것도 신기하지만, 그보다
더 대단한 건 자명종 시계처럼 정확한 그의 시간관념이다.
스케줄은 항상 길 반장을 속이는데도, 길 반장은 정확하게
시간을 지킨다. 그렇다. 누가 짜는지는 몰라도, 스케줄은 항
상 우리 보조출연자들을 기만한다.

딸그닥딸그닥 소리를 내며 누군가의 노트북에서 작성된
일일 촬영 스케줄표는, 우리 보조출연자들에게 새벽 5시 반
까지 수염 붙이고 의상 갈아입고 주차장에 앉아, 8시에 시작
할 촬영을 기다리라고 주문한다. 하지만 길 반장은 그 어떤
경우에도 스케줄을 탓하지 않는다. 〈양반과 상놈〉의 촬영이
막 시작된 지난 2월, 몰아닥친 추위에 꽁꽁 얼어버린 우리 보
조출연자들이 두 시간이나 늦는 주인공을 기다려야 했던 그
날, 길 반장은 우리에게 명언을 남겼다.

"춥냐? 그러나 세상을 탓하지 마라. 상황이 그런 거니까.
세상은 결코 우리에게 무엇을 원하는지 묻지 않는다. 너무
추워서 못 견딜 것 같은 사람은 떠나라."

빙판으로 변한 용인 민속촌 주차장에서 눈발을 맞고 있던 포졸, 기생, 화적 떼, 상놈 중 그날 그 자리를 떠난 사람은 아무도 없었다.

아직도 못다 한 길 반장의 모노드라마 같은 차내 연설이 계속된다.

"다음은 기생. 기생은 애란이, 천명이, 애라, 영자, 네 명이다. 기생들, 분장 버스 타서 배우들한테 쓸데없이 말 걸지 마. 그냥 인사만 해. 알았어? 괜히 배우랑 눈 마주치려고 자꾸 쳐다보고, '팬인데요, 사인해 주세요' 이런 말들 하지 마. 그리고 분장 받을 때 셀카 찍지 마. 알았어? 놀러 왔어? 아니지? 일하러 왔지? 그럼, 일만 해. 그리고 기생 가체에서 땀냄새 난다고 불평하지 마. 알았어? 가뜩이나 가체 모자라는데, 니들까지 가체 바꿔 달란고 미용 팀장한테서 항의 들어왔어."

기생 역 맡은 아가씨들은 우리 중 분장 버스에 들어가 본 유일한 보조출연자들이다. 기생 분장하려면 머리에 가체도 올려야 하고 화장도 해야 하고, 손이 많이 가기 때문이다. 쟤들 말에 따르면 분장 버스에는 없는 게 없다고 했다. 벽걸이 TV에, 커피 기계에, 잘 수 있는 간이침대랑 소파까지…….
아주 편하게 해놨다고 했다. 나? 나야 분장 버스에 타본 적이 한 번도 없다. 분장 버스는 주인공이나 조연, 혹은 대사가 한

마디라도 있는 단역들을 위한 곳이기 때문이다. 우리에게는 주차장이 곧 분장실이다.

덜컹거리는 버스의 앞 유리 너머로 용인 민속촌 주차장이 보인다.

양반에서 상놈까지, 유랑민이나 산적 혹은 포졸에서 종사관까지, 나는 매일매일 다른 사람으로 변신한다. 내가 오늘 맡을 역할은 포졸이란다. 버스가 멈추면 나는 수염을 붙이고, 포졸 갓과 검정 도포를 쓰고 입을 것이다. 그리고 육모방망이를 들게 되면, 더 이상 이보출이 아닌 조선 시대를 살았던 이름 모를 포졸로 변신할 것이다.

오전 4시 반, 우리가 탄 버스는 용인 민속촌 주차장에 도착했다. 오늘도 역시 우리가 제일 먼저 도착했다. 항상 가장 먼저 촬영장에 도착하는 이들은 우리, 즉 엑스트라들이다.

5시가 되자 분장 버스가 꾸물꾸물 온다. 쟤들은 얼마나 오기 싫은 길을 왔을까. 붉은색 분장 버스에서 피로에 절어 쉰 파김치처럼 흐느적거리는 여자아이들 두 명이 비척비척 내린다. 한 명은 스피리트 검이라는 피부에 바르는 접착제를 들고 있고, 다른 한 명은 거무튀튀한 수염을 한 뭉텅이 들고 있다. 어제도 밤새 촬영하느라 잠을 못 잔 것이 확실하다. 애들 눈두덩이가 심하게 부어 있다. 애들은 분장 팀 막내들이다. 선배 분장사들은 분장 버스에서 배우들 분장을 준비하고, 막내들은 버스 밖 주차장에서 보조출연자들의 분장을 맡게끔 역할 분담이 되어 있는 듯하다.

스피리트 검을 든 여자아이가 입을 연다. 딴에는 친절하게 말하려고 노력하지만, 앳된 목소리에 그 나름대로 카리스마를 실어 오글오글 모여있는 우리에게 던지듯 말한다.

"딴 분들은 그 자리에 그냥 계시고요, 화적들만 한 줄로 서세요."

화적들이 한 줄로 서자, 첫 번째 여자아이가 호주머니에서 붓을 꺼내 스피리트 검을 듬뿍 묻히더니, 인중과 턱 밑에 페인트칠하듯 척척 바른다. 혹자는 묻는다. 본드 냄새가 괴롭지 않냐고. 아니, 안 괴롭다. 오히려 향기롭다. 이것을 바르는 날, 이 냄새를 맡는 날은 일할 수 있는 날이기 때문이다.

얼굴에 스피리트 검을 바른 화적들에게는 나머지 한 여자아이가 수염을 붙여준다. 조금만 붙였으면 좋겠는데, 구멍 난 창틀에 창호지 바르듯 덕지덕지 붙인다. 그래도 난 오늘 화적이 아니라 포졸이라서 다행이다. 포졸들의 수염은 그나마 깔끔하게 정돈해서 붙이지만, 화적들은 입이랑 코만 빼고 얼굴 전체를 수염으로 덮어버리기 일쑤이기 때문이다. 털 많이 났다고 싸움을 잘하는 건 아닐 텐데 말이다. 50대 가장 기영이 형의 얼굴에 수염을 붙이던 분장 팀 막내 아이가 일손을 멈추고 기영이 형을 훑어보더니, "아저씨, 화적 맞아요? 죄수 아니에요?"라고 묻는다. 보험회사에 다니다가 실직하고 보조출연을 시작한 50대 가장 기영이 형이 분장 팀 막내에게 성의껏 대답한다.

"나 화적 맞아. 어제까지 죄수 했었지. 오늘은 화적 하래, 길 반장님이."

"아유, 그냥 하던 거 하지 왜 이랬다저랬다 하는 거예요? 분장하는 사람 헷갈리게?"

아직 잠이 덜 깬 분장 팀 막내의 타박이 이어지자, 20년 동안 한 보험회사에서 영업사원으로 장기 근속하다가 갑자기 해고당했는데, 아직 아이들이 대학생, 고등학생이라서 학비가 많이 들어가는 50대 가장 기영이 형이 미안한 듯 대답한다.

"어제 죽었잖아. 죄수 중에 세 명 처형당할 때, 그때 혹시 얼굴 잡혔을지 모른다고 오늘부터 화적 하래, 길 반장님이."

"길 반장님이 무슨 감독님이에요? 말끝마다 길 반장님이에요? 죽었으면 이제 고만 출연하고 딴 분 나오시게 하든가……. 아유, 진짜 헷갈려 죽겠네."

물이 아래로 흐르는 것처럼 신경질도 아래로 흐른다. 분장 팀 막내가 새벽부터 투덜거리는 이유는 수면 부족 탓 이외에 아마도 고참에게 한 소리를 들었거나, 보조출연자들 빨리 스탠바이 시키라는 조연출의 성화가 있었기 때문일 거다.

기영이 형이 분장 팀 막내에게 송구스러운 표정으로 사과한다.

"아이고, 미안합니다. 앞으로 조심할게요."

"아뇨, 그게 아니라 그냥 헷갈려서 그런 거예요. 출연자분들이 워낙 많으니까. 화낸 거 아니에요. 사과하지 마세요. 그럼, 제가 죄송해지잖아요. 얼굴 움직이지 마세요."

기영이 형의 사과에 뻘쭘해진 분장 팀 막내가 같이 미안해한다. 하지만 아무리 미안해도 가장 중요한 이야기는 빼놓지 않는다.

"촬영 끝날 때까지 수염 절대 떼지 마세요."

혹자가 묻는다. 얼굴에 붙어 있는 가짜 수염이 가렵지는 않냐고.

솔직히 대답하면 무진장 가렵다. 얼마나 가렵냐고? 음……. 이건 말로 설명이 안 된다. 직접 경험해 보아야만 알 수 있다. 얼마나 가려운지 궁금한 사람들은 다음과 같이 해 보라.

일단 인체에 무해한 본드를 사서 붓에 듬뿍 적신 후 인중과 턱선을 따라 쭉 바른다. 면도 자국 결대로 따끔거리고 화끈거리다가, 끈적거려 입을 마음대로 벌리지 못하게 될 것이다. 본드가 조금 말랐다 싶으면 집에서 기르는 강아지, 시츄

나 몰티즈같이 털이 긴 놈으로(치와와는 안 된다), 그 털을 적당량 잘라내어 가위로 잘게 썰어 꼼꼼하게 붙이면 된다. 그리고 하루 종일 있으면서 밥도 먹고 잠도 자고 땀도 흘리고 하다 보면 가짜 수염을 달고 있는 것이 얼마나 가렵고 고통스러운 일인지 알게 될 것이다. 그러나 일당 4만 원만큼 가렵지는 않다. 그래서 참을 수 있는 것이다.

수염을 붙인 후 의상을 갈아입을 때는 보이지 않는 전투가 벌어진다. 이 전투에서 반드시 이겨야만 오늘 하루를 무사히 보낼 수 있다. 전투의 승패를 가르는 열쇠는 신발에 있다. 의상이야 질적인 면에서 다 거기서 거기이지만, 신발은 배우들이 신어도 손색이 없을 만한 A급에서 너덜너덜해진 F급까지 다양하기 때문이다. 양반인 경우 갖신, 상놈인 경우 짚신, 나는 포졸이지만 어떤 신이 쥐어질지는 모른다. 운 좋으면 장화, 장화가 모자라면 짚신이 돌아올 것이다. 사이즈가 맞고 구멍 나지 않은, 그래서 물이 솔솔 들어오지 않는 A급 신을 골라야만 한다. 그리고 버선을 신기 전에 미리 준비해 간 검정 비닐봉지로 발을 감싸는 것도 잊어서는 안 된다. 한낱 비닐봉지에 불과하지만, 이것이 오늘 하루 종일 땅에서 올라오는 무자비한 차가운 습기로부터 내 발을 보호해 줄 것이기 때문이다. 별것 아닌 것 같지만, 이것이 바로 노하우다. 누가 가르쳐줘서 아는 것이 아니라, 그야말로 각자의 경험으로 얼기설기 엮어내는 것이다. 지난겨울 처음으로 보조출연자 생활을 시작했을 때, 무지막지한 추위에 발이 꽁꽁 얼어보았기 때문에 검정 비닐봉지를 챙기게 되었고, 손가락이 얼어서 동상 치료에 병원비가 더 들었기에 살색 면장갑을 준비하게 된 것이다.

오늘은 운이 없다. 의상 팀 막내가 너덜너덜해진 짚신을 건네주는 것이다.

"나, 포졸……인데?"

들릴 듯 말 듯 소심하게 한마디 해보았다.

"장화가 다 나갔어요. 그리고 포졸도 짚신 신어요."

한마디 더 항변하려는데, 의상 트럭 쪽으로 다가오는 길 반장의 모습이 보여서 입을 닫았다. 오늘은, 오늘만큼은 무조건 길 반장한테 잘 보여야 한다. 그래서 길 반장의 50부작 대하 사극 팀원으로 간택되어야만 한다.

"네, 알았어요. 잘 신겠습니다."

큰 소리로 대답하고 짚신을 받아 들었다. 길 반장이 의상 팀 막내에게 공손히 인사하는 나를 흘끔 쳐다보는 것 같다.

사실 짚신 대신 갖신이나 장화를 선호하는 중요한 이유는 또 있다. 우리가 타고 다니는 보조출연자 전용 버스 기사가 짚신에서 떨어진 지푸라기들이 날린다며, 짚신 신은 사람들은 버스에 앉아 휴식하는 것을 금지했기 때문이다. 그래서 짚신 신은 사람들은 버스에 올라타지 못하고, 주차장 한구석에 쭈그리고 앉아 있어야 한다.

의상까지 갈아입고 포졸로 완전 변신하고 나면, 그때부터 기다려야 한다. 누구를? 아주 많은 사람을. 먼저 스태프로 가득 찬 버스가 온다. 또 그로부터 한 시간 정도 지나면 배우들이 도착하기 시작한다. 우선 대사가 거의 없는 단역들이 도착하고, 그다음 조연들, 그리고 주로 마지막에 선생님 연기자들이나 주인공이 탄 밴이 도착한다.

양반 출신의 양갓집 규수가 상놈과 사랑에 빠진다는 내용의 드라마 〈양반과 상놈〉의 주인공은 홍아름이라는 여자로, 예전에는 인기가 많았지만, 요즘은 많이 어려운 30대 중반의 여배우다. 남자 주인공은 이름을 잘 모르는 신인이다. 훤칠하게 큰 키에 배에는 왕(王)자 복근이 뚜렷하게 새겨진 몸짱이지만, 스태프들은 그를 버벅이라 부른다. 평상시에는 안 그러는데, 카메라 울렁증이 있는지 대사만 했다 하면 심하게 버벅거려 NG를 수십 번씩 내기 때문이다.

동이 틀 무렵, 홍아름의 외제 밴이 민속촌 주차장으로 들어온다. 차가 멈춘 후에도 한동안 홍아름은 차에서 내리지 않는다. 대신 밴의 끄트머리에 소심하게 달려 있는 자그마한 창에서 흰 연기가 풀풀 난다. 잠에서 깨어난 홍아름이가 모닝 담배를 피우는 것이 확실하다. 그래, 속 탈 거다. 오래간만에 컴백한 복귀작 〈양반과 상놈〉이 저조한 시청률로 조기종영하게 되었으니, 얼마나 속이 탈까.

홍아름이 밴에서 나와 분장 버스에 오르면, 주차장 곳곳에서 구수한 라면 냄새가 솔솔 나기 시작한다. 분장 버스와 의상 트럭, 소품 트럭 주변에 팀원들끼리 모여 라면을 끓여 아침 식사를 하는 것이다. 물론 우리 보조출연자들 몫은 없다. 아침을 굶는 것이 기정사실화되어 있기에 별로 먹고 싶지도 않다. 우리는 그냥 자판기 커피 한 잔으로 아침을 때운다. 그게 화장실도 자주 안 가도 되고, 되레 속 편하다.

길 반장은 다르다. 보조출연자로 시작해 방송계에서 30년 넘게 잔뼈가 굵은 길 반장은 어느 팀에라도 끼어서 라면을 얻어먹을 수 있다. 오늘은 의상 트럭 옆에서 의상 팀장이 맛있게 끓인 라면을 후루룩 받아넘기고 있다. 그런데…… 어라? 저 자식 좀 봐라? 쟤, 항아리 아냐?

항아리, 비대한 몸 때문에 항아리라 불리는 나와 같은 보조출연자다. 기껏해야 30대 초반도 안 된 새파란 놈인데 보조출연 경력이 오래되었다는 이유로 40을 훌쩍 넘긴 나에게 꼬박꼬박 반말을 한다.

항아리가 라면 국물로 마지막 입가심을 하고 있는 길 반장에게 슬금슬금 다가가더니, 자판기 커피를 한 잔 내민다.

"반장님, 따뜻한 커피 한 잔 드세유."

길 반장이 커피를 받아 들자, 이번엔 담배를 꺼내 건네고 불까지 붙여준다.

저는 담배를 안 태우면서 길 반장용 접대 담배를 갖고 다니는 것이다. 항아리 저 자식도 길 반장의 50부작 대하 사극 팀에 아직 합류 못 한 것이 확실하다. 결국 나는 항아리와 마지막 남은 한 자리를 놓고 다투고 있는지도 모른다.

항아리와의 악연은 보조출연 첫 촬영 날부터 시작되었다.

지난 1월 말, 〈양반과 상놈〉의 첫 촬영이 있었다. 임진왜란 장면이었는데, 왜구가 침범해서 조선 군사들이 해안선을 따라 방어진을 구축하고 왜구들과 맞서는 전쟁 신이었다. 대규모 전쟁 신인 만큼 그날 나를 포함한 400명의 남자 보조출연자들이 10대의 버스에 나눠 타고 서해안 어느 갯벌로 내려갔다.

왜군 선박 한 척이 바닷물과 맞닿은 갯벌에 걸쳐 있었고, 넓은 갯벌을 사이에 두고 육지 쪽으로 조선군의 방어 진지가 구축되어 있었다.

"임진왜란이라며 왜구가 어째 한 척밖에 없냐?"

"한 척 가지고 줄창 찍고, 나머지 배들은 CG로 심는다잖아."

"어이구…… 또 얼마나 고생을 시키려고."

"죽었다고 복창해야지, 뭐."

여기저기서 터져 나오는 작은 탄식을 들으며 우리는 버스에서 내렸다. 바다에서 불어오는 칼바람이 귀를 잘라버릴 것 같았다.

왜구에 조선 군사들이 밀리고, 이때 상놈 출신인 남자 주인공 버벅이가 다른 상놈들을 데리고 나타나 밀리는 조선 군사 대신 왜구들과 싸운다는 대본 내용에 따라 우리 보조출연자들은 세 부류로 나뉘었다. 목소리 큰 길 반장도 그날만큼은 메가폰을 사용했다.

"아까 버스에서 역할 정해준 대로 왜놈은 이쪽에, 조선 군사는 저쪽에, 그리고 상놈들은 가운데 줄지어 선다. 실시."

길 반장의 불호령에 따라 우리는 민첩하게 움직였다.

조선 군사로 보직을 받은 나는 조선군 쪽에 가서 줄을 섰는데, 거기서 항아리를 처음 만났다. 가슴은 얇고 배는 두껍고 다시 다리는 가느다란 젊은이가 내 어깨를 툭 치더니 말을 걸었다.

"아저씨, 처음이지, 보조출연?"

"아니."

"에이, 처음인데 뭘 그려. 척 보면 아는디. 눈동자 왔다 갔다 하고 어깨에 힘이 빡 들어가 있구먼. 티가 다 나."

새파란 놈이 반말하는 것도 싫었지만, 말 섞어봤자 득 될 게 없겠다 싶어 입을 닫았다.

"아저씨, 저리로 가. 왜군들 서 있는 줄로."

항아리가 다시 내 어깨를 툭 치더니 왜군들 서 있는 쪽을 가리킨다.

"왜? 나 조선군인데."

"안 추워? 춥지? 아저씨 첫날이니까 내가 봐 드리는 거야. 조선군 의상이 얼마나 얇은지 알아? 아저씨, 내복도 안 입은 것 같은디, 얇은 홑겹 의상 입고 하루 종일 견딜 수 있겠어? 왜군들은 전부 갑옷 입잖여. 투구도 쓰고. 투구 안에다가 귀마개 해도 안 보이니까 훨씬 덜 춥다니께."

솔깃했다. 사실 내 몸은 이미 꽁꽁 얼어붙고 있었다. 바닷바람이 이리도 무지막지할 줄 몰랐기 때문에 준비를 덜 한 것이다.

"그건 그런데, 그래도 반장님이 조선군 하라고 하던데……. 왜군 쪽으로 가버리면 숫자가 안 맞을 텐데."

"내가 원래 왜군인데 난 추위 안 타서 괜찮으니까 내가 조선군 할게. 머릿수는 똑같잖아. 얼른 가. 마음 바뀌기 전에."

그렇게 나는 항아리에게 등을 떠밀리다시피 조선군 대열에서 이탈해 왜군 줄에 서게 되었다. 항아리가 말한 대로 왜군에게는 갑옷과 투구가 지급되었다. 조금 무겁기는 했지만, 어쩐지 첫 촬영에 투구와 갑옷에 큰 칼까지 갖추게 되어 마치 배우가 된 것처럼 우쭐해졌다. 그런데 우쭐함도 잠시…….

"왜군들! 왜군들은 갯벌 건너로 이동해서 배로 기어 올라간다. 실시."

길 반장의 걸걸한 목소리가 메가폰을 타고 흘러나왔다.

순간 귀를 의심했다. 어떻게 이 넓은 진흙탕을 건너 저 멀리 갯벌 끄트머리에 걸려 있는 배에 오르라는 것일까?

"아니, 여기 완전 진흙인데 이걸 어떻게 건너가라는 거야."

투덜거리는 왜군들 머리 위로 길 반장의 불호령이 떨어졌다.

"빨리들 안 움직여!"

결국 우리 왜군들은 진흙 갯벌을 지나 바다에서 불어오는 맞바람을 맞으며 배를 향해 전진해 나갔다. 신발이 벗겨지고, 진흙에 미끄러지면서 우리는 전진했다. 한 걸음 내디딜 때마다 다리가 통째로 갯벌 안으로 빨려 들어가는 듯했다. 배에 도착할 때쯤엔 습기로 가득한 바닷바람에 물먹은 갑옷이 원래 무게의 두세 배로 무거워져 있었다.

"자, 다들 배 위로 기어 올라가."

갯벌 너머 육지 쪽에 카메라가 설치되었고, 카메라 옆에서 길 반장은 젊은 감독의 지시를 받아 메가폰으로 우리에게 동선을 지시했다.

"자, 이제 숏 간다. 레디, 액션! 하면 모두 배에서 뛰어내리는 동시에, 함성을 지르면서 갯벌을 건너 공격해 오는 거야.

알았지?"

"레디, 액션!"

우리 왜군들은 배에서 뛰어내려 갯벌을 가로질러 달리기
시작했다. 넘어지는 놈, 미끄러지는 놈, 자빠진 놈 위로 또 자
빠지는 놈 등등, 정말 아비규환이었다. 나도 곧 넘어갈 것 같
은 숨을 헐떡이며 열심히 갯벌을 가로질러 육지를 향해 뛰었
다. 갯벌을 다 가로질렀다 싶었는데 '컷' 소리가 들렸다.

"컷, 컷, 컷! 그래, 잘했어. 지금이랑 똑같이 한 번 더 하는
거야. 알았지? 자…… 왜군들 원위치!"

나는 그날 처음 알았다. 이 세상의 모든 말 중 가장 무서운
말이 '원위치'라는 것을……. 얼마나 열심히 달려왔는데……
원위치라니. 앞만 보고 달려왔는데 원위치라니. 그 세 글자
에 백 명이 넘는 왜군들은 다시 방향을 틀어 갯벌을 지나 배
를 향해 질퍽거리며 나아가야 했다. 촬영은 끝없이 반복되었
다. 함성이 적다고 원위치, 너무 많이 넘어진다고 원위치, 카
메라 배터리 나갔다고 원위치.

나는 그날 열심히 달렸다. 조선을 침략하기 위해서가 아니
라, 사랑하는 내 아들 태평이를 위해서 숨이 넘어갈 만큼 달
렸다. 달려도 달려도 원위치되는 이 지친 인생을 이겨내고
내 아들 태평이와 함께 살 방 한 칸을 마련하고자 갯벌 위를
하루 종일 목숨 걸고 달렸다.

진흙 범벅이 되어 천근처럼 무거워진 갑옷을 추스르며 스물세 번째 원위치를 하는데, 이미 초점 없이 흐려진 내 눈에 육지의 방어 진지에서 비스듬히 갈지자로 누워서 졸고 있는 항아리의 모습이 들어왔다. 그날 왜군들은 아침 9시부터 오후 4시까지 30차례 이상 갯벌을 건너 조선의 해안을 침범하는 장면을 찍었다. 그리고 그때까지 조선군들은 진지에서 앉아 쉬거나, 졸거나, 사발면을 먹거나, 노닥거렸다.

오늘은 그날보다 훨씬 감사하다. 춥지도 않고 갯벌을 뛰지 않아도 되니까. 이렇게 감사하며 하루를 시작하고 있는데, 길 반장의 호루라기 소리가 들린다. 삐리릭.

"보조출연자들 전원 집합!"

준비를 완료한 보조출연자들이 주차장 한쪽 편에 대오를 갖추고 모이자 길 반장이 공지 사항을 발표했다.

"이미 짐작한 사람도 있겠지만 오늘이 우리 드라마 촬영 마지막 날이다. 방송국 사정으로 예정됐던 50부를 못 채우고 30부에서 막을 내리게 되었다. 갑작스럽게 조기종영 하는 만큼 감독님, 주연배우들을 비롯한 스태프들 기분이 안 좋을 수 있다. 우리라도 피해 끼치지 않도록 오늘 특별히 조심하자."

뒤늦게 조기종영 소식을 들은 보조출연자들이 웅성거리는 가운데 썩소를 짓는 항아리에게 내가 물었다.

"언제 알았냐?"

"뭐 언제 알고 자시고 할 거 있나, 탁하면 척이지? 사극 남자 주인공을 한국말도 제대로 못 하는 재미교포를 갖다 꽂는데 그런 사극이 잘 되겠어? 하나를 보면 열을 알지. 시청률이 1.1퍼센트야, 경쟁 프로 〈억장금〉은 40퍼센트 넘었고."

"아니, 길 반장님이 새로 드라마 들어가는 거 언제 알았냐고?"

"아하! 그거, 이 바닥에 오래 있다 보면 다 보여. 은제 타고 은제 내려야 하는지."

"너 그래서 길 반장님한테 요새 계속 가져다 바친 거야?"

"남자는 한 자린가밖에 안 남았다 그러던디? 난 메이드 됐구. 아직도 언질 못 받은 사람은 아마 같이 가기 힘들걸?"

호로로. 길 반장의 호루라기 소리가 들린다.

"보조출연자들, 전원 촬영장으로 출발."

우리 보조출연자들은 서둘러 민속촌 안에 있는 촬영장으로 발걸음을 재촉한다. 우리가 스탠바이를 마치고 나면, 배우들이 한 명씩, 한 명씩 나타날 것이다.

오후

딱.

윽.

"열세 대요."

딱.

윽.

"열네 대요."

"컷."

관아 마당에서 남자 주인공이 곤장 맞는 장면을 촬영하는데, 좀처럼 화를 내지 않던 젊은 감독이 오늘은 신경질을 부린다. 그냥 넘어가도 될 것 같은데 저조한 시청률로 인한 조기종영으로 인해 무지하게 신경이 날카로워져 있는 것이 분명하다.

"야, 버벅아. 리얼하지 않잖아. 진짜 곤장 맞으면 얼마나 아픈지 알아? 살이 터지고 뼈가 부러진단 말이야. 근데 넌 지금 뭐 하냐. 열네 대나 맞은 놈이 뭐 그렇게 멋있게 신음 소리를 내냐고. 윽이 뭐야, 윽이. 적어도 아아아악 소리 정도는 나야 하는 거 아니냐, 현실적으로?"

"죄송합니다."

"다시 해!"

사람에 따라서 윽 소리도 낼 수 있고 아아아악 소리도 낼 수 있는 거지, 뭘 저런 걸 갖고 트집을 잡는지 모르겠지만, 사실 내가 상관할 바는 아니다. 나는 포졸 4로, 삼지창을 들고 포졸 1, 2, 3과 함께 곤장 맞는 버벅이 옆에 말없이 서 있기만 하면 되기 때문이다.

딱.

"어흑."

"열세 대요."

딱.

"어어흑."

"열네 대요."

"컷, 컷, 컷! 아, 미치겠네, 진짜. 어어흑이 뭐야? 게이냐? 사내답게 신음 소리를 내란 말이야. 사내대장부답게."

벌써 두 시간째 곤장을 맞고 있는데, 끝날 기미가 보이질 않는다. 여기저기서 꼬르륵 소리가 들린다. 벌써 오후 2시, 점심 식사 시간을 훌쩍 넘겼다. 아, 버벅아……. 제발 연기 좀 잘해라. 점심 좀 먹자.

"감독님! 방석 빼고 맞겠습니다."

리얼한 연기를 위해 고민하던 우리의 남자 주인공 버벅이가 엉덩이를 보호하기 위해 덧대놓은 방석을 빼고 직접 곤장을 맞겠다고 나섰다. 내가 보기엔 오버다. 진짜 죽도록 아플 텐데.

젊은 감독이 기다렸다는 듯이 화답한다.

"그래? 그럼, 방석 빼고 딱 세 대만 맞자. 고통으로 일그러진 표정은 확실하게 건질 테니까. 오케이?"

"네, 알겠습니다, 감독님! 열심히 하겠습니다."

모름지기 연기란 얼굴로 하는 것이지 엉덩이로 하는 게 아니다. 그런데 버벅이 얘는 뭔가 잘못 배운 듯하다. 버벅이가 스스로 방석을 빼고, 엉덩이를 까고 엎드렸다.

"자…… 다들 조용히 하고. 이거 NG 나면 절대 안 돼."

길 반장이 커다란 목소리로 주위를 환기한다.

"버벅이 준비됐냐? 딱 세 대만 진짜로 맞는 거야."

젊은 감독의 목소리에 생기가 돈다.

"네, 감독님! 준비됐습니다."

"자, 준비! 하이, 레디…… 액션!"

무지막지하게 생긴 곤장이 허공을 갈랐다.

휘이이익, 딱.

"아아아아아아아악."

버벅이의 얼굴이 신문지 구겨지듯 일그러지며 비명을 토

해낸다. 저건 연기가 아니다. 진짜 아픈 거다. 모니터를 뚫어
져라 노려보는 젊은 감독이 만족한 듯 혓바닥으로 입술을 다
신다.

휘리리리릭, 딱.

"어흐흐흐흑아아악."

표정 좋고, 신음 소리 좋고. 안 좋을 수가 없지, 진짜로 엉
덩이가 찢어지고 있는데…….

세 번째 곤장이 하늘로 올라간 순간.

"아빠, 힘내세요. 우리가 있잖아요. 아빠, 힘내세요."

허공을 가른 것은 곤장이 아닌 전화벨 소리였다.

"우리가 있어요. 아빠, 힘내세요."

"컷, 컷, 컷!"

젊은 감독의 날카로운 컷 소리가 들린다. 이윽고 버벅이의
절규가 들린다.

"아…… 내 엉덩이…… 아아아악."

"NG! 누구 전화야! 어떤 새끼야?"

오디오 감독이 설쳐댄다. 전화벨 소리가 계속 울린다.

"아빠, 힘내세요. 우리가 있잖아요."

아…… 벨 소리가 귀에 익다. 그건 바로, 내 핸드폰 벨 소리
였다. 아침부터 항아리와 신경전을 벌이느라 핸드폰 끄는 것
을 깜빡 잊은 것이다. 주머니에 손을 주섬주섬 넣어 핸드폰

을 꺼냈다. 발신자란에 '사랑하는 아들 이태평'이라는 글자가 뜬다. 내 아들 태평이로부터 걸려 온 전화다.

곧이어 길 반장의 불호령이 떨어졌다.

"이보출, 너 이 새끼. 전화기 안 꺼? 이거 완전 개념 없는 놈 아냐?"

버벅이가 신음 소리를 내다 못해 운다.

"아아…… 내 엉덩이……."

"길 반장님, 이게 뭡니까? 보조출연자들 핸드폰 단속 하나 못 해요?"

젊은 감독이 길 반장에게 소리를 지른다.

"아아…… 내 엉덩이……."

버벅이가 계속 운다.

"죄송합니다. 감독님, 죄송합니다."

60이 넘은 길 반장이 30도 안 돼 보이는 젊은 감독에게 연신 허리를 굽혀 사과한다. 그리고 나에게 딱 한 마디 한다.

"나가."

삼지창을 뺏기고 관아 밖으로 쫓겨 나오는데, 젊은 감독의 외침이 들린다.

"자자, 방금처럼 한 번 더 간다. 레디……."

주차장으로 홀로 돌아온 나는 공중화장실 옆 양지바른 곳에 자리를 잡고 앉았다. 길 반장에게 예쁘게 보여도 모자랄

판에 결정적인 실수로 눈 밖에 나서 촬영장에서 쫓겨나게 되었으니, 이 난국을 어디서부터 풀어나가야 할지 모르겠다.

오늘 중으로 실수를 만회해야 하는데……. 어디에서부터 손을 써야 할지 차근차근 생각해 보아야겠다. 하지만 그 전에 우리 태평이에게 전화를 걸어야 한다.

따르르르릉.

"여보세요."

"태평아, 아빠야."

"아빠."

"태평이 뭐 하고 있었어?"

"응, 아빠한테 전화했었어."

"그래, 아빠가 전화를 못 받았어. 미안해."

"아빠, 뭐 해? 또 촬영해?"

"응, 아빠가 나쁜 사람들 잡아가는 포졸 있잖아. 옛날 경찰, 그 역할을 맡았거든. 그래서 오늘은 포졸 촬영하고 있었어. 우리 태평이는 뭐 하니?"

"학교지. 이제 조금 있으면 집에 갈 거야. 아빠, 언제 와? 나 언제 데리러 와?"

"조금만 더 일하고 아빠가 우리 태평이랑 둘이 살 방 마련해 놓고, 무조건 태평이 데리러 갈 거야. 알지? 약속했었지?"

"빨리 와라. 보고 싶어."

"아빠도……. 우리 태평이가 너무 보고 싶어."

전화를 끊고 하늘을 올려다본다. 고마운 햇살이 따스하게 반짝거린다. 그날도 그랬다. 내 인생이 밑바닥을 친 그날. 지금으로부터 5개월 전 가을 어느 날에도, 저 햇살이 눈부시도록 따스하게 비췄었다.

대수 형의 돈을 갚지 못해 도망 다니기 시작하면서 태평이를 안성 누나네 집에 맡겼으니까, 태평이와 떨어져 지낸 지는 벌써 1년 가까이 되었다. 그 후로 줄곧 빚쟁이들과 숨바꼭질하며 도망 다녀야 했는데, 지금으로부터 5개월 전 어느 날, 나는 이문동 삼구독서실 앞에서 대수 형과 김 부장에게 붙잡힐 뻔했다. 오르막을 올라오느라 땀을 뻘뻘 흘리던 대수 형은 내 배를 갈라 장기를 꺼내 팔아버리겠다고 엄포를 놓았지만, 몸이 많이 불편한 듯 제대로 걷지도 못했다. 그다지 빠른 걸음이 아닌데도 코앞에서 도망치는 나를 바라만 볼 뿐, 대수 형은 쫓아오지도 못했다.

그날 맨몸으로 도망친 나는, 이문동 외국어대학교 캠퍼스 한구석에 하루 종일 숨어 있었다. 젊은 대학생들이 책을 들고 이리저리 다니는 모습이 하늘거리는 코스모스처럼 싱그럽게 느껴졌다. 학생회관 앞 벤치에 앉아 하릴없이 시간을 보내고 있는데, 땀을 뻘뻘 흘리던 대수 형의 얼굴이 떠올랐다. 대수 형은 돈 떼먹고 잠수 탄 나를 붙잡기 위해 불편한 몸을 이끌고 서울 시내를 전부 뒤지고 다녔을 것이다. 그렇게 다니느라 땀에 흠뻑 젖었을 것이다. 나는 언제, 무엇인가를 이루기 위해, 대수 형처럼 땀에 흠뻑 젖어본 적이 있었던가. 아무리 기억을 더듬어봐도 없었다. 사우나에서 숙취 해소를 위해 땀 흘린 적은 있지만……. 친구와 친척 돈까지 끌어모아 몰빵한 회사가 상장 폐지됐을 때 식은땀을 비 오듯 흘려야 했지만, 단 한 번도 진정 허리 굽혀 일하느라 땀을 흘려본 적이 없다는 사실을 나는 그때야 비로소 깨달았다.

지금 알고 있는 것을 그때 알았더라면, 나는 아주 다른 삶을 살게 되었을 것이다.

하루 종일 달고 있던 가려운 수염을 떼어내는 순간 얼마나 시원해지는지, 꽁꽁 언 땅에서 삼지창 든 곱은 손을 입김으로 호호 녹이는 것이 얼마나 따뜻한지, 땀 흘려 일해 번 돈 4만 원으로 얼마나 많은 것을 살 수 있는지……. 그때 알았더라면 나는 결코 박대수라는 건달에게 돈을 빌려 허황된 주식에 투자하지 않았을 것이다. 그리고 쫓겨 다닐 일도 없었을 것이고, 독서실에서 연명하며 아들과 생이별할 일도 없었을 것이다. 지금 생각하는 것을 그때도 생각했더라면…….

삐뽀, 삐뽀.

용인 민속촌 입구로 앰뷸런스 한 대가 들어선다.

그렇다. 사람은 생각대로 인생을 살게 되어 있었던 것이다. 주식에 온 정신을 쏟았을 때 내 주변에는 온통 빚 얻어 주식에 투자하거나, 주가를 조작해서 구속되거나, 작전주에 멋모르고 들어가 꼭대기 잡고 망하는 사람들로 바글바글했다. 의도적으로 그런 사람들만 모은 것도 아닌데, 정말 어느 순간 내 주변은 온통 주식에 빠져 허우적거리는 사람들로 가득 차 있었다.

그런데 땀 흘리기로 결정한 그날 이후, 내 주변은 달라졌다. 하루에 갯벌을 수십 번 왕복하고, 영하 20도에 홑겹 옷 한 장으로 밤샘 촬영을 견뎌내고, 수염이 아무리 가려워도, 상투에서 아무리 냄새가 나도, 짚신이 아무리 너덜거려도, 하루 종일 묵묵히 참아내며 하루가 끝나면 일당 4만 원을 챙겨 집으로 돌아가는 정직한 사람들이 내 주변에 가득해진 것이다. 진정한 노동의 가치를 인정하고 순종하는 사람들이 나를 둘러 에워싸고 있는 것이다. 그들이 누구냐고? 바로 엑스트라들이다. 남들은 우리더러 엑스트라라고 부르지만, 하루 종일 땀 흘려 일하고 집으로 돌아가는 순간, 우리는 하나같이 각자 인생의 성실한 주인공이 되었다.

나는 요즘 감사하며 살고 있다. 그리고 감사하면서 산다는 것이 얼마나 소중한 일인지 깨닫고 있다. 오늘 아침에도 그런 생각이 들었다. 용인 민속촌 주차장의 공중화장실 변기에 앉았을 때, 비록 차디찬 변기였지만 그것이 수세식이라는 것에, 그리고 변기 옆 휴지 보관대에 아주 소량이지만 휴지가 달려 있다는 사실에 참 감사했다. 지난주, 황무지에서 촬영할 때는 화장실이 없어서 참아야 했던 기억이 떠올랐기 때문이다. 하루하루 감사하며 살 수 있다는 것이 얼마나 감사한 일인가.

하지만 조금 전 길 반장에게 찍힌 것까지 감사할 수는 없다. 이 난관을 극복해야만 한다. 그래서 어떻게 해서든 새로 시작하는 50부작 대하 사극의 보조출연 팀에 합류해야만 한다. 그렇게만 된다면…… 나는 6개월 후, 태평이와 함께 살 방 한 칸을 마련할 수 있을 것이기 때문이다.

삐뽀, 삐뽀.

민속촌으로 들어갔던 앰뷸런스가 나온다. 그 뒤로 〈양반과 상놈〉 진행 팀들이 헐레벌떡 뛰어나온다. 잠시 후, 스태프들과 보조출연자들이 한데 엉겨 쏟아져 나온다.

"부러졌대?"

"아냐, 아냐. 그냥 금 갔을 거야."

"근데 주인공이 실려 가면 촬영 접어야 하는 거 아냐?"

"아냐, 깁스하고 다시 온대. 실려 가면서 제 입으로 그러더라고. '감독님, 금방 다시 오겠습니다'라고."

"근데 엉덩이도 깁스가 되나?"

"알아서 하겠지, 뭐. 밥이나 먹자고."

모두 늦은 점심을 먹으러 식당으로 향한다. 나는 밥을 먹어야 할지, 길 반장을 기다려야 할지, 결정을 못 하고 양지바른 곳에 앉아 있다. 따스한 햇볕이 감사한 오후다.

여자 주인공 홍아름이가 탄 외제 밴의 작은 창에서 흰 연기가 모락모락 새어 나온다. 홍아름이가 밴 안에서 점심 식사를 마치고 식후 연초를 즐기고 있음이 분명하다. 아침 일찍 분장을 마친 홍아름이는 저 외제 밴 안으로 돌아간 뒤, 지금껏 한 번도 차 밖으로 나오지 않았다. 앰뷸런스가 왔다 가고 스태프들이 허둥지둥 뛰어다니는 와중에도, 그녀는 자신의 밴 안에 꼭꼭 숨어버린 것이다.

점심 식사를 마치고 돌아온 길 반장은 나에게 눈길 한번 주지 않는다. 어떻게 눈길이라도 한번 맞춰야 죄송하다고 빌어볼 텐데.

항아리가 비타800 한 박스를 들고 와서 길 반장에게 건넨다.

"반장님, 피곤하시쥬. 이거 두고두고 혼자 드셔야 돼유."

"야, 뭐 이런 걸 사 와."

"아유, 얼마나 고생이 많으세유. 다음 작품 또 바로 들어가시면 쉬지도 못하실 텐데유. 체력 보강하셔야쥬. 그럼 수고하셔유."

길 반장에게 90도로 절을 한 항아리가 내 앞을 지나며 큰소리로 외친다.

"자자, 오후 촬영 들어가기 전에 다들 핸드폰 끕시다. 에! 정신들 차리자고."

현재 시점에서 항아리와 내 처지를 야구에 비교하자면 9회 말 투아웃에 주자 없이 내가 3대 0쯤으로 지고 있는 것이 확실하다. 아까 전화벨 사건 이후, 나는 다음 작품으로 출발하는 길 반장호에서 확실하게 미끄러졌을 것이고, 항아리는 거의 승선 단계에 있는 것이다. 슬프지만 그게 현재 상황이다. 그렇다. 정신을 바짝 차려야 한다. 핸드폰을 꺼내 종료 버튼을 꾹 눌렀다.

길 반장은 항아리에게 받은 비타800 한 박스를 들고 젊은 감독과 촬영, 조명 감독들이 모여 긴급회의를 벌이고 있는 주차장 일각으로 향한다. 분위기가 사뭇 심각하다. 남자 주인공이 중상을 입는 바람에 오후 촬영에 차질이 생긴 것이 분명하다.

긴급회의를 정리하자면 다음과 같다.

병원에 간 버벅이가 돌아오긴 했는데, 정말로 엉덩이에 깁스를 하고 나타났다. 수술하기 전 긴급 처방이라고 했다. 어쨌든 깁스를 한 버벅이는 엉덩이가 방귀대장 뿡뿡이처럼 엄청나게 커져서 도저히 의상 바지를 입을 수 없게 되었다. 또한 엉거주춤 서 있을 수는 있으나, 당분간 앉지도, 걷지도 못하게 되었다고 한다. 그런데 문제는 오후에 꼭 촬영해야 할 장면이 무지하게 고난도라는 것이다. 홍아름이가 관아에서 탈출하기 위해 망루에서 뛰어내리면, 버벅이가 뛰어내리는 홍아름이를 양팔로 받는 동시에 끌어안아 홍아름이는 털끝 하나 안 다치면서 버벅이 자신이 홍아름이 밑에 깔리는 위험한 신이라고 했다. 당연히 스턴트 팀을 불렀어야 하는데, 버벅이가 몸으로 하는 연기는 자신 있다며, 자기가 직접 하겠다고 우기는 바람에 리얼을 좋아하는 젊은 감독은 스턴트 팀 없이 촬영하기로 해 놓았다는 것이다.

"스턴트 팀 연락해 봤어?"

피곤에 쩔고, 상황에 몰린 젊은 감독이 진행 팀을 다그친다.

"네, 지금 안동에서 〈억장금〉 촬영하고 있다는데요?"

〈억장금〉……. 타 방송사의 간판 프로그램으로 시청률 40퍼센트를 넘나드는 국민 드라마다.

"〈억장금〉? 그거 아직 종영 안 했어?"

촬영 감독이 푸념한다.

"원래 50부작인데, 연장했잖아요. 80부로."

눈치 없는 조명 감독이 씩씩하게 대답한다.

바짝바짝 말라가는 입술에 침을 바른 젊은 감독이 다시금 진행 팀을 다그친다.

"다른 스턴트 팀은 없어?"

"상해에서 중국 영화 찍고 있대요. 다음 달 말에 귀국한다는데요."

만약 이 위험한 촬영을 스턴트 팀 없이 강행한다면, 이것은 연기자 노조의 파업감이고, 방송위원회의 징계감이다. 아무리 한물갔다지만 여배우한테 3미터 높이에서 뛰어내리라는 것도 말이 안 되고, 50킬로그램인지, 60킬로그램인지, 아니면 그 이상 무게가 나갈지 모를 홍아름이 뛰어내리는데 엉덩이뼈 부러진 버벅이한테 밑에 서 있다가 양팔로 받으라는 건 더더욱 말이 안 된다.

사실 평상심을 갖고 촬영에 임하는 제작진이라면 이런 무식한 촬영을 강행할 리 만무하다.

그러나 오늘이 무슨 날인가. 50부작으로 기획됐던 드라마가 저조한 시청률로 인해 30부작으로 조기종영 되는 마지막 촬영 날 아닌가. 야심 차게 준비했던 자신의 첫 번째 작품이 저조한 시청률이라는 유탄에 맞아 비명횡사하는 현장에서 실패의 모든 책임을 떠안아야 하는 젊은 감독이 제정신일 리가 없다. 또한 50부까지 일하게 되어 당분간 무지하게 바쁘다고 가족들에게 큰소리치고 출근한 스태프들 역시 30부를 끝으로 하루아침에 일자리를 잃게 생겼으니, 불안한 앞날에 정신이 혼미할 것이다. 결과적으로 모두 판단력이 흐려진 게 분명하다. 젊은 감독이 해결사 길 반장을 찾는다.

"길 반장님, 혹시 보조출연 하는 분 중에서 무술 유단자는 없을까요?"

판단력이 흐려진 젊은 감독이 건너지 말아야 할 강을 건너려는 것이다.

"저기, 가, 감독님, 무술 유, 유단자는 왜⋯⋯?"

곤란해진 길 반장이 말을 더듬는다.

"버벅이 대역이 필요해서요⋯⋯. 어떻게든 찍어야죠. 방송 펑크 낼 수는 없잖아요."

우리 보조출연자들이 일인 다역을 하는 것은 사실이다. 감독의 지시에 따라 포졸도 되고, 산적도 되고, 유랑민도 되고, 머슴도 될 수 있다. 서 있으라면 서 있고, 사라지라면 금방 사라진다. 눈 내리면 촬영장 눈도 치우고, 무거운 이동차를 같이 들어주기도 하고, 구경꾼 통제도 손 남는 우리 보조출연자들의 몫이다. 그러나 아무리 감독이 원한다고 해도 못하는 무술을 갑자기 잘하게 될 수는 없는 것이다.

"절대 강요는 없다. 스스로 결정해. 남자 주인공 의상 입고 카메라 등지고 서 있다가, 홍아름 배우가 망루에서 뛰어내리면 그분을 양팔로 받으면 되는 거야."

남자 보조출연자들을 모아놓고 길 반장이 걸걸한 목소리로 상황을 설명 중이다.

무거운 침묵만이 흐르자, 길 반장은 더 걸걸해진 목소리로 말한다.

"자원하는 사람에게는…… 오늘 일지를 네 장 끊어주겠다."

일지. 그것은 돈이다. 하루 촬영을 종료하고 각자의 이름, 주민등록번호, 주소 등이 기입된 일지에 반장이 사인을 해주면 그것이 곧 하루 일당인 4만 원이 되는 것이다. 일지를 네 장 끊어주겠다는 것은 하루 일당의 네 배인 16만 원을 주겠다는 뜻이다. 16만 원, 무지하게 큰돈이다. 그러나 망루에서 뛰어내리는 키 174의 홍아름이를 양팔로 받을 수 있는 용기를 줄 만큼 큰 액수는 아니다.

모두 시선을 내리깐 채, 아무 대답이 없다.

"다시 한번 강조하지만 절대 강요는 없다. 덩치 작고 힘 못 쓰는 사람들은 아예 생각지도 말고. 그건 나도 허락 못 하니까. 무엇보다 니들 안전이 나한테는 중요하니까……. 그렇잖아. 우리가 뭐 하루 이틀 볼 사이도 아니고……. 쭉 길게 봐야 할 것 아냐. 다음 작품도 같이 해야 하고……."

여기서 말하는 다음 작품이란 새로 시작하는 50부작 대하 사극일 것이다. 입으로는 중언부언하며, 새우 눈을 뜨고 덩치 크고 힘센 적격자를 열심히 찾던 길 반장의 시선이 마침내 한 사람에게 고정되었다.

"야, 항아리."

항아리가 화들짝 놀란 토끼 눈으로 어쩔 줄 몰라 한다.

"네? 저유?"

"한번 안 해볼래?"

"바바바반장님, 지가유…… 허리가 원체 안 좋아서. 군대도 허리 디스크 땜에 면제됐시유. 또 무, 무릎 연골이 찢어져서 걷다가도 휘청하고……."

모름지기 위기는 언제나 기회를 동반한다. 그리고 그 위기 속의 기회를 딛고 당당히 일어섰을 때 강력한 감동이 탄생하는 것이다. 야구 경기를 보라. 3대 0으로 지다가 3대 4로 역전하는 것이 더 짜릿하지 않은가.

이 시점에서 난처한 상황에 처한 길 반장의 부탁을 한번 들어주는 것은, 그래서 판단력을 상실하고 총체적 난국에 빠진 젊은 감독을 구해 주는 것은, 비타800을 트럭째 안기는 것보다 더 빠르고 깊게 길 반장의 마음을 적실 수 있다. 물론 허리가 부러질지도 모르는 위험을 감수해야 하지만…….

"제가 하겠습니다."

이 한마디로 9회 말 투아웃에 주자 만루 상황이 되었다. 투수는 홍아름, 타석에는 나 이보출이가 들어섰다. 이제 홈런을 치면 된다. 한 방이면, 다 진 경기를 뒤집을 수 있다.

우거지상으로 변한 항아리의 커다란 얼굴을 뒤로하고 나는 조감독의 손에 이끌려 붉은색 분장 버스에 올랐다. 생전 처음 타본 분장 버스 안은 구수한 커피 냄새로 가득 차 있었다. 분장 버스 안은 어떻게 생겼나 늘 궁금했는데, 생각했던 것보다 더 아늑하다. 버스의 한쪽 면에는 여러 명이 한꺼번에 작업할 수 있는 긴 화장대가 설치되어 있고, 각각의 화장대 앞에는 밝은 백열등이 비추는 거울이 걸려 있다. 화장대 반대쪽에는 작은 소파와 의자들이 가지런히 놓여 있다. 운전석 위에 달린 커다란 평면 TV에서는 〈억장금〉 재방송이 나온다.

"여기 앉으슈. 남자 주인공 대역할 분이지?"

모두 선생님이라 부르는 분장 팀장이 직접 나선다. 적응이 안 된다. 한낱 엑스트라에 불과한 내가 갑자기 특A급 가죽신을 신고, 분장 버스에 앉아 모두 선생님이라 부르는 머리가 희끗희끗한 분장 팀장에게 직접 분장을 받다니. 냄새나는 내 상투를 벗겨낸 분장 팀장이 분장 팀 여자애들에게 말한다.

"야, 제일 좋은 상투로 가져와."

"A급 다 떨어졌는데요?"

"그럼 가서 버벅이 상투 벗겨 와."

"버벅이 오빠도 이따가 얼굴 촬영을 할 텐데, 지금 상투를 벗겨 와요?"

"그래, 벗겨 와. 버벅이 거 이분한테 씌울 테니까, 일단 이거 가져다가 버벅이한테 씌워."

그러면서 냄새나는 내 상투를 던져준다.

"커피 한 잔 하실라우?"

내 얼굴에 대충 달린 수염을 떼어내고, 새로운 수염을 꼼꼼하게 붙여주던 분장 팀장이 묻는다.

"아니요, 괜찮습니다."

"근데…… 무슨 무술을 했수?"

"네? 무술……이라뇨?"

"아니, 버벅이 대역한다기에. 그거 스턴트맨이 해도 버거울 텐데. 홍아름이 걔가 무게가 꽤 나갈걸…… 골격이 커서. 요즘 애들이 발육이 워낙 좋아야 말이지."

느릿느릿 말하는 분장 팀장의 말에 측은함이 묻어난다.

"유, 유도를 조금 했습니다."

거짓말은 아니다. 초등학교 때 YMCA 코끼리 유도부에서 노란띠까지 땄으니까…….

"지지직. 남자 주인공 대역 분장 끝나셨나요?"

조감독이 무전기에 대고 답한다.

"거의 끝나갑니다."

"지지직. 끝나면 바로 모시고 현장으로 오세요. 여기는 모두 올 스탠바이 돼 있습니다."

분장은 끝났고, 나는 분장 버스에서 내렸다.

"보출아, 꼭 받아야 해. 만에 하나 홍아름 배우 다치면……우리 큰일 난다."

분장 버스 밖에서 기다리던 길 반장이 내 어깨를 두드린다.

"네, 반장님. 꼭 받겠습니다."

나는 걷기 시작한다. 올 스탠바이 하고 있는 촬영 현장을 향해 발걸음을 옮긴다. 한 걸음…… 두 걸음…….

기필코 해낼 것이다. 많이 무섭더라도, 하늘에서 떨어지는 홍아름이를 결코 피하지 않을 것이다. 많이 무겁더라도, 내 양팔로 반드시 받아내고 말 것이다. 그래서 새로 시작하는 50부작 대하 사극의 마지막 보조출연자로 반드시 길 반장호에 승선할 것이다. 지금, 이 순간 나는 엑스트라가 아니다. 나는 아버지다. 아버지의 이름으로 나는 전진한다.

해 질 무렵

차창 밖으로 해가 노릇노릇 지고 있다.

달달달달…… 드르렁…… 따르르릉…… 드르렁.

"응, 엄마야. 학원 갔다 왔니? 그럼, 숙제 먼저 다 해놔. 엄마가 서울로 이동해서 마지막 한 신만 찍고 집에 바로 갈 거니까. 가서 밥 해줄게."

우리 보조출연자들이 탄 버스는 언제나 달달거리며 달린다. 항상 정원을 꽉꽉 채우고 달리니 버스가 지쳐서 그럴 거다. 아무튼 달달달 소리를 들으며 우리는 약속이나 한 듯 이 좁은 좌석에 구겨진 채 졸기 시작한다. 그 사이로 간혹 배고픈 아들과 대화하는 엄마의 목소리가 새어 나오기도 한다.

창밖을 내다보았다. 먼 하늘에서 밀려오는 먹구름이 노을을 서둘러 밀어내며 사방에 어둠을 깔고 있다. 밤부터 소나기가 올 것이라는 기상청의 예보가 오랜만에 맞을 것 같다.

잠에서 깨어난 몇몇이 두런두런 이야기를 나눈다.

"도대체 왜 여의도에 가는 거야? 촬영 포기하고 방송국으로 복귀하는 건 아닐 텐데."

"촬영 포기? 어이구, 전쟁이 나봐라, 방송국 인간들이 촬영을 포기하나. 감독이 그랬다잖아. 마지막 이별 장면은 무조건 갈대밭에서 찍어야 한다고."

"아니, 그러게. 그럼 양평이나 청평 그런 델 가야지. 웬 여의도냐고?"

"내일이 마지막 방송인데 시간이 없다잖아. 서둘러서 찍고 얼른 방송국 가서 밤새 편집해야 내일 방송 시간 맞출 수 있다잖아."

"아무리 시간이 없어도 그렇지, 여의도 한강 둔치에서 사극을 어떻게 찍냐고?"

"샛강으로 가려나 보네. 거기에 아직 갈대밭 있잖아."

"어휴, 거기도 지하철 9호선 역 만든다고 땅 파고 난리던데. 그리고 갈대밭만 딸랑 있으면 뭐 해? 뒷배경으로 자동차며, 다리며, 빌딩 같은 현대물들 다 걸릴 텐데?"

"아이구, 걱정도 팔자셔. 카메라 앵글 조정해 가며 피해서 찍겠지. 뭘 걱정이야."

용인 민속촌에서 오후 촬영을 마친 우리는 저조한 시청률로 인해 조기종영 되는 대하 사극 〈양반과 상놈〉의 마지막 장면을 촬영하기 위해 여의도 한강 둔치로 이동 중이다. 여의도 샛강 부근 자투리땅에 조금 남아 있는 갈대밭에서 본

드라마의 대미를 장식할 마지막 장면을 촬영하게 된다. 포졸과 머슴들에게 쫓겨 막다른 길에 다다른 여자 주인공 홍아름이와 남자 주인공 버벅이가 마지막 키스를 하면서 이 드라마는 끝나게 될 것이다. 원래는 갈대밭에서 키스한 후 남자 주인공이 홀로 도망갔다가, 더욱 힘을 길러 돌아와 관아를 불태우고 사또를 잡고 보니 여자 주인공은 사또의 애첩이 되어있는데, 알고 보니 남자 주인공과 여자 주인공이 어릴 때 헤어진 배다른 남매였더라는 것이 전체 줄거리인데, 저조한 시청률로 인해 조기종영 되다 보니, 그냥 갈대숲에서 키스하는 걸로 대충 마무리하게 된 것이다.

비 떨어지기 전에 서둘러 촬영을 마쳐야 하기에, 우리는 의상을 걸친 그대로 여의도로 이동 중이다. 짚신에서 지푸라기가 날린다며 무지하게 투덜거리던 버스 기사는 감독의 지시 사항이라는 길 반장의 한마디에 잠잠해졌다. 좁은 버스 안이 포졸과 머슴으로 가득 차 있다.

냄새나는 상투와 너덜거리는 짚신을 재착용한 나는 다시 포졸 4로 변신해 있다. A급 상투와 특A급 갖신은 버벅이가 도로 가져갔다. 여주인공 홍아름은 오후 촬영을 거부했다. 망루에서 대역 없이 떨어지는 것에 절대 동의할 수 없다는 이유였다. 조감독과 젊은 감독이 주차장에 있는 그녀의 밴으로 번갈아 찾아가 설득했으나, 그녀는 끝내 나오지 않았다.

결국 날이 어두워질 무렵까지 기다리던 촬영 팀은 홍아름이가 망루에서 떨어지는 오후 촬영 장면을 포기할 수밖에 없었다. 젊은 감독은 신 오미트(삭제)를 선언했고, 100여 명에 달하는 촬영 스태프와 출연진은 모두 용인 민속촌 세트장에서 철수했다. 드라마의 마지막 장면인 홍아름과 버벅이의 키스 신 촬영을 위해 여의도 한강 둔치로 이동해야 했기 때문이다.

세트장에서 나와 주차장을 향해 걸어가는데, 앞서 걷던 카메라 감독과 조명 감독의 대화가 들려왔다.

"높은 데서는 얼굴만 찍고 사과 상자 두 개 쌓아놓고 그 위에서 폴짝 뛰면 된다는데, 도대체 왜 촬영을 거부한 거야?"

카메라 감독이 투덜거리자, 눈치 없는 조명 감독이 큰 소리로 답했다.

"죽었다 깨어나도 엑스트라한테 안길 수는 없다잖아요. 나중엔 통곡을 하더라고요. 인기 좀 떨어졌다고 자기를 엑스트라 취급하냐면서."

일부러 엿들으려고 한 건 아닌데, 조명 감독의 목소리가 워낙 씩씩해서 나와 내 뒤로 걸어오던 많은 사람이 홍아름이가 밴에서 나오지 않은 진짜 이유를 알게 되었다.

주차장으로 나온 내가 나도 모르게 분장 버스에 오르려는 찰나.

"아저씨, 어디 가세요? 이리로 오세요."

분장 팀 막내 여자아이가 주차장 일각에서 나를 불러 세운다.

"아저씨, 상투 가져갈게요" 하며 내 머리에 씌워진 A급 상투를 잡아 빼더니, 냄새 나는 상투를 건네주곤 분장 버스 안으로 쏙 들어간다. 바로 이어 의상 팀 막내가 오더니, 특A급 갓신을 벗기고 너덜너덜한 짚신을 던져준다.

의상 트럭 밖에 널려 있는 옷 중 포졸 옷을 주섬주섬 챙겨 입고 보조출연자용 버스로 향하는데, 길 반장이 나를 불러 세웠다.

"보출아, 이리 와 봐."

그의 목소리가 평소보다 훨씬 부드러웠다. 심지어는 나의 팔을 잡아 자기 쪽으로 끈다. 아…… 드디어 올 게 온 것인가. 길 반장이 다음번에 들어가는 50부작 대하 사극에 나를 팀원의 한 명으로 선택한 것일까? 비록 홍아름이의 거부로 촬영은 못 했지만, 홍아름이를 받겠다고 나선 나의 용기를 높이 사주었단 말인가? 9회 말 투아웃 만루에 역전 홈런이 터지는 순간인가?

"있잖아, 방금 홍아름이랑 하는 촬영, 그거 안 했잖아. 그치?"

"네."

"그러니까…… 일지 말이야, 그거 네 개 못 끊어준다고. 원래대로 한 개밖에 못 끊어줘. 알지?"

"네."

이 세상에서 가장 불행해서 더 이상 불행해질 수 없는 사람을 더 불행하게 만드는 방법을 알고 있는가? 간단하다. 줬다 뺏으면 된다. 목마른 자에게 물을 줬다가 도로 뺏고, 배고픈 자에게 먹을 것을 줬다가 도로 뺏으면…… 그들은 이전보다 더 목말라하고, 더 배고파지는 법이다. 그래서 그냥 뺏는 것보다도 더 나쁜 건 준 것을 도로 뺏는 일이다.

우리가 탄 버스가 여의도 한강 둔치에 도착했다.

"빨리들 안 내려?"

길 반장의 호통이 이어지고, 우리는 버스에서 내린다. 이제 마지막 한 장면만 촬영하면 50부작으로 기획되었다가 저조한 시청률로 인해 30부로 조기종영 하는 대하 사극 〈양반과 상놈〉은 시간 속으로 묻힐 것이다. 길 반장에게 간택되지 못한 보조출연자들 역시 오늘 이후 살길을 찾아 뿔뿔이 흩어지게 될 것이다.

먹지처럼 새까만 여의도 밤하늘에 달이 떠오르고 있다. 가짜 달이다. 거대한 조명 크레인이 달빛 역할을 할 HMI라는 조명기를 30미터 높이로 올리고 있는 중이다. 다행히 한강 둔치에 저녁 산책을 나온 사람들이 거의 없다. 폭우 예보 때문인 것 같다.

바쁘게 몰려오는 비구름 때문에 촬영 스태프들도 바빠졌다. 조명 팀은 크레인을 올리고, 카메라 팀은 카메라를 단 지미집을 갈대밭 사이로 옮기느라 낑낑거리는 중이다. 소도구 팀이 우리 보조출연자들에게 횃불을 한 개씩 나눠준다. 길 반장의 카랑카랑한 목소리가 갈대밭을 가른다.

"야, 포졸들이랑 머슴들, 횃불 조심해. 갈대밭에 불붙으면 우리 전부 바비큐 된다."

젊은 감독의 콘티는 이렇다.

머슴들에게 쫓겨 갈대밭까지 몰린 버벅이와 홍아름이를 기다리는 것은 한 무리의 포졸들. 갈대밭에서 완전히 포위당한 버벅이와 홍아름이는 도망치는 것을 포기한 채, 서로를 애절하게 바라보다 키스를 하면서 드라마는 대단원의 막을 내리는 것이다.

"오케이, 카메라 저쪽, 주인공들은 강을 바라보고 이쪽에 세우자고. 주인공들 뒤에 저 멀리 작은 언덕 보이지? 저게 그 뒤편 빌딩들이랑 더블 돼서 가려주니까 괜찮을 거야."

자동차나 빌딩 같은 게 앵글에 걸릴까 노심초사하던 카메라 감독이 앵글을 확정 지었다.

"자, 배우들 오라고 해. 바로 숏 들어간다. 비 떨어지기 전에 빨리 끝내자고!"

코디와 스타일리스트와 개인 분장사를 대동한 홍아름이가 먼저 갈대밭에 도착했다.

홍아름이는 진짜 통곡을 했는지 눈두덩이가 부어 있었지만, 현장에는 일찍 도착했다.

"버벅이는 왜 안 와?"

웬만해서는 소리를 안 지르는 젊은 감독이 진행 팀에게 호통을 친다.

"감독님, 저 여기 있습니다. 지금 가고 있습니다."

소리 난 쪽을 바라본 나는 순간적으로 펭귄 한 마리가 갈대밭으로 걸어 들어오는 줄로 착각했다. 검은색 저고리에 엄청나게 큰, 급조된 흰 바지를 입은 버벅이가 3분의 1발짝씩 뒤뚱거리며 조심조심 다가오고 있는 것이다.

젊은 감독의 눈에 핏발이 선다.

"빨리 오란 말이야. 빗방울 떨어진다고."

"네, 감독님. 빨리 가겠습니다. 최선을 다하겠습니다"라는 말을 마치자마자 위태롭게 발을 옮기던 스텝이 꼬이더니, 버벅이가 꽈당 갈지자로 엎어진다.

"아아아아아악, 내 엉덩이."

웬만해서는 소리를 지르지 않는 젊은 감독이 소리를 지른다.

"야, 빨리 오라고. 비 오기 전에 빨리 찍자고."

"아우…… 엉덩이…… 네…… 감독님. 죄죄죄송합니다. 빠빠빨리 가가겠습니다."

엎어진 버벅이가 버벅거린다. 긴장하기 시작한 것이다. 그러나 한번 엎어진 그는 엉덩이를 뒤덮은 거대한 깁스 때문에 혼자 힘으로 일어나지 못한 채, 허공을 향해 아등바등 양팔을 허우적거린다. 버벅이 부모님이 보신다면 무척이나 가슴 아파하실 광경임이 확실하다.

톡, 토톡.

비 두 방울이 콧잔등에 연달아 떨어졌다.

"어? 비 온다."

횃불을 들고 있는 우리 중 누군가가 말했다.

"감독님, 빗방울 떨어지는데요?"

진행팀 막내가 젊은 감독에게 전했다.

"오늘 밤에 비 올 확률 95퍼센트래요. 아까 낮에 뉴스에서 그랬어요."

마이크를 잡고 있는 붐맨이 오디오 감독에게 말했다.

"호우주의보 내렸잖아, 서울 경기 지역에. 내일 아침까지 비 온다고 그랬어."

눈치 없는 조명 감독이 씩씩하게 말했다.

"아우, 진짜 재수 더럽게 없네. 지금 비 오면 이 장면 못 찍는데."

투덜이 카메라 감독이 푸념했다.

빠지지지직. 핏발 선 젊은 감독의 눈에서 실핏줄 터지는 소리가 들리는가 싶더니, 다음 순간 지난 4개월 반 동안 웬만해서는 소리를 안 지르던 소심한 젊은 감독이 갑자기 미친 듯 소리를 질렀다.

"찍을 거야. 무조건 찍어야 해. 비 와도 찍을 거야. 그러니까 다들 입 닥쳐. 지금부터 아무도 입 벌리지 마. 입 벌리는 새끼는 콱 죽여버린다!"

예전에 지하철에서 나눠주는 어떤 신문에서 원형탈모증에 걸릴 위험이 큰 직업에 관한 기사를 읽은 적이 있다.

1위는 전쟁을 치르고 있는 군대의 사령관이었고, 2위는 드라마나 영화를 연출 중인 감독, 그리고 3위가 언어가 전혀 다른 나라로 이민을 간 가족의 가장이었다. 제각각 다른 직업, 다른 상황이지만 한 가지 공통점이 있었다. 모두 결정권자라는 점이다. 그리고 그들의 결정에 의해 많은 사람이 영향을 받는다는 것이다. 사령관의 결정에 따라 부하들은 적을 쳐부수고 전리품을 챙길 수도 있으나 엄한 데를 공격하다 전사할 수도 있다. 감독의 결정에 따라 양반이 상놈으로 변할 수도 있고, 50부작이 30부로 조기종영 될 수도 있다. 이민 간 가정의 가장 역시, 스케일은 작으나 사랑하는 가족들의 운명에 영향을 미치는 결정을 해야 하는 결정권자다. 매 순간 크고 작은 결정을 내려야 하는 이들은 누적된 스트레스로 인해 원형탈모증에 걸릴 위험에 노출되어 있다는 것이 그 기사의 결론이었다.

결정해야 한다는 것, 그것은 결코 쉬운 일이 아닐 것이다. 누군가의 운명에 영향을 미치는 결정을 내려야 하는 결정권자는 얼마나 고독하겠는가……. 그러나 결정권자에게 있어서 더 괴로운 상황은, 이성을 잃어버릴 만큼 더 고통스러운 때는, 잘못된 결정을 내렸을 때가 아니라는 것을 젊은 감독을 보면서 느낄 수 있다. 결정권자에게 가장 고통스러울 때는 더 이상 결정을 내릴 수 없게 됐을 때다.

비가 내려도 무조건 촬영해야 하는 지금의 상황. 이 상황에서 감독은 더 이상 결정권자가 아니다. 오늘은 이 드라마의 마지막 촬영일이기 때문에, 저조한 시청률로 인해 〈양반과 상놈〉은 내일 방송을 끝으로 조기종영 될 것이기 때문에, 비가 오든 우박이 떨어지든 무조건 엔딩 장면을 촬영해야 하는 것이다.

지난 4개월 반 동안, 젊은 감독은 모든 것을 결정해 왔다. 그리고 그의 결정은 절대적이었다. 보조출연자들의 새벽을 열고, 카메라의 위치를 정하고, 조명기의 개수를 선택하고, 배우들의 연기를 편집하고, 밥 먹는 시간, 잠자는 시간, 쪽잠

자고 일어나 다시 일하는 시간에 이르기까지 수많은 것들이 젊은 감독의 말 한마디에 의해 좌지우지되었다. 양반이 상놈이 되기도 하고, 포졸이 죄인이 되기도 하고, 왜군이 조선군이 되기도 하고, 버벅이의 엉덩이가 부러지기도 했다. 그런데 그렇게 절대적이던 감독의 결정권이 간단하게 박탈된 것이다. 밤하늘에서 떨어진 비 한 방울에 의해 순식간에 결정권을 박탈당한 젊은 감독은 스스로 패닉 상태에 빠지고 말았다.

하늘의 물방울을 모두 그러모아서 한꺼번에 퍼부으려는 듯, 비구름 가득 찬 밤하늘은 지금까지는 빗방울을 아끼고 있다. 이 상황이 얼마나 지속될지 모르기에, 우리는 빨리 마지막 장면을 촬영해야만 한다. 젊은 감독의 말대로 이 장면을 무조건 찍어야 드라마가 끝나기 때문이다.

"기어 와. 기어서라도 와."

실핏줄이 터져 양 눈이 빨갛게 물든 젊은 감독이 쉰 목소리로 버벅이에게 소리 지른다.

바닥에 엎어져 스스로 일어나지 못하는 버벅이가 포복하듯 기어 오기 시작한다. 입 벌리는 사람은 확 죽여버린다는 감독의 비장한 멘트에 그 누구도 다음 상황을 어떻게 하려는 것인지에 대해 묻지 않는다. 늘 투덜거리던 카메라 감독도, 씩씩한 조명 감독도, 코디와 스타일리스트와 개인 분장사를 따로 대동한 채 나타난 홍아름이도 모두 침묵하고 있다.

"다 기어. 포졸도 머슴들도 다 기어."

스태프 중 나이가 가장 많은 길 반장이 젊은 감독에게 조심스럽게 묻는다.

"저기 감독님, 기어서…… 어쩌시려고……."

"다 기라고요. 버벅이만 기는 건 말이 안 되니까, 여기 갈대밭까지 도망 오는데 한 40리 달렸다고 생각하고, 이미 다 지친 거예요. 그러니까 더 이상 못 걷는 거예요. 그러니까, 그러니까, 다 같이 기어서 오는 거예요."

"감독님, 전 어떻게 해요?"

홍아름이가 묻는다.

"같이 기어."

감독이 기다렸다는 듯이 답한다.

홍아름이가 미처 무어라 항변하기 전에 길 반장이 카랑하게 소리를 지른다.

"자자자, 뭐 해? 감독님 말씀 들었지? 다들 기자고. 포졸들, 하인들 다 엎드려서 기어. 비 떨어지기 전에 빨리 찍자고."

우리야 뭐, 결정권자가 아니기 때문에 기라면 기면 그만이지만, 그래도 드라마 마지막 장면이 어떻게 나올지 걱정이 안 되는 건 아니다.

카메라 세팅이 끝났다. 앵글도 잡혔다. 젊은 감독의 쉰 목소리가 갈대밭을 갈랐다.

"레디…… 액션!"

갈대를 헤집으며 홍아름이와 버벅이가 갈대밭으로 기어들어 온다. 그 뒤로 머슴들과 포졸들이 기어들어 와서 갈대밭에서 미리 기다리고 있던 포졸들과 합세해 버벅이와 홍아름이를 포위한다.

"이제…… 정녕 마지막인가 봐요."

기는 것을 포기한 홍아름이가 버벅이에게 말한다.

"나나낭자…… 마마마…….."

아! 버벅이가 또 버벅대려고 시동 중이다. 제발…… 제발, 버벅거리지 말기를. 지금은 그 누구도 너의 버벅거림을 감당할 수가 없으니까.

"마마……마."

버벅이의 버벅거림 때문에 NG가 나려는 그 찰나, 홍아름이가 손을 뻗어 버벅이의 입을 막아버렸다.

"아무 말도 하지 말아요. 알아요. 당신 마음……. 마지막으로 나를 안아보고 싶은 거죠?"

베테랑 연기자 홍아름이의 경력이 빛나는 순간이다. 버벅이의 입을 틀어막은 채 상대방의 대사를 해버린 것이다.

갑자기 대사가 없어져 당황한 버벅이가 대답했다.

"네."

"컷!"

젊은 감독의 컷 소리가 나자마자, 길 반장의 '움직이지 마' 가 이어졌다. '원위치'에 이어 길 반장이 우리에게 가장 많이 하는 말은 '움직이지 마'다.

"움직이지 마, 아무도 움직이지 말고 일어나지도 말고 그 위치 그대로 유지해."

금방이라도 터져버릴 듯한 눈물을 참아내듯, 고마운 밤하 늘은 품에 가득 안은 비를 쏟아붓지 않고 잘 버텨주고 있다.

마지막 컷이다. 이제 홍아름이랑 버벅이가 뽀뽀만 하면 이 드라마는 끝난다.

달리는 자동차들과 빌딩 숲을 교묘히 피해 가까스로 앵글 을 잡고 카메라의 위치가 정해졌다.

"자, 서로 아련히 쳐다보다가 키스를 하면 됩니다. 마지막 컷입니다. 자, 레디……."

"잠깐만, 저게 뭐지?"

뷰파인더를 들여다보던 카메라 감독이 감독의 레디를 끊 는다.

"뭐요? 뭐가 있어요?"

"배우들 뒷배경에 저 멀리 작은 언덕 있잖아. 저 위에 누가 서 있는데?"

"그게 앵글에 걸려요?"

"홍아름 씨랑 버벅이 키스할 때 콧등에 앉은 파리처럼 딱 걸려. 저 봐, 저기서 사람이 꼼지락대고 있잖아."

그랬다. 저 멀리 작은 언덕 위에 사람이 서 있었다. 아이인지 어른인지 구분이 잘 안 가는 키 작은 누군가가 밤하늘을 바라보고 있었다.

"어이! 비켜요, 비켜."

처음엔 목소리가 가장 큰 길 반장 혼자 소리를 지르다가 나중엔 모두 함께 합창을 했다.

"아저씨, 비키라고요. 앵글에 걸려요."

"언덕에서 내려가라고. 좀 사라지라고."

"야! 꺼지란 말야. 비 떨어진단 말이야."

툭툭, 굵은 빗방울이 또 한 번 떨어졌다. 밤하늘이 그동안 모아놓은 수천억 개의 빗방울을 한 번에 쏟아부으려 본격적으로 시동을 걸고 있는가 보다. 작은 언덕 위의 남자는 미동도 없이 그 자리에 우뚝 서 있다.

"배우들 위치 바꾸고 카메라 앵글 옮길 수는 없어요?"

젊은 감독이 카메라 감독에게 묻는다.

"앵글 옮길 데가 어디 있어? 자동차에, 빌딩에, 현대물들 다 걸리는데. 저 언덕 때문에 여기서 찍는 거야. 언덕이 빌딩들 가려주니까. 앗, 차가워. 에이씨, 비 오기 시작하네."

"야, 누가 얼른 뛰어가서 쟤 좀 끌어내."

다급해진 길 반장의 목쉰 소리가 끝나기 무섭게 내가 대답했다.

"제가 가겠습니다."

9회 말 투아웃, 주자는 다시 만루 상황. 투수는 언덕 위에 서 있는 키 작은 사람, 그리고 타자는 나, 보출이다.

길 반장이 나에게 무전기를 건네며 말했다.

"보출아, 달려라."

언뜻 보아도 무성한 갈대를 헤치며 오르막을 수십 미터는 넘게 달려야 저 언덕에 도착할 수 있다.

나는 달린다. 달리고 또 달린다. 거친 갈대가 얼굴을 때려도, 진흙이 양발을 끌어당겨도, 숨이 턱에 닿아도 나는 저 언덕을 향해 달린다. 태평이와 함께 살 그날을 그리며…… 저 언덕을 향해…….

박대수 씨의 하루

꿈

　화사한 봄날, 봉봉이를 데리고 여의도에 벚꽃놀이하러 갔다. 활짝 핀 꽃들이 하얀 눈송이처럼 나무마다 가득 얹혀 있었다.

　"와! 아빠, 꽃이 눈송이 같아."

　웃음 지으며 작은 나뭇가지를 흔드는 봉봉이 머리 위로 하얀 꽃이 함박눈처럼 내렸다. 나는 호숫가 돌계단에 앉아 봉봉이를 지켜보고 있었다.

　"아가, 봉봉아. 강가로 가까이 가면 안 된다. 이짝으로 와서 놀거라."

　"아빠가 이리 와. 이리 와서 나랑 같이 놀아."

　바람이 불면 눈처럼 내리던 꽃들이 나비처럼 하늘로 날아올랐다. 봉봉이는 꽃잎 가득한 하늘을 향해 양팔을 뻗었다. 발밑에 흩어진 꽃송이를 한 움큼 주워 하늘로 뿌려 보는데 누군가 말을 걸었다.

　"벚꽃이 참 화사하게 피었죠이?"

　돌아보니 챙이 넓은 낚시 모자에 검정 선글라스를 끼고,

얇은 봄 잠바를 입은, 또래로 보이는 남자가 어느새 내 옆에
걸터앉아 있었다. 그는 통이 넓은 양복바지에 흰색 운동화를
신고 있었다. 하고 많은 자리를 두고 굳이 내 옆에 앉는 모습
이 의아해서 대꾸를 안 하니 그가 말을 이었다.

"익산서는 꽃놀이 헐라믄 동물원까지 가야 했는디……."

"고향이 익산이요?"

익산이라는 말에 되물었다.

"익산서 태어나고 학교도 다니고 쭉 살고 있죠이."

"어따 동향이네? 익산 어디요?"

외지에서 고향 사람을 만난다는 건 과거로 시간여행을 할
수 있는 기회다. 같은 곳에서 같은 시절을 산 사람과 이야기
하다 보면 추억이 선물처럼 떠오른다.

"평화동이어요."

"허허. 평화동 버스터미널 앞에 오거리 극장 자주 갔는디."

"오거리 극장서 성룡 나오는 영화 기다리믄서 고 앞 만둣
집서 만두 먹었었지요."

"왕서방 만두 말이요? 나도 거서 자주 먹었는디."

"그라제요. 만두 배 터지게 먹고 고 앞에서 패싸움도 살벌
허게 했자녀요?"

"뭐시를…… 했다고요?"

"패싸움요. 형광등 깨서 휘두르고 난리를 죽이믄서, 완타

163

치 하는 애들을 다구빨로 겁나 팼잖여요."

떠오르던 추억은 가라앉고 대신 불길한 예감이 스멀스멀 피어올랐다.

"뭐라고요?"

"안 그려요? 박대수 씨?"

"당신 누구여?"

"나? 나 짭새여요. 익산 경찰서 강력반."

낚시 모자에 선글라스, 잠바에 기지 바지, 그리고 흰 운동화. 한 가지도 통일되지 않은 그의 옷매무새를 보고 진작에 알아차려야 했다.

"형사가 나헌티 뭔 볼일이다요?"

그는 허리춤에서 수갑을 꺼내며 일어섰다.

"박대수 씨를 서팔복 씨 폭행 혐의로 이 시간부로 긴급체포합니다이."

서팔복이가 누구지? 얼굴이 선뜻 떠오르지는 않지만 생소하지 않은 이름이다.

"서팔복이요? 그게 누군디요?"

"익산공고 3학년 2반 서팔복이 몰라요? 박대수 씨 헌티 형광등으로 맞아서 눈 짝짹이 된 서팔복이를?"

"아…… 그 팔복이. 아니 그것이 언제 적 일인디, 30년 전 일인디 그것으로 지금 와서 나를 체포한다요?"

"일단 서에 가서 얘기하쇼이."

내가 돌계단에서 일어나자, 그는 곁으로 성큼 다가서 바짝 붙었다.

"고렇게는 못 하거등요이. 나가 시방 딸내미랑 데이트허는 거 안 보이쇼?"

고개를 돌려 보는데, 봉봉이가 하늘에 떠가는 꽃을 따라 강가로 뛰어가고 있었다.

"봉봉아. 그짝으로 가면 안 된다이. 위험허다."

봉봉이를 쫓아가려 걸음을 떼자 남자가 나의 허리띠를 잡더니 다리를 걸었다. 기우뚱하던 내가 길에 엎어지자 그는 내 등 위로 올라타 팔을 꺾고 수갑을 채웠다.

"박대수 씨, 당신은 묵비권을 행사할 수 있으며, 당신이 한 발언은 법정에서 불리……."

그 사람의 무릎에 얼굴이 깔린 채 내 눈은 봉봉이를 찾고 있었다. 벚꽃 산책길을 벗어난 봉봉이는 나비처럼 하늘로 올라가는 흰 꽃송이를 따라 둔치 아래, 흐르는 강물을 향해 가고 있었다.

"봉봉아. 가지 말거라. 가면 안 된다이. 그짝은 안 돼. 위험하다이. 봉봉아."

고개를 돌려 잠시 나를 바라보던 봉봉이는 다시 발걸음을 뗐다. 꽃송이는 하늘거리며 수면 위로 날아갔고, 봉봉이는 강물 속으로 사라지고 말았다. 봉봉이를 구하러 강물에 뛰어들어야 하는데, 형사가 나를 짓누르고 놓아주지 않았다. 봉봉이의 작은 머리통이 수면 위로 올라왔다가 사라졌다.

"봉봉아, 봉봉아……. 누가 우리 봉봉이 좀 살려주세요……."

바람이 불었고 꽃들이 우수수 떨어졌다.

애타게 내지른 내 목소리는 입 밖으로 나가지 못하고 기도를 타고 심장으로 흘러내렸다.

오전

20년 전 어느 날.

울다가 깨어보니, 아침이다.

투명한 비닐 커튼 너머, 머리를 박박 깎은 우리 봉봉이의 마른 몸이 보인다. 숨소리는 들을 수 없지만, 가끔 너풀거리는 긴 속눈썹 때문에 우리 봉봉이가 아직 살아 있다는 것을 알 수 있다. 무균실 문을 조용히 닫고 나와 병실 앞 복도에 놓인 긴 의자에 앉았다. 아침 7시 20분이다. 잠시 후면 부지런한 김 부장이 나타나 골수 기증자는 왜 안 나타나느냐며 호들갑을 떨 것이다.

나는 박대수다. 나의 고향은 전라북도 익산이다. 지금으로부터 29년 전인 열아홉 살 때, 익산역 앞에서 싸움을 하다가 서팔복이라는 나보다 두 살 적은 동네 후배를 많이 다치게 했다. 떼로 덤비는 녀석들을 위협하려고 긴 형광등을 허공에 휘둘렀는데, 뒷걸음치던 다른 녀석들과는 달리 한 녀석이 무턱대고 달려들다가 내가 휘두른 형광등에 맞았다. 깨진 형광등 조각 한 개가 팔복이의 고막을 찢고 혈관을 타고 올라가, 뇌에 박히고 말았다. 서팔복이는 왼쪽 눈을 끊임없이 씰룩거리게 되었다.

난 그 일로 감옥에 갔고, 다시 익산역 앞으로 돌아갔을 때는 스물세 살이 되어 있었다.

그 후로 쭉 조직 생활을 하며 감옥에 몇 번 더 들락거리면서, 그야말로 끝까지 안 봐도 결과가 뻔한 싸구려 영화 같은 인생을 살았다. 내가 조직에서 맡은 일은 딱 한 가지, 떼인 돈을 대신 받아주는 일이었다. 남의 돈을 떼어먹고 잠수 탄 사람을 찾아내서 돈을 받으면, 받아낸 돈의 절반은 나와 내 동생들 몫이었다. 그런데 지금으로부터 6년 전 어느 날, 내 삶에 예기치 않은 변화가 찾아왔다. 봉봉이가 태어난 것이다. 나는 마흔둘에 딸자식을 둔 아빠가 되었다.

쌔근쌔근 작은 숨을 몰아쉬며 잠들어 있는, 갓 태어난 봉봉이의 얼굴을 내려다보고 있자니, 남은 인생을 어떻게 살아야 하는가에 대해 구체적인 깨달음을 얻을 수 있었다. 그것은 어떤 현자가 친절하게 조목조목 가르쳐주거나 베스트셀러에서 읽은 내용이 아닌, 그야말로 순간적으로 떠오른 한 조각의 생각이었다. 마치 누군가 주사기에 그 생각을 담아 내 혈관에 주입한 것처럼, 별안간 느낀 깨달음이었던 것이다. 내 사랑하는 딸 봉봉이는 이 험난한 세상을 어떻게 살아가야 할까? 답은 이미 나와 있었다. 짧지만 명확했다.

지금처럼 살면 안 된다.

이후 조직 생활을 청산하는 데 걸린 시간이 5년. 내 몸뚱이 하나만 빠져나오려 했다면 쉬웠겠지만, 데리고 있던 동생들에게 시장에서 장사할 만한 밑천이라도 만들어줘야 했기 때문에 생각보다 시간이 오래 걸렸다. 목욕탕에서 정성껏 때를 미는 심정으로 뒷정리를 했다. 몸과 마음의 때를 모두 밀어내고 새출발하기 위해서였다.

퇴직금하고 이것저것 모은 돈으로 조그만 식당 하나 차리고, 봉봉이와 봉봉이 엄마와 나, 우리 세 식구는 오순도순 살기로 했다. 그런데 작년 이맘때쯤 사고가 터졌다. 이보출이라는 고향 후배가 어느 눈 내리던 날, 검은색 양복을 차려입고, 007가방을 들고 내 앞에 나타난 것이다.

"대수 형, 은퇴했다며?"

"응. 손 씻었다."

"그럼, 앞으로 떼인 돈은 누가 받아주나? 하하. 늦둥이 딸은 잘 크고?"

"그라제. 쑥쑥 잘 큰다."

"형, 이제 뭐 하면서 살려고?"

"족발집이나 할라고 헌다. 고향 가서 헐라고. 근데 목 좋은

데 가게 얻으려고 하니까 한 5천 부족허네."

보출이는 전도유망한 대박 주식에 소액 자본가의 돈을 단기간 투자해 주는 소액 투자 전문 상담가라고 했다. 보출이가 소개한 주식은 소액 투자자들이 모여 갓 인수한 코스닥 상장사라고 했다. 모든 준비가 끝났고 이제부터 상한가 달리기를 시작할 예정인데, 끄트머리에 돈이 빈다고 했다.

"대수 형, 지금 수중에 돈 얼마나 있어?"

"얼마 없어. 장사 밑천으로 모아놓은 돈이 9천 되나?"

"딱이네. 딱 안성맞춤이야. 형, 그거 투자해. 이 회사에. '요이, 땅!' 하면 상한가 열일곱 번 칠 거거든. 열여섯 번 치면 먼저 빼게 해줄게."

"그래, 고맙다이. 내 은혜는 안 잊을게."

당장 결정하지 않으면 딴 사람한테 기회가 넘어간다는 말에 후배를 믿어보기로 했다. 그리고 고난이 시작되었다.

대박 날 거라던 코스닥 회사는 내가 장사 밑천을 투자한 지 두 달 만에 상장 폐지되었고, 철석같이 믿었던 이보출이는 잠수함을 타고 심해로 떠났다. 동생들 중 끝까지 내 곁을 안 떠나고 나를 따르던 김 부장과 나는 사라진 이보출이의 뒤를 쫓기 시작했다. 보출이 때문에 잃은 내 돈, 그냥 원금만 받아내면, 그래서 우리 세 식구 먹고살 족발집을 열 밑천만 되찾으면 된다고 생각했다. 그만큼만 되찾으면 이 지긋지긋한 생활을 청산할 수 있다고 믿었는데, 더 큰 고난이 찾아왔다.

보출이를 찾아 전국을 헤매던 반년 전 어느 날, 유치원에서 친구들과 놀다가 갑자기 쓰러져서 일찍 집에 돌아온 봉봉이는 눈이 잘 안 보인다고 했다. 봉봉이를 데리고 병원에 간 마누라의 전화를 받았을 때, 나는 분당구 정자동 사거리 건널목에 서 있었다.

울음 반, 신음 반인 마누라의 음성에 눈앞이 먼저 캄캄해지고, 양다리에서 힘이 빠지기 시작했다.

"우리 봉봉이…… 어떻대?"

묻기 두려웠지만, 알아야 했다.

우리 봉봉이, 쓰다듬으면 닳아 없어질까 봐 잘 쓰다듬지도 못한 사랑스러운 내 딸 봉봉이는 골수이형성증후군이라는 희귀병에 걸렸다고 했다. 많이 아픈데 의사들은 치료할 수 없는 병이라고 했다. 유일한 희망은 골수 기증자가 나서는 것인데, 이 병은 기증자가 나서도 골수가 맞을 확률이 10만 분의 1도 안 된다고 했다.

내 나이 열아홉 살에 익산 교도소에서 첫 징역을 살 때, 시장에서 나물 장사하시던 우리 어머니는 매주 일요일 아침, 나를 만나러 먼 길을 오셨다. 유난히 멀미가 심해서 버스건 승용차건 바퀴로 굴러가는 건 아무것도 타지 못하시던 어머니가, 우리 집에서 익산 교도소까지 시내버스 한 번, 시외버스 한 번, 이렇게 차를 두 번 갈아타고 오셨다. 어머니는 올 때마다 마주치는 모든 교도관한테 이마가 바닥에 닿도록 절을 하셨다.

하루는 교도관이 그랬다.

"대수야, 나 어제 네 어머니 봤다."

"어데서 보셨지 말입니까?"

"익산역 앞 건널목에서 파란불인데 어떤 할매가 안 건너고 그냥 서 있기에 보니까, 네 어머니더라."

"어무니가 왜 길을 안 건너고……?"

"건널목에 서서 울고 계시더라, 인마."

"노인네가…… 남 안 보는 데 가서 울든가…….'"

봉봉이가 골수이형성증후군에 걸렸다는 소식을 들은 그날, 난 정자동 사거리 건널목에 선 채 길을 건너지 못하고 한참을 울었다.

골수 은행에 골수 수혜자 신청서를 접수하면서 보호자란에 박대수라는 이름 석 자를 적어 넣는데, 처참할 정도로 부끄러웠다. 나는 박대수라는 이름을 갖고 지난 평생을 살면서 누구에게 무엇을 준 적이 있나 하고 생각하니 아무것도 떠오르지 않았기 때문이다.

그 누구에게 아무것도 준 적이 없는 내가, 알지 못하는 그 누군가를 향해 딸자식 목숨을 위해 가장 큰 것을 달라고 요청하고 있는 것이다. 인간 박대수로는 별로 부끄러움을 못 느끼며 살았는데, 아버지 박대수로는 무지하게 부끄러웠다.

"형님, 우십니까요?"

고개를 들어보니, 김 부장이 조그만 비닐봉지를 하나 들고 내 앞에 서 있다. 떡 벌어진 어깨 위에 얹혀 있는 깍두기 머리에서 땀이 삐질삐질 흐른다. 김 부장은 마지막까지 떠나지 않고 있는 고향 동생이다. 머리는 잘 안 돌아가지만, 의리 있고 부지런한 친구다. 가끔 불필요한 부지런함 때문에 고생을 사서 하기도 하지만.

살길 찾아가라고 여러 번 어르고 달래고 했지만, 보출이를 잡아서 떼인 돈 찾아주기 전에는 못 간다며 내 옆에 머물고 있다.

"응…… 그래, 김 부장, 왔냐?"

우리는 더 이상 조직이 아니니까 그만하라는 데도, 매번 90도로 인사를 한 후 내 옆에 엉덩이를 걸친다.

"네. 형님, 여그서 또 꼬박 새우셨습니까요?"

"봉봉이 열이 안 떨어져서. 애 엄마는 새벽까지 있다가 잠깐 눈 붙이러 들어갔다."

"아이고…… 몇 달째…… 울 형님이랑 형수님이랑 너무 고생이 많으십니다요."

들고 있던 비닐봉지에서 생수 한 병을 꺼낸 김 부장은 작은 생수병을 솥뚜껑만 한 손으로 잡고 사정없이 흔들어댄다. 생수가 무슨 소주도 아니고, 그렇게 하지 말라고 여러 번 말해도 흔들어야 미네랄이 잘 섞인다며 늘 흔든다.

"미네랄이 잘 섞였습니다요이. 근디 형님, 혈액은행에서는 뭔 소식이 없습니까요?"

"……."

"지는 당최 혈액은행에 피가 없는 게 이해가 안 가지 말입니다요. 이것이 말허자믄 은행에 돈이 없는 거랑 같은 상황 아닙니까요?"

"혈액은행에 피가 없는 게 아니고, 우리 봉봉이 헌티 맞는 피가 없는 거잖어."

봉봉이의 혈액형이 희귀해서 골수 기증자를 찾지 못하는 거라고 매번 만날 때마다 얘기해 주는데도 김 부장은 매번 만날 때마다 같은 질문을 한다.

물 한 모금 마시고 내가 물었다.

"반지랑은 잘 맞췄냐?"

김 부장이 왼손을 과장되게 털며 손목시계를 보여준다.

"예, 형님. 거시기, 이거이 예물 시겝니다요. 바라지도 않았는디, 시계까지 사주더라 이 말입니다요. 으메, 남사시러워 가꼬."

"음, 좋네. 시계가 무게감이 있어 보이네. 귀허게 차라. 쌈할 때는 꼭 벗어놓고."

"아이구, 형님도. 저 쌈 안 한 지 오랩니다요. 그냥 말로다가만 죽이지, 뭔 싸움입니까. 애들도 아니고, 몸 사려야죠. 장가가는디."

평상시에는 벽돌로 쳐도 꿈쩍 안 할 것 같은 김 부장의 단단한 얼굴이 결혼 이야기만 하면 수줍음으로 빨갛게 변한다.

"저도 형님, 이제 새사람 되어야죠이. 새사람 되어 갖고, 각시랑 둘이서 새출발해야죠이. 아 글씨, 돈도 없는 게 은제 모았는지, 남잔 시계 좋은 거 차야 기죽지 않는다믄서 됐다고, 됐다고 하는데도 사준다고, 준다고 하면서 호들갑을 떨더라 이 말입니다요. 은근히 고집이 시더란 말입니다요."

말을 길게 할수록 커지는 김 부장의 목소리가 병원 복도에 쩌렁쩌렁 울린다.

"살살 말혀라. 환자들 다 깨울래?"

"예, 형님. 죄송합니다, 형님."

내가 우리 식구 중에서 유독 김 부장을 예뻐한 이유는 그가 다른 아이들보다 더 불쌍했기 때문이다. 아슬아슬 모서리만 타고 살았을, 짐작 가능한 초라한 인생은 둘째치고라도, 가진 것이 아무것도 없이 폼에 죽고 사는 모습이 희망 없이 하루살이를 하던 젊은 시절의 박대수를 꼭 빼닮았기 때문이다. 나는 김 부장의 단순 무식하고 저돌적인 모습에서 아무 것도 가진 것이 없는 내 모습을 보았고, 결국 내가 불쌍해서 김 부장을 불쌍하게 여겼는지도 모른다. 절대 변할 것 같지 않던 김 부장에게도 변화의 기회가 왔으니, 하늘이 정해 준 임자를 만나 결혼을 하게 된 것이다.

"식이 다음 달이냐?"

"예, 형님. 6일입니다요이."

"다음 달이 겹경사구먼. 너 다음 달 1일부터, 수배도 풀린다매. 접때 싸움해서 필수네 똘마니들 상허게 한 거, 그거 공소시효 지난다믄서? 인제 새사람 되라고 하늘에서 돕는 갑다. 수배 풀리고, 장가가고."

"그러게 말입니다요이, 형님. 요새 사고 안 치고 차카게 살았더만 하늘이 따블로 갚아주나 봅니다요이. 나 같은 개망나니가 울 색시 같은 천사를 만나게 될 거라고 누가 상상이나 허겠습니까요? 솔직히 아침마다 꿈인가 생신가 헙니다요. 하늘이 주신 기회니까, 다시는 험한 바닥서 얼쩡거리지 않고, 평범하게 살아볼랍니다요. 지가 울 색시 헌티 그랬습니다. 몸으로 하는 건 내가 다 할랑게, 나 대신 생각 좀 해달라고. 생각은 색시가 허고, 실행은 내가 허고. 그런 식으로 살믄 생각 없는 짓 더 이상 안 하면서, 사고 안 치고 잘살 수 있을 것 같습니다요."

사고 안 치고 살기는 나도 마찬가지인데, 더블로 저주하는 하늘이 야속해서 생수를 한 모금 더 마셨다.

"김 부장."

"예, 형님."

"장가가면 애 놓기 전에 말이다, 술, 담배 싹 끊어라. 그리고 그동안 죄지은 거, 남의 몸이나 마음 상하게 한 거 있으면 일일이 찾아 댕기면서 용서 싹 빌어라."

"예, 형님."

"늦둥이 딸래미 아프니, 옛날에 험하게 산 것이 참 후회가 된다. 우리 봉봉이가 나 대신 벌 받는 것 같아서."

"예, 형님."

"보출이는 계속 연락 안 받냐?"

"어젯밤에 분명 신호가 갔는데 말입니다요. 이 새끼가 끝까지 안 받더라 말입니다요. 하여튼 이보출이 이번에 잡히기만 잡히든 깝데기를 확 베껴부러야겠습니다."

"시방 새우 잡냐? 깝데기는 뭔 깝데기를 베끼냐? 김 부장 너 앞으로 착허게 살 거면 언어 먼저 순화해라."

"예, 형님. 죄송합니다요. 근데 거시기, 흐흐, 모냥이 빠징께, 이 말씀 드릴라믄. 거시기 형님, 항문은 쪼까 어떠십니까요?"

"평상시엔 괜찮어. 계단 올라갈 때랑, 화장실 갈 때만 상당히 아프고."

김 부장은 내 항문이 찢어졌다며 걱정을 한다. 찢어진 게 아니라 그냥 염증이 생긴 거라고 백번도 더 얘기해 줬지만, 자기가 보기엔 찢어진 게 확실하단다. 몇 번을 더 이야기해 줘야 찢어진 게 아니라는 사실을 있는 그대로 받아들일까…….

"조직에서 빠져나가려 할 때마다 누군가 날 도로 끌어당 긴다."

영화 〈대부 3〉에서 늙은 알 파치노가 한 말이다. 알 파치노 는 그 누군가만 없었으면 자신이 범죄의 세계에서 빠져나와 새 삶을 살게 되었을 것이라고 고백하지만, 과연 그랬을까? 그 누군가가 없었다면 영화는 만들어지지 않았을 것이고, 알 파치노는 늙은 대부가 되지 못했을 것이다.

새출발하려는 나에게 이보출이는 늙은 대부를 끌어당기는 그 누군가와 같은 존재다.

정리하자면,

1. 이보출이가 내 돈을 해 먹고 도망갔다.
2. 나는 보출이를 찾아서 돈을 받아내야 한다.
3. 되찾은 돈으로 봉봉이 병원비도 내고 족발집도 열어야 한다.

상황은 간단한데, 현실은 그렇지 않다. 내가 별 소득이 없는데도 10개월이 넘는 시간 동안 보출이를 추적하고 있는 이유는 단지 떼인 돈을 받기 위해서가 아니다. 작전의 실패로 본인 돈까지 모두 날린 보출이는 나에게 진 빚을 변제할 능력이 없는 빈털터리일는지도 모른다. 김 부장은 보출이의 장기라도 떼 팔아야 한다고 하지만, 말로만 그럴 뿐, 김 부장이나 나나 그렇게까지 잔인해질 용기도 의지도 없다. 그럼에도 불구하고 내가 이보출이를 쫓아다니는 이유는 쫓아다니는 것 말고 달리 할 일이 없기 때문이다. 이보출이라도 쫓아다니지 않는다면, 나는 매일 조금씩 죽어가는 딸을 보며 발만 동동 구르는 무기력한 아버지로 하루를 보내야 하기 때문이다. 내 딸 봉봉이의 병이 돈으로 고칠 수 있는 병이 아니라는 것은 알지만, 하늘이 움직이지 않고서는 봉봉이가 살아날 수 없다는 것을 이제는 알지만, 그래도 앉아서 당하고만 있을 수는 없기에, 울고만 있을 수는 없기에, 뭐라도 해야겠기에 나는 오늘도 이보출이를 쫓아다니고 있는 것이다.

반평생 남이 떼인 돈 받아다 주는 걸로 먹고 살아온 내가, 헌 삶을 정리하고 새 삶을 시작하는 시점에서 나 자신이 떼인 돈을 받으러 다니게 된 것은 어쩌면 오래전부터 정해진 운명일는지도 모른다. 보출이를 쫓아다니면서도 잡히지 않기를 바라는 이유는 그가 잡히는 순간 나의 영화가 끝나버릴 것 같은 두려움 때문이다. 영화가 끝남과 동시에 시작될 딸과의 이별이, 곧이어 밀어닥칠 불행이 코앞에 보이기 때문이다. 역설적이지만 굳이 비유를 들자면, 42.195킬로미터를 다 달려 지치고 피곤해 죽을 것 같지만, 결승선 너머에서 기다리는 누군가와의 만남이 두려워 결승선이 한없이 멀어지기를 바라는 마라토너 같다고나 할까.

사실 5개월 전 보출이를 잡았다 놓친 날도 그랬다. 이문동으로 추격 범위를 좁힌 김 부장과 나는 한 독서실에서 나오는 그와 마주쳤는데, 막상 보출이를 찾으니 그다음에 뭘 어떻게 해야 할지 몰라 어물쩍대다가 도로 놓치고 말았다.

좁은 골목길에서 동네 꼬마들이 공놀이를 하고 있었다. 길고 좁은 골목을 따라 오르막을 따라 오르니 끄트머리 언덕바지에 낡은 건물이 서 있었고 삼구독서실이라는 간판이 걸려 있었다. 반 시간쯤 기다렸을까, 독서실 문이 삐그덕 열리더니 작은 허브 화분을 든 이보출이가 걸어 나왔다. 더 이상 그는 유니폼처럼 입고 다니던 검정 양복 차림이 아니었다. 늘 들고 다니던 007가방도 안 보였다. 갓 일어난 듯 새집 지은 머리는 엉망이었고, 너저분한 추리닝 차림의 그는 맨발에 독서실 슬리퍼를 질질 끌고 나왔다. 하늘을 올려다보던 보출이는 허브 화분을 햇볕 잘 드는 방향으로 들며 말했다.

"답답했지? 너도 볕 좀 쐬자."

나는 그 순간 알았다. 보출이한테는 남아 있는 돈이 없다는 것을. 나는 독서실 건물 왼편에서 돌아 나오며 보출이를 불렀다.

"보출아!"

보출이가 멈칫하더니 천천히 내 쪽으로 고개를 돌렸다.

"반갑구마이. 오랜만이네."

나를 확인한 보출이는 반사적으로 오른편으로 재빠르게 고개를 돌렸다. 하지만 그쪽에는 나보다 더 무서운 김 부장이 기다리고 있었다.

"왜 이짝으로 대가리를 돌리냐? 튈라고?"

김 부장이 천천히 보출이 쪽으로 다가섰다.

보출이는 냉동 창고 안에 걸려 있는 소고기처럼 그 자리에 얼어붙어 버렸다. 보출이 옆으로 다가온 김 부장이 과장되게 양손을 털며 말했다.

"바쁘냐? 한번 만나기가 뭔 연예인처럼 허벌나게 힘들다이. 어따, 더버라."

나도 느릿느릿 보출이 옆으로 다가섰다. 양방향에서 협공 당한 보출이는 나와 김 부장 사이에 끼여버렸다. 땀이 비 오듯 흘렀다. 이문동 삼구독서실 앞 골목이 가파른 오르막이었기 때문이다. 나는 바지 뒷주머니에서 손수건을 꺼내 땀을 닦았다. 작년 내 생일날 우리 봉봉이가 선물해 준 손수건이다. 보출이는 고개를 푹 수그린 채 아무 말도 하지 않았다.

"무슨 공부하냐? 독서실에서 나오게. 얼굴이 무지하게 꺼칠하네."

보출이가 고개를 숙인 채 눈동자를 돌려 김 부장의 두꺼운 손을 흘깃 본다. 저 손이 언제 자기의 안면을 강타할지도 모른다는 공포감이 들었을 것이다.

"대수 형……. 내가 그러잖아도 내가, 형한테 연락하려고……."

성질 급한 김 부장이 보출이의 말을 자르며 일장 연설을 시작했다.

"여그는 완전 닭장일 텐데이. 공부하는 것들은 꼭 이 쫍은 데 모여서들 공부하더라이. 일면 이해는 되어. 원래 공부 그게 춤이랑 비스무리한 거재? 혼자 허는 것보다 여럿이 모여서 몸을 부대끼면서 해야 서로서로 비교허믄서 발전하는 거잖냐? 그제이? 병아리 떼처럼 모여 있어야 외롭기도 덜 외로울 것이고?"

생전 독서실에는 가본 적 없는 김 부장이 첫 방문 소감을 장황하게 늘어놓았다.

"아니……. 그게 아니라, 대수 형. 내가 진짜 연락하려고 했다고. 근데 핸드폰을 물에 빠트리는 바람에 전화번호가 싹 다 날라가서."

"핸드폰이 물에 빠징께 전화번호만 싹 씻겨 날라갔다고? 형님, 이 새끼 말로만 듣던 조벌구입니다요이. 너 쪼까 일루 와 보거라이."

김 부장이 험악한 표정을 지으며 보출이에게 한 걸음 더 다가섰다.

"네? 아닌데요? 나 이보출이에요. 조벌구가 누군지 몰라요. 왜요? 하지 마요. 대수 형, 이 사람 좀……."

"바로 니가 조벌구여. 조동아리만 벌리면 구라를 칭께."

"내가 언제 구라를 쳤다고 그래? 진짜, 진짜 전화기를 잃어버리는 바람에……."

김 부장이 오른손을 뻗어 보출이의 허리띠를 부여잡으며 짧게 말했다.

"가자."

"어……디를…… 가요?"

구석에 몰린 토끼마냥 빨개진 눈을 동그랗게 뜨며 보출이가 더듬거렸다.

"아따, 어디긴 어디여. 병원에 가야지."

"왜? 병원엘 가냐고? 나 아픈 데 없는데요."

"병원에 얼른 가서 수술을 혀야, 니가 떼먹은 울 행님 돈

183

액수만큼 니 신체의 일부를 기증받을 것 아니냐."

"잠깐! 스톱! 대수 형, 잠깐!"

"왜 헐 말 있냐?"

내내 시선을 피하던 보출이가 나와 두 눈을 맞추더니 최대한 진정성 있는 표정으로 말했다.

"형! 나 형 돈 안 썼어. 양심의 가책이 돼서 도저히 못 쓰겠더라고. 그래서 안 썼어. 원금 9천만 원 그대로 있다고. 진짜 연락하려고 했다니까?"

"연락하려고 했다니까"라는 말은 떼인 돈 받는 것을 직업으로 삼았던 지난 수십 년간 채무자들에게서 가장 자주 들었던 말이다.

"보출아, 연락하려고 그랬으면 좀 하지 그랬냐? 김 부장이 너한테 전화를 얼마나 여러 번 했는지 아냐?"

"사백팔십 아홉 번 돌렸습니다요. 형님."

"미안해, 형."

"보출아, 나가 요즘 집에 우환이 있어서 심적으로나 시간적으로나 여유가 없다. 너랑 한가롭게 대화 나눌 형편이 못 된다고. 너, 갚을 돈 정말 있냐?"

독서실 꼭대기 층을 가리키며 보출이가 대답했다.

"저기 4층 내 방에, 검은색 007가방 안에 도장이랑 통장이랑 형이 준 그대로 있어."

"몇 호냐?"

"404호."

보출이가 방 열쇠를 건넸다. 나는 김 부장에게 보출이의 007가방을 가지고 오라고 눈짓으로 말했다.

"형님이 올라가시지 말입니다요이. 그동안 제가 이 호래자식 교육 좀 시키고 있을라니까요."

김 부장과 나를 번갈아 보던 보출이가 말했다.

"그러지들 말고, 둘이 같이 올라갔다 와. 여기 꼼짝 안 하고 있을게."

"김 부장, 얼른 갔다 와라. 내가 계단 오르기가 불편하잖여. 가방 찾으믄 억지로 열라고 하지 말고 그냥 가방째 들고나와."

"아참…… 그렇지요이. 제가 행님 뒤가 찢어지셔가꼬 거동이 불편하시다는 사실을 또 깜빡했습니다요. 형님, 얼른 다녀오겠습니다."

솥뚜껑만 한 손으로 자기 머리를 통통 치며 독서실로 올라가는 김 부장의 뒤통수에 대고 다시 정정해 주었다.

"찢어진 게 아니라 그냥 염증이라니까."

안 봐도 뻔하다. 한 번에 한 사람밖에 못 지나갈 정도로 좁은 복도 양쪽으로 쪽방들이 닭장처럼 다닥다닥 붙어 있을 거다. 김 부장은 넓은 어깨를 복도 양 끝에 스치며 404호를 찾아갈 것이다. 그리고 가방째 들고 오라는 내 말은 잊어버린 채, 열리지 않는 검은색 007가방을 억지로 열려고 힘을 쓸 것이다.

"대수 형, 조금 전 우환이 생겼다고 한 것 같은데 어디 아파?"

김 부장이 독서실로 사라지자 보출이가 눈치를 살살 보며 묻는다.

"내가 아니고 누가 좀 아프다."

나는 한 손으로 땀을 닦으며, 다른 한 손으로 보출이의 허리띠를 고쳐 줬었다.

"근데 형이 계단을 왜 못 올라가?"

"항문에 대상포진이 좀 생겨서 거동이 약간 불편해서 그런다. 별일 아녀."

"어이구, 어쩌다가 그 부분이 찢어졌어?"

"찢어진 건 아니고, 염증이 생겨서 걸음걸이가 쪼까 불편해서 그런다. 계단 올라가거나 그럴 때 좀 쓸려서."

"아이고, 많이 찢어졌나 보구나……. 거동이 아주 불편할 정도면."

"찢어진 거 아니라고. 정신 사나우니까 잡소리 그만 허고……."

보출이의 수다를 제지하며 손수건으로 이마의 땀을 닦는

데 빡, 하며 박 터지는 소리가 들렸다. 보출이가 들고 있던 허브 화분으로 내 뒷머리를 내리찍었고, 부서진 화분 파편이 길바닥에 떨어졌다. 순간적으로 눈앞이 캄캄해지고 뒤통수는 얼얼했다. 왼쪽 콧구멍에서 짭짜름한 피가 흘러나왔다. 정신을 차리고 보니 보출이는 냅다 골목길 아래로 뛰어 달아나고 있었다. 거의 동시에 독서실 4층 쪽 창이 벌컥 열리더니, 작은 창틀 밖으로 김 부장의 깍두기 머리가 나타났다.

"형님! 007가방 안에 헌 양말이랑 빤스밖에 없는데요이?"

나는 뒤통수를 부여잡고 휘청거렸다. 지금으로부터 5개월 전, 보출이와 재회한 날 있었던 일이다. 그날, 나는 보출이를 놓친 것이 아니라 놓아준 것인지도 모른다.

오후

허름한 식당에서 회덮밥을 시켜놓고 김 부장을 기다리는 중이다.

맞은편에 보이는 더러운 어항 속에 광어 두 마리가 바닥에 납작 엎드려 낮잠을 자고 있다. 저것들은 지금 잠이 올까? 아무리 늦어도 오늘 저녁 내로 배가 갈라지고 뼈가 발라져서 손님 식탁에 오를 자기들의 운명을 모르는 걸까? 저것들은 내일까지 살 수 있을까?

왜 그랬는지도 모르게, 옆 테이블을 행주로 훔치고 있는 이모에게 말을 걸었다.

"이모, 어항에 왜 광어가 두 마리밖에 없능가? 여기 장사 잘 안되나 봐?"

"아유, 장사가 안되기는요, 어제 스무 마리 받았는데 이거 남은 거예요."

"응? 그럼, 나머지는 어데 가고?"

"뭘 어데 가요? 생선이 어딜 갔겠어요? 날 좋다고 소풍 갔겠어요? 양산 쓰고 나들이 갔겠어요? 당연히 손님들이 드셨죠. 뭐 먹을 거예요?"

이모가 중국 교포인 것 같은데 말을 재미있게 한다.

"응. 사람 한 명 더 오면 그때 시키려고. 그럼, 어제 하루, 저녁에 열여덟 마리나 잡았다고?"

"그럼요, 울 사장님이 회 증말 잘 떠요. 울 사장님이 한 번 칼 잡으면 생선 눈 껌뻑껌뻑 세 번 하는 동안에 대가리랑 뼈만 남기고 살 싹 발라내요. 진짜 빨라요. 울 사장님요."

어항 속에 누워 있는 광어 두 마리는 사람으로 치면 외계인에 납치돼서 비행접시에 태워진 스무 명 중 아직 살아남은 두 명의 생존자인 셈이다. 함께 끌려 올라온 나머지 일행은 모두 어제저녁 외계인의 식탁에서 희생되었다. 그들의 몸에 붙어 있던 모든 살점은 깨끗하게 발라진 후 먹기 좋게 잘려 외계인의 입으로 들어갔고, 아직 숨이 붙어 있던 그들은 눈을 껌뻑거리며 자신들의 살점이 외계인의 입으로 들어가는 모습을 바라보아야 했다. 끝까지 숨이 붙어 있던 몇몇 얼굴 위로 담뱃재를 터는 외계인들도 있었다. 외계인들은 그들을 먹는 내내 맛없다고 불평했다.

남아 있는 저 두 마리의 광어는 운이 좋은 걸까? 아니면 나쁜 걸까? 어차피 오늘 저녁이면 어제 간 녀석들과 같은 운명이 될 텐데. 문득, 저들도 공포를 느끼는지 궁금해진다.

"회 뜰 때 쟤들도 아픈가?"

"몰라요. 당최 소리를 안 내니까 아픈지 안 아픈지 어떻게 알아요? 뭐, 아픈지 안 아픈지 뭔 상관이래요. 맛만 있으면 됐지."

그래, 당최 소리를 안 지르니 알 수가 없다. 생선이 아픈지, 안 아픈지.

"입술도 있고, 이빨도 있는데…… 생선은 왜 소리를 못 낼까나?"

"그러게요. 그러고 보니까 이상하네요. 개도 짖고, 참새도 짹짹거리고, 하다못해 귀뚜라미도 우는데, 생선은 왜 소리를 못 내나? 한 마리 해 드려요?"

굳이 식당 이모랑 대화를 나누고 싶지는 않았지만, 달리 대화할 상대가 없었기에 계속 질문을 했다.

"혹시 생선이 목청껏 소리를 지르고 있는데 사람들이 못 듣는 게 아닌가?"

"아유, 말이 되는 소리를 해요. 사람이 못 알아듣는 소리가 뭔 소용이래요? 알아듣게 소리를 내야 그게 소리죠. 소리는요, 아프고 아쉬운 쪽이 지르는 거예요. 아쉬운 거 없는 쪽이 소리를 지를 일이 뭐가 있대요?"

맞다. 소리는 늘 아쉬운 쪽이 지른다.

"이모가 솔찬히 철학적이네이. 근디 말이여. 회를 막 뜨는 중인데, 생선이 아프다고 소리 지르면 이모는 어쩔 거여?"

흰소리로 대화를 끝내려고 한 것뿐인데, 마음 착한 식당 이모가 방긋 웃으며 나의 혼잣말을 받아준다.

"호호, 생선이 뭐라고 아프다고 해요?"

"그냥 뭐…… 아파요. 너무 아프니까 그만 하세요. 그라 믄?"

"그럼, 반창고 붙여서 바다에 도로 놔줘야죠. 생선들한테 가서 소문내라고요."

"뭔 소문을 내라고?"

"육지에 착한 사람도 산다고 소문 좀 내라고요."

동해에서 유영 중 낚싯줄에 걸려 육지로 납치되어 횟집 어항 속에 사흘간 억류되어 있다가 극적으로, 바다로 생환한 광어의 환영식이 동해에서 열렸다. 동해는 축제 분위기였다. 이곳에 서식하는 각종 어패류는 물론 먼바다를 지나던 상어와 범고래까지도 사지에서 살아 돌아온 광어의 무사귀환을 축하하기 위해 속속 모여들었다. 이들은 모두 죽음을 이기고 사지에서 돌아온 광어의 입에서 나올 한마디를 듣고자 모였다.

바다에서 끌려 올라간 지옥은 어떤 곳인지, 그곳에 사는 인간은 어떤 무리인지, 선한지, 악한지, 그동안 끌려 올라간 수많은 동족이 맞이한 운명은 어떠했는지? 사지에서 돌아온 광어에게 수많은 질문이 기다리고 있었다.

물고기들은 믿었다. 부활한 광어는 분명 물고기들에게 인간이 쳐놓은 그물에 다시는 안 걸리는 묘수를 가르쳐줄 것이다. 낚싯바늘과 미끼를 구분하는 법을 가르쳐줄 것이다. 바닷속 모든 물고기는 죽음의 공포로부터 해방시켜 줄 것이다. 천기를 누설할 것이다. 온 바다 생물의 귀추가 광어의 입에 모아졌다. 한참 뜸을 들이던 광어가 마침내 입을 열었다.

뻐끔, 뻐끔.

시간이 흐르고 계속 뻐끔거리는 광어를 남겨둔 채, 물고기들은 뿔뿔이 흩어졌다.

드르륵, 식당 문이 열리며 김 부장이 들어선다.

"형님, 일단 오 부장헌티 보출이 아들내미 이름허고 핵교 파악허라고 지시했습니다요. 몇 달 전에 고 독서실 앞에서 딱 잡았을 때, 여러 말 할 것 없이 확 회를 떠버렸어야 했는디⋯⋯."

며칠 전, 담당 의사는 나에게 가능한 한 봉봉이 곁에서 많은 시간을 보내라고 했다. 남은 시간이 많지 않다는 의미일 거다. 그날 나는 봉봉이가 자는가 싶어 문을 조심스레 열고 무균실로 들어섰다. 투명 커튼 뒤에 봉봉이는 링거줄을 줄줄이 달고 앉아 있었다.

"어이구, 우리 봉봉이 안 자고 있었고마이. 뭐 하고 있었어?"

"그림 그렸어."

"그림? 우리 봉봉이 잘 시간에 그림 그리면 어짤까나? 뭔 그림을 그렸어?"

봉봉이가 낱장으로 된 도화지 한 장을 들어 보이며 힘없이 웃었다. 케이크가 그려진 그림에 '아빠 생일 축하해'라고 삐뚤빼뚤 글씨가 적혀 있었다.

"오늘이 내 생일인가?"

투명 커튼 뒤의 봉봉이가 고개를 끄덕였다.

"그려……. 고맙고…… 우리 봉봉이 그림 너무 잘 그린다. 화가보다 더 잘 그렸어."

봉봉이가 다른 도화지를 집어 들어 보여줬다. 거기에는 아빠, 엄마, 봉봉이가 그려져 있었다. 그리고 '아빠, 내가 아파서 미안해'라고 적혀 있었다.

이제 보출이와의 숨바꼭질 놀이를 끝낼 때가 왔다. 나는 비닐 커튼 안에서 아빠를 기다리는 내 딸 봉봉이에게 최대한 빨리 돌아가야만 한다. 같은 부모 입장에서 이 방법만큼은 쓰지 않으려고 했는데, 숨바꼭질을 빨리 끝내기 위해선 어쩔 수가 없다. 나는 보출이의 아들을 잠시 보호하기로 결심을 굳혔다. 김 부장이 오 부장이란 친구를 시켜서 알아본 결과, 이보출이에게는 누나 집에 맡겨놓은 아들이 하나 있다고 했다. 나는 오늘, 보출이의 아들을 만날 것이다. 그리고 보출이에게 전화를 걸어, 돈을 갖고 아들을 찾으러 오라고 협박할 셈이다.

김 부장은 회덮밥을 두 그릇째 먹는 내내 회가 맛이 없다고 불평한다.

"아따…… 이 회가 말이요, 푸석푸석허니 양식인 것이 확실헌 거 같습니다요이, 행님. 아따, 푸석푸석헌 거. 꼭 종이 깝데기 씹는 것 같네."

때로는 대꾸하기 싫을 때도 있다. 자기의 말에 내가 대꾸하지 않을 때, 김 부장은 화제를 급하게 돌려서라도 자신의 존재를 확인하려는 나쁜 버릇을 가지고 있다.

"형님, 그나저나 뒤는 좀 어떠십니까요? 아직 차도가 없으십니까요? 가만 있어봐라, 형님. 이거 회가 어디 찢어진 데 밸로 안 좋을 걸로 아는디."

나쁜 자식. 내 뒤가 오늘의 날씨도 아니고, 얘깃거리만 떨어지면 꼭 내 뒤가 어쩌냐고 묻는다.

"찢어진 게 아니고 염증이 난 거라고 몇 번을 말허냐. 이게 안으로 상처가 좀 났는데, 구멍이 작아서 아픈 거여. 그러니까 언제 날 잡아서 수술해야 하는 거여, 확장 수술."

"참말로 이상헙니다이. 찢어졌으면 꿰매야지, 왜 도리어 확장한답니까?"

나는 마침내 폭발해서 소리를 버럭 질렀다. 밥알이 튀었다.

"찢어진 게 아니라니까, 참. 진짜 말귀를 못 알아듣네. 넌 말이다, 사람이 뭔 말을 하면 단어만 대충 듣고 니 머리로 지레짐작하지 말란 말이여. 지레짐작해서 니가 듣고 싶은 말만 쏙 빼서 멋대로 지어내려면, 뭣 허러 대화를 허냐? 혼자 벽 보고 말하고, 혼자 고개 끄떡거리면 되지. 자식이 뭔 곰 새끼도 아니고 의사소통이 이리도 안 되냐."

"지송합니다요, 형님. 지는 뭔지를 잘 알아서 행님 약이라도 구해 볼려구. 지가 오바한 거 같습니다요."

무안해진 김 부장의 굵은 목이 자라목처럼 움츠러든다. 풀죽은 모습에 조금 미안한 마음이 들었다. 듣든 안 듣든, 알기 쉽게 다시 설명을 해주어야 할 것 같다. 나는 한 손으로 반찬으로 나온 동그랑땡 한 개를 집어 들고, 다른 손은 엄지와 집게손가락을 맞부딪혀 원을 만들었다.

"자, 잘 봐라. 이게 어떻게 된 거냐면, 이 원이 내 항문이여. 그리고 이 동그랑땡이 내 변이란 말이여. 근디 변이 항문보다 크니까 빠져나가면서 어떻게 되겠냐? 요놈이 빠져나가면서 온갖 사방을 긁고 갈 것 아니냐. 근디 항문 안에 원래 상처가 조금 있었는데, 요놈이 수시로 나가면서 긁으니까 상처가 나서지를 않는 거여. 그러니까 변이 나가면서 이 상처를 못 건들게, 확장 수술을 해서 작은 통로를 크게 만들어주어야 헌다, 이 말이다."

고개를 심하게 끄덕이던 김 부장이 자기 손가락으로 원을 만들어 줄였다, 넓혔다를 반복한다.

"아, 예. 요 작은 것을 요렇게 크게 만들어야 한다. 근디 형님, 요 작은 것이 급작스럽게 확장돼 불믄 부작용이 있을 것 같은데 말입니다요?"

"가끔가다가 수술 후유증으로 변실금이 생길 수도 있다더라. 의사는 걱정하지 말라고 허는데, 인터넷 뒤져보니 그렇더라고."

"변실금이라면! 형님, 변이…… 새는 걸 말씀하시는 겁니까요?"

"그래, 열이면 한둘은 그 후유증이 날 수도 있단다. 뭐 나야 살 만큼 살았는디 변실금이면 어떻고, 요실금이면 어떠냐. 우리 봉봉이가 걱정이지."

수저를 놓고 일어나는 나를 따라 일어나며 김 부장이 물었다.

"어디 가십니까요, 형님?"

"화장실 간다. 계산해라."

화장실로 가는 내 뒤통수에 대고 김 부장이 90도로 절을 했다. 그리고 혼자 중얼거렸다.

"다녀오십시오. 아따, 회를 드시는 게 아니었는디. 아줌마,

여그 얼마요이?"

화장실 변기에 앉아 일을 보는데 홀에 있는 김 부장이 전화 통화하는 목소리가 새어 들어왔다.

"여보시오. 어, 오 부장. 보출이 아들내미. 응, 응, 그려? 어디라고? 수지 송복초등핵교 이태평이. 몇 학년인지 모르고? 그거 모르면 어떻게 찾는가? 얼굴도 모르는디? 형님? 형님, 지금 화장실 가셨다. 오늘만 벌써 네 번째여."

언제나 그래왔던 것처럼, 말을 하면 할수록 김 부장의 목소리는 점점 커졌다.

"형님, 많이 편찮으시어. 어디가 편찮으시냐고 잉? 아, 글씨 형님 똥꼬가 찢어져 부러 갖고, 변실금이 심하게 걸리셨다네. 아니, 이 무식한 넘아, 변금련이 아니고 변실금 말이여, 변! 실! 금! 그려, 시방 행님 거시기서 똥이 줄줄 새신디야. 시방도 막 식사허시다가 또 싸러 가셨어."

화장실에 앉아 그 소리를 다 듣고 있던 나는 한숨을 쉰다. 김 부장의 목소리는 커질 대로 커져서, 이제는 거의 고함을 지르는 수준이 되었다

"그려? 생리대보담은 기저귀가 나을까? 근디, 우리 형님 궁뎅이 싸이즈에 맞는 기저귀가 있을랑가 몰겄네. 잉? 미제? 그려, 오 부장 니가 미군 애들 쓰는 기저귀 있나 한번 알아볼려? 다음 주? 아녀, 급허고말고. 당장 알아봐야 한다니까. 그

려. 좔좔좔 샌다고. 현재 상황이 그렇단 말이여."

"아, 김 부장⋯⋯ 너는 도대체⋯⋯ 누구냐?"

초등학교 앞은 한산했다. 학교가 파하려면 두 시간은 더
있어야 한단다. 나는 학교 정문이 바라보이는 구멍가게 앞
작은 의자에 걸터앉았다. 점심으로 먹은 회덮밥이 상했는지
자꾸 화장실에 가게 된다. 매번 화장지로 닦으려니 염증 난
곳이 너무 아파서, 조금 전 김 부장에게 만 원을 주고 크기가
가장 작은 물총을 하나 사 오라고 시켰다. 급한 대로 비데 대
용으로 쓸 요량이다. 한 손에는 두루마리 휴지를 들고 작은
의자에 앉아 김 부장을 기다리고 있는데, 봉봉이 담당 의사
로부터 전화가 왔다.

"봉봉이 아버님, 요 며칠 병원에 안 계시네요? 어디 계
세요?"

"예, 지가 일이 쪼까 있어가지고 나와 있습니다."

"웬만하면 병원으로 오세요."

"예, 그래야죠이."

"되도록 봉봉이랑 시간을 보내세요. 이런 말씀 드리는 게
쉽지 않지만, 봉봉이는 한계점까지 이 주 정도 남았습니다.
의사로서 해서는 안 될 말이고 다른 의사들은 하지도 않겠지
만, 마음의 준비를 하시라고 말씀드리는 겁니다. 저도 참 힘

듭니다."

"예, 감사합니다. 선생님, 근디 뭐가 힘들어요? 선생님이 뭐시가 힘듭니까? 나가 뭐가 힘듭니까? 아무리 힘들어도 머리 빡빡 밀고 커튼 안에서 죽을 날 받아놓고 종일 앉아 기다리는 우리 봉봉이보다 더 힘듭니까?"

며칠 전에 한 달 정도 시간이 있다던 의사가 갑자기 2주일밖에 시간이 없단다. 아이의 목숨을 간단하게 숫자로 늘렸다 줄였다 해도 되는 걸까?

"그렇게 감정적으로 대처하실 일이 아니죠. 진정하시고, 이성적으로 대처를."

"뭐를 이성적으로 대처해요? 내 새끼! 쓰다듬으면 닳아 없어질까 잘 쓰다듬지도 못한 금쪽같은 내 새끼가 곧 죽는다는디, 뭘 이성적으로 대처하냐고요. 선생님은 의사잖아요. 공부 많이 했잖아요. 선생님도 집에 가면 아들내미, 딸내미 있을 것 아니요. 우리 봉봉이 좀 살려주십쇼. 에? 한 번만 살려주세요."

구멍가게 주인 할머니가 전화하는 나를 빤히 쳐다본다. 내 목소리도 김 부장 목소리만큼 커져 있었다.

"저도 살리고 싶어요. 정말 그래요. 그런데 봄베이 O형! 봉봉이 혈액형이 너무나 특이해서 골수 기증자를 찾을 수가 없습니다. 희귀종이라 일단 우리나라에는 같은 혈액형이 스무 명도 없을 거고요, 있다고 해도 찾을 수가 없습니다."

"그려도 누군가는 있다는 것 아닙니까? 스무 명은 된다면서요? 그럼, 봉봉이랑 혈액형이 맞는 누군가가 지금 숨 쉬고, 걸어 다니고 있다는 말 아니에요?"

"그렇죠. 누군가 있죠. 그런데 그 사람을 찾을 수가 없다고요. 현재 봉봉이가 처한 상황을 스스로 인지하고, 스스로 나타나지 않는 이상, 인간의 힘으로는 도저히 그 사람을 찾을 수가 없다는 말입니다."

의사가 말했다. 우리 봉봉이는 이제 가망이 없다고. 인간의 나와바리를 넘어 신의 나와바리로 들어갔다고.

빨개진 눈시울을 엄지로 누르며 물었다.

"2주일 후에는 어떻게 되는 겁니까?"

"그 후에는 골수 기증자가 나타나더라도 수술을 못 하게 될 겁니다. 아이 체력이 급격하게 떨어지고 있어서요."

"……"

"봉봉이 아버지, 가능한 한 봉봉이와 많은 시간을 함께 보내세요."

드디어 두려워했던 시간이 닥쳐오고야 말았다. 결국 영화는 끝나고 텅 빈 객석에 홀로 앉아 죽어가는 딸을 바라보며 아무것도 하지 못한 채, 하늘을 욕하며 울어야 하는 그 시간이 다가오고야 말았다.

전화를 끊는데, 김 부장이 언덕길 아래에서 땀을 뻘뻘 흘리며 뛰어온다. 손에는 커다란 비닐봉지를 들고 있다.

"왜 이렇게 늦었냐. 한참 참고 있구만."

대충 눈물을 훔친 나는 두루마리 휴지를 들고 주섬주섬 일어섰다.

"형님, 최신형으로 구하느라 좀 늦었습니다요이. 아예 물까지 정수기 물로 받아 왔습니다요. 근디 행님, 울고 계셨습니까?"

"어여 줘. 화장실 가게."

"잠깐만요, 형님. 요것은 일단 사용 설명을 좀 들으셔야 합니다요. 형님, 요것 좀 보십시오. 물빨이 장난이 아니잖습니까요?"

김 부장이 비닐봉지에서 꺼낸 것은 작은 물총이 아닌 크기가 내 팔 만큼 긴 기관총 식 물총이었다. 김 부장이 커다란 물총을 양손으로 잡고 펌프질을 하니 물이 쫙쫙 나간다.

"이게 지금 뭐냐, 김 부장? 내가 물총 제일 작은 거, 권총 모양으로 생긴 거, 애들용으로 나와서 한 손에 쏙 들어갈 만한 것 사 오라고 했냐, 안 했냐?"

김 부장이 계속 커다란 물총을 쏘며 자랑스럽게 대답한다.

"형님, 작은 물총은 말입니다요이, 물빨 자체가 이거랑은 비교가 안 되더라 이 말입니다요이. 제가 실험해 봤는디 말입니다. 이것이 싸이즈는 좀 커도 형님 뒤에 거시기 씻어내시려면 이 정도 물빨이 돼야 한다, 이 말입니다요. 이거 좀 보십쇼이, 형님. 물빨이 장난이 아니잖습니까? 이 정도는 되어야 형님 거시기에 건더기 한 개 없이 헹굴 수 있습니다요."

기관총 식 물총에서 뿜어져 나온 물이 쭉쭉 뻗어나간다. 그 오랜 세월을 함께 지냈으면서도 의사소통이 되지 않는 김 부장이 너무 섭섭하고 답답하고 화가 나서 거의 눈물을 흘릴 뻔한 나는 또다시 폭발하고 말았다.

"야, 이 답답한 새끼야! 일 보고 나서 휴지로 닦으면 너무 쓰리니까 쪼그만 물총 사 오라 그랬지. 비데 대신에 물 살살 쏴서 닦아내려고 한다고 분명히 말했지. 너 같으면 변기에 앉아서 양팔 니 후장 밑으로 뻗어서 니 항문에다가 그 물총 쏠 수 있겠냐? 최홍만이라도 못 하겠다. 에이, 쓸모없는 놈."

나는 두루마리 휴지만 들고 구멍가게 화장실로 들어갔다. 김 부장은 내가 한참 뒤 화장실에서 다시 나올 때까지 커다란 기관총 식 물총을 들고 그 자리에 서 있었다.

의사가 말했다. 인간의 힘으로는 고칠 수 없다고. 조금 전에 나는 기도라는 것을 했다. 만약에 신이 있다면, 허공중에, 아니면 저 높은 하늘 어딘가에 진짜 신이 있다면, 우리 봉봉이 좀 살려달라고 난생처음 기도를 했다. 우리 봉봉이 살려주고 대신 날 데려가라고 기도했다.

"저기 신님, 나 딴 거 안 바라요. 그냥 딱 한 가지, 그것만 되면 나 평생 신님 부하로 살겠습니다. 내 소원 이거 딱 하나만 들어주십쇼, 신님. 우리 봉봉이 좀 제발 살려주십쇼. 그 누가 됐든, 기증자가 나타나서 골수 기증 좀 받게 해주십쇼. 없는 것도 아니고, 이 세상 그 누군가의 몸속에 우리 봉봉이 한테 필요한 골수가 있을 거 아닙니까? 누군지 모르지만, 그 사람은 지금, 이 순간에 세상 어딘가를 돌아다니고 있을 것 아니겠습니까? 그 누군가를 찾아서, 그 사람 마음을 돌려서 우리 봉봉이에게 골수를 기증하도록 기적을 베풀어주십쇼. 신님, 네?"

이렇게 신과 대화하고 있는데, 구멍가게 주인 할머니가 뭐 안 살 거면 의자에서 일어나라고 해서 급하게 일어났다.

금방 파한 학교에서 아이들이 쏟아져 나오고 있다. 김 부장은 삼삼오오 뭉쳐서 집에 가는 아이들을 일일이 따라다니며, "이태평" 하고 불러본다. 뒤돌아보는 아이가 없으면, 또 다른 무리의 아이들 뒤로 가서 "태평아, 이태평" 하고 부른다.

"저런 식으로 애들을 어떻게 찾는다고. 애들마다 졸졸 쫓아다니면서 저 짓을 해?"

아까부터 의심스러운 눈초리로 김 부장과 나를 바라보던 할머니가 한마디 던진다.

"그럼 어떡해요, 할머니. 내가 와싱턴에서 오래 살다 나와 보니까, 동생 부부 죽어버리고 조카는 이 학교 다닌다는데, 얼굴이 잘 기억이 안 나는걸."

대답하면 할수록 의심이 쌓여간다는 걸 알지만, 뭐라도 말해야 했기에 대충 지어서 둘러댔다.

"아무리 미국서 오래 살았다고 하나밖에 없는 조카 이름 하나만 딸랑 알고, 어디 사는지, 몇 학년인지도 몰라? 큰아빠 정말 맞아?"

할머니의 예사롭지 않은 눈초리가 엉거주춤 서 있는 나를 아래위로 훑는다. 나는 망설이다가 대답했다.

"에이, 대충은 안다니까. 아마 우리 태평이가, 지금 5학년 이나 6학년쯤 됐다니까."

"형님!"

김 부장의 커다란 목소리가 들렸다. 고개를 돌린 곳에 김 부장이 유달리 작고 마른 체구의 초등학교 1학년쯤 돼 보이는 남자아이의 허리춤을 단단히 붙잡고 서 있다. 흥분한 김 부장의 목소리가 무지하게 커진다.

"찾았습니다요, 형님. 이 애기가 이태평입니다요. 지 애비가 보출이 그 새끼가 맞다네요."

나와 김 부장과 아이를 번갈아 가며 보는 할머니를 외면하며 내가 말했다.

"할머니, 하드나 한 개 줘봐. 애기들 좋아하는 걸로."

우리 봉봉이보다 두 살 많은 남자아이는 웃는 얼굴이 예쁘고 귀여웠다. 하드를 주며 물었다.

"아가, 니 이름이 뭐냐?"

"이태평이요."

"그럼, 니 아부지 성함은 뭐냐?"

"올 아빠요? 이짜 보짜 줄짜요."

아이에게 아빠가 데리러 오라고 했다고 하니 활짝 웃는다. 하드를 까서 주니 쪽쪽 빨며 내 손을 잡고 따라 걷는다. 오늘부로 나와 김 부장은 유괴범이 되었다.

오성공원으로 향하는 차 안에서 태평이가 지 아빠한테 전화를 하겠다며 호주머니에서 핸드폰을 꺼냈다. 운전하던 김 부장이 물었다.

"아따, 아가, 핸드폰도 있냐?"

"아빠가 사줬어요. 보고 싶거나 얘기하고 싶을 때 서로 통화하자고요……. 아빠, 나 태평인데 지금 아저씨들 차 타고 아빠 만나러 가는 길이야. 이거 들으면 빨리 전화해. 사랑해."

아이가 핸드폰을 닫는다. 내가 물었다.

"아빠 전화기 꺼져 있어?"

"네, 지금 촬영 중이라 그럴 거예요."

아이가 씩씩하게 대답한다.

"아빠가 뭔 촬영을 하는디?"

김 부장이 물었다.

"울 아빠 연예인이에요. 매일 드라마 촬영해요."

1분도 안 되어 보출이에게서 전화가 올 줄 알았는데 10분이 지나도 전화가 안 걸려 오자, 이번엔 내가 직접 음성을 남겼다.

"보출아, 나 대수 형이다. 지금 태평이 데리고 오성공원으로 가는 길이다. 지금 시각이 오후 4시니까 세 시간 주마. 7시까지 애 데리러 오거라."

지난 1년 가까이 계속되어 왔던 추격전이 이제 막을 내리나 보다. 몇 시간 후, 보출이를 만나면 모두 제자리로 돌아가게 될 것이다. 원래부터 있어야 했던 제자리로. 김 부장은 새색시를 만나 새출발을 할 것이고, 보출이는 아들내미 손 잡고 떠날 것이고, 나는 우리 봉봉이가 누워 있는 병실로 돌아갈 것이다. 그 후로 우리가 어떻게 살지 그것은 알 수 없다. 하지만 우리 모두 제자리로 돌아가게 될 것이다. 누군가 내 어깨에 양손을 얹었다.

"아저씨, 얼마만큼 더 가야 해요?"

뒷좌석에 앉은 태평이가 묻는다.

운전대를 잡은 김 부장이 대답했다.

"응, 한 10분만 더 가면 된다."

"그럼 아빠 만나요?"

"응, 가서 조금만 기다리면 아빠 오실 거다."

"아빠 곧 오실 거다."

오늘 아침, 병상에서 눈을 떠서 나를 찾는 봉봉이에게 봉봉이 엄마는 그렇게 말했다고 했다.

"아빠 밤새 여기 계셨었어. 네 침대 옆에. 지금 급한 일 보러 가셨는데, 아빠 일 다 마치고 금방 오실 거야."

"태평이 너는 아빠 만나는 게 그렇게도 좋으냐?"

내가 물었다.

"네, 못 만난 지 되게 오래됐단 말이에요. 고모네 집에 나 데려다주면서 한 달 있으면 온다고 했는데……."

"아빠, 만나면 뭐 하고 싶으냐?"

아이의 얼굴에 미소가 번진다.

"자전거 가르쳐달라고 할 거예요. 두발자전거 타는 거요. 내 친구 용민이는 두발자전거 타거든요. 아빠가 가르쳐줬대요. 그다음 날엔 서점에 가고 싶어요. 책도 사고, 게임도 하고. 다음 달엔 놀이공원 가서 무서워서 혼자 못 탔던 놀이기구도 같이 다 타보고, 그다음 날엔 아빠 촬영장에 따라가서 아빠 드라마 촬영하는 거 구경하고, 그다음 날엔 어린이 농장 체험 가서 같이 새총 만들어서 놀고, 그다음 날엔."

그다음 날엔…… 우리 봉봉이가 살아 있을까. 이별의 그림자가 드리워지기 전, 짧지 않은 세월 동안 나는 우리 봉봉이와 무엇을 함께 했던가.

"아저씨, 얼마나 더 가야 해요?"

아이가 또 물었다.

"왜? 많이 심심하냐?"

김 부장이 물었다.

"아뇨, 빨리 가서 아빠 만나고 싶어서요."

"시간 빨리 가게, 우리 삼행시 놀이나 할까?"

김 부장은 의외로 아이들을 좋아하나 보다. 장가가서 아이를 낳으면 좋은 아빠가 될 수도 있겠다.

"내가 먼저 할게요. 아저씨가 만드는 거예요."

아이가 김 부장에게 말했다.

"그래."

"사발면!"

"사발면? 아따 형님, 애기가 배고픈가 봅니다요이? 사발면이라…… 사발면, 음마, 이것은 너무 쉽고마이. 내 전공인디?"

"해보세요. 사!"

"사시미 칼로."

"발."

"발모가지를."

운을 떼는 태평이의 목소리가 점점 작아진다. 운을 받는 김 부장의 목소리는 점점 커진다.

"면."

"면도질하기 전에 내 돈 내와라."

딱.

때린 내 손이 오히려 더 후끈거린다. 김 부장 머리가 예전보다 더 단단해진 것 같다.

"애 앞에서 언어 좀 순화해라이."

"예, 형님. 죄송합니다요. 그럼, 이번엔 니가 해볼래, 아가?"

놀란 태평이는 아무 말이 없다. 김 부장이 운을 뗀다.

"사!"

태평이는 모깃소리만큼 작게 대답한다.

"사랑을 하면."

"발!"

"발바닥을 목욕탕 속에서 미는 이웃의 죄도."

"면!"

"면해 줄 수 있단다."

차 안에 잠시 침묵이 흐른 후, 김 부장이 말했다.

"으따, 참말로 철학적이네. 누가 갈켜 줬냐, 아가야?"

"올 아빠가요. 올 아빠가 그랬어요. 진짜 사랑은 도저히 사랑할 수 없는 사람을 사랑하는 거라고."

"음마, 아빠가?"

"네, 우리 아빠가요."

봉봉이는 무슨 말을 할까? 그 누군가를 만나서 어떻게 말할까? "우리 아빠가 그러는데요"라고 말한 다음에 어떤 말을 할까? 하늘나라에 가서 신을 만나면 뭐라고 말할까?

나는 팔을 뒤로 뻗어 태평이를 쓰다듬었다. 쓰다듬을 수 없는 비닐 커튼 속의 봉봉이를 쓰다듬듯, 태평이의 뺨을 어루만졌다.

차가 공원 앞에 도착할 때까지도 보출이에게서 전화가 오지 않았다. 나는 다시 음성을 남겼다. 보출이의 전화기는 내내 꺼져 있었다.

"보출아, 바쁘냐? 나도 바쁘다. 얼른 와서 아들내미 데려가라."

공원 입구에 도착하자 김 부장이 어렵사리 말을 꺼낸다.

"저그 형님…… 거시기, 괜찮으시면 행님이랑 애기랑 먼저 공원에 내려주고, 저 잠깐만 누구 좀 만나고 와도 되겠습니까?"

"왜? 누굴 만난다고 그래? 보출이 좀 있으면 올 텐데?"

"색시가 여그 근처 한복집서 한복 맞춰야 한다고 하도 그래서 말입니다요. 식 날에 입을라믄 시간이 쪼까 급혀서, 금방 가서 하고 얼른 하고 오겠습니다요. 넉넉잡고 한 시간이믄 될 것 같습니다요이."

"그래? 그럼 그래야지. 근데 나도 보출이 얼른 보고 바로 봉봉이한테 가야 하니께, 너 한복만 맞추고 얼른 와야 한다."

"예, 형님. 바로 오겠습니다."

수줍은 듯, 미안한 듯 웃는 김 부장의 짧은 목이 붉은색으로 변했다.

해 질 무렵

산등성이 너머로 해가 진다.

공원 벤치를 비추는 수은등 불빛이 노랗게 변했다. 수은등 불빛을 보고 나방들이 날아든다. 저것들은 어디에서 무엇을 하고 있다가 모이는 것일까? 이 약한 불빛 하나가 대체 무엇이라고, 무엇을 바라서 모여드는 것일까? 수은등 불빛이 나방 떼를 살려주는 것도, 먹이를 주는 것도 아닌데 왜 무턱대고 이 불빛을 보고 날아드는 것일까? 나방 떼…… 저 쓸데없는 것들은 과연 누가, 왜 만들었을까?

태평이가 물총으로 날아드는 나방들에 물을 쏘며 놀고 있다. 물이 시원하게 쭉쭉 뻗어나간다.

날은 저물었다. 보출이의 전화기는 여전히 꺼져 있다. 예측하지 못했던 일이다. 나는 보출이가 어디서 무엇을 하고 있든, 하던 일을 팽개치고 아들을 데리러 즉시 달려올 것으로 생각했다. 돈을 받든 못 받든 보출이와 아들 태평이를 곱게 보내주며 마무리 지으려 했는데, 그래서 그가 아들에게 자전

거 타는 법을 가르쳐줄 수 있도록, 놀이공원에도 데려가고 체험농장에도 갈 수 있도록 기회를 주려 했는데, 보출이는 모습을 보이지 않고 있다.

그뿐만이 아니다. 한 시간이면 돌아온다던 김 부장 역시 지금까지 나타나지 않고 있다. 태평이와 단둘이 공원에 남겨진 나는 오도가도 못 하게 되어버린 것이다.

조금 전에 김 부장에게 전화를 걸었다. 전화기가 꺼져 있다는 멘트가 흘러나왔다. 속상해서 음성을 남겼다.

"김 부장, 이 자식아. 너 정말 해도 해도 너무헌다. 얼른 갔다 온다메! 전화까지 꺼놓으면 어떡하냐? 인마, 내 상황 뻔히 아는 니가 나랑 애만 남겨놓고 잠수를 타버리냐? 보출이도 안 오고, 너도 안 오고, 나가 우째야 쓰겄냐? 응? 나 봉봉이한테 가봐야 헌단 말이다. 아픈 딸래미가 기다린단 말이다. 아빠 얼굴 보고 싶다고 안 자고 기다린다고. 에이, 이 썩을 놈아, 인정머리 없는 놈아."

옆에서 놀고 있는 태평이가 듣고 놀랄까 봐 조용조용 녹음을 남겼다.

김 부장과 내가 처음 만난 것은 10년 전이다. 굳이 주먹을 안 쓰고도 생김새와 아우라만으로 떼인 돈을 받아낼 만큼 험한 인상의 소유자를 찾던 나에게 김 부장이 찾아왔다.

넓은 어깨에 깍두기 머리, 날카롭게 쭉 찢어진 작은 눈, 보도블록처럼 묵직한 가슴, 야구 글러브처럼 커다란 주먹 등 내가 찾던 모습 그대로였다. 그런데 두 가지 흠이 있었다. 첫째는 김 부장의 이름이었다.

"동상, 이름이 무엇인가?"

"후덕입니다요. 김후덕."

"동상, 우리가 하는 일은 후덕하면 안 되는 일이여. 후덕하지 않아야 할 수 있는 험한 일이여. 그러니까 앞으로 남한테 절대 이름 가르쳐주지 말고, 누가 이름이 뭐냐고 묻거든 그냥 부장이라고 하라고. 김 부장, 알았는가?"

"예, 형님."

그 후로 김후덕은 김 부장이 되었다.

두 번째 문제는 김 부장의 웃는 모습이었다. 평상시에는 바위처럼 단단하고 묵직해 보였지만, 웃기만 하면 눈매가 처지고 입꼬리가 올라가면서 미소 짓는 부처님상으로 변했다. 그야말로 이름처럼 후덕한 인상이 되는 것이었다.

"김 부장, 너는 절대 무슨 일이 있어도 웃지 말아라. 스타일 구긴다."

"예, 형님."

그 후로 그는 절대 웃지 않았다. 아무리 웃긴 일이 있어도 웃지 않았다. 한번은 내가 물었다.

"김 부장아, 넌 왜 웃지를 않냐?"

"형님이 절대 무슨 일이 있어도 웃지 말라고 하셨지 않습니까요? 후덕해 보인다고."

"그래도 진짜 좋은 일 생기면 가끔 좀 웃고 그래라."

그 후로도 김 부장은 웃지를 않았는데 최근 들어 색시를 만나면서 웃기 시작했다. 10년 만의 일이었다.

전화가 걸려 왔다. 봉봉이 엄마였다.

"봉봉이가 아빠 오는 거 보고 잔다고 기다려요."

"음, 금방 갈게. 일이 자꾸 꼬여서. 내 금방 처리해 놓고 갈게."

"오늘 못 올 거 같으면 그냥 못 온다고 그러세요. 봉봉이 재우게요."

그럴 수는 없다. 얼마 안 남았다는데, 서로 살아 있는 눈을 마주칠 수 있는 날이 얼마나 남았는지 알 수 없다는데, 그중에 한 번을 잃는다는 것은 10년을 잃는 것과 똑같다. 나는 밤늦게라도 가서 잠자는 봉봉이 얼굴을 하염없이 바라볼 수 있지만, 우리 봉봉이에게 못난 아빠의 얼굴을 보여줄 수 있는 기회는 이제 정말 몇 번 안 남았을지도 모른다.

"아냐, 아냐. 진짜 일 끝나는 대로 금방 간다고. 조금만 깨어 있으라고 전해 줘. 전화가 오네. 김 부장인가 보네. 내가 금방 다시 할게."

통화 중 대기 버튼을 눌렀다.

"오 부장입니다, 대수 형님."

김 부장의 친구 오 부장의 전화였다.

"그래, 알아봤냐? 김 부장 이 개자식, 도대체 어디에 있는 거야?"

"형님, 김 부장이 두어 시간 전에 달려 들어갔답니다."

"뭐?"

"지 색시 될 여자랑 시장에 갔다가, 불심검문에 걸려서 긴급 체포됐답니다."

"……."

"체포될 때 핸드폰 먼저 부숴버린 것 같습니다. 저희랑 또 형님 전화번호 노출될까 봐."

"지금은 어디에 있대냐?"

"어느 서로 갔는지 자세한 거 파악하는 대로 연락드리겠습니다, 형님."

전화를 끊고 담배를 찾다가 생각해 보니 담배 끊은 지 3년째다.

"아저씨, 안 아파요?"

태평이가 내 옆으로 다가서며 묻는다.

"……."

무슨 소리인지 몰라 대답을 안 하자, 내 바지춤을 잡아끌며 다시 묻는다.

"아저씨, 안 아파요?"

"응? 뭐가? 뭐시 아파?"

"내가 지금 아저씨 그림자 밟고 있잖아요. 진짜 안 아파요?"

"으응, 그래, 아프네. 많이 아퍼."

태평이가 배를 잡고 까르르 웃더니, 콩콩 뛰며 더 세게 밟는다. 길게 드리운 내 그림자가 아파서 운다.

수은등 불빛이 태평이와 나의 머리 위로 살금살금 떨어져서 우리 둘의 머리를 노랗게 물들인다.

"아저씨, 그림자는 누가 만들었게요?"

"응? 그림자는 사람이 만들었지. 사람이 있어야 그림자도 있으니까."

"땡! 그림자는 빛이 만든 거예요. 빛이 비춰줘야지 그림자가 생기잖아요. 빛이 없는 깜깜한 밤에는 아무 그림자도 없잖아요."

늘 느끼는 거지만 아이가 어른보다 똑똑하다. 왜 그럴까? 어른이 더 많이 배웠는데.

"배고프지? 아저씨가 사발면 사주까?"

내가 물었다. 그런데 태평이는 계속 묻는다.

"그럼, 아저씨, 빛은 누가 만들었게요?"

"빛?"

빛은 잘 알지만, 빛은 모른다.

"빛은…… 몰라."

"왜 몰라요?"

"왜 모르냐면…… 아저씨가 안 만들었으니까."

"딩동댕! 축하합니다. 정답이에요. 정답!"

"모른다는데 뭐가 정답이야?"

"내가 안 만들었기 때문에 모르는 게 정답이라고요. 하하하."

수은등 불빛 아래 벤치에서 태평이는 내 무릎을 베고 잠이 들었다. 이름처럼 태평하게 잘 잔다. 오지 않는 아빠를 기다리다 잠이 들었다. 우리 봉봉이도 지금쯤 오지 않는 아빠를 기다리다 잠들었을 게다. 봉봉이에게 돌아가야 하는데, 자신이 없다. 내가 처한 현실과 마주 설 자신이 없다. 이 세상에서 가장 사랑하는 봉봉이의 죽음을 대면할 준비가 안 돼 있는 것이다. 앞으로 봉봉이 없이 살아야 할 날들을 생각하니 눈앞이 캄캄해졌다. 흐르는 눈물을 참으려 고개를 뒤로 젖혔다. 수은등 불빛이 자꾸 갈래갈래 부서지더니, 꿀타래처럼 가늘어진다. 그렇게 고개를 꺾은 채 나는 두 눈을 감았다.

"어라? 벌써 동이 트나?"

하늘을 올려다보았다. 수은등이 있어야 할 자리에 하얀 벚
나무가 서 있다. 만발한 벚꽃들이 하얀 눈송이처럼 나무마다
가득 얹혀 있었다. 머리 위로 하얀 벚꽃 눈이 내렸다. 함박눈
처럼 내리는 벚꽃 눈 사이로 얼굴에 수술용 마스크를 쓰고
하얀 가운을 걸친 의사 한 명이 다가왔다.

"박대수 씨, 맞죠?"

"뭐 땜시 그런다요?"

"병원으로 가셔야겠습니다."

"왜요?"

"일단 병원 가서 얘기하십시오."

"그렇게는 못 하거든요이. 내가 시방 딸내미랑 함께 데이
트허는 거 안 보이요?"

고개를 돌려보니, 하얀 벚꽃 속에 고등학교 교복을 입은
봉봉이가 서 있었다. 어린 봉봉이가 어여쁜 고등학생으로 성
장한 것이다.

"아빠, 더 이상 미루면 안 되거든요. 얼른 의사 선생님 따
라가서 수술하세요."

봉봉이가 어른스럽게 나를 타일렀다.

잠시 후, 나는 병원 수술대 위에 엎드렸다. 하얀 바닥이 반
질반질하다.

"어이구, 많이도 찢어졌네……."

엉덩이를 살피던 의사가 말했다.

"네? 찢어져요? 그냥 염증 난 거 아니고요?"

"찢어졌어요. 그냥 염증이라고 생각하고 방치하신 사이에 더 많이 찢어졌단 말이에요. 진즉에 꿰매야 했는데, 쯧쯧."

김 부장이 나한테 찢어졌다고 백번도 더 말해 줬었는데, 그때 김 부장 얘기를 좀 진지하게 들을걸……. 후회가 됐다. 의사는 커다란 바늘에 수술용 실을 꿰어 찢어진 곳을 꿰매기 시작했다. 한 올 한 올 꿰맬 때마다 내 인생의 상처가 하나씩 아무는 느낌이 들었다.

결혼식을 코앞에 두고 잡혀간 우리 김 부장은 어떻게 되었을까 생각하고 있는데, 김 부장의 커다란 목소리가 들린다.

"어이구, 형님. 지송합니다요. 차가 허벌나게 막혀버려가꼬…… 늦었습니다요이."

돌아보니 나는 결혼식장 앞에 서 있다. 즐비하게 늘어서 있는 화환 옆으로 김 부장이 걸어온다. 근데 옷차림이 조금 이상하다. 김 부장은 회색 수감복을 입고 있었다.

"김 부장! 너 별고 없냐?"

"아따 형님도, 결혼식장에서 뭔 별고가 있겠습니까요. 신랑이 수갑을 채우겠습니까요. 신부가 가스총을 쏘겠습니까요. 당연히 밸고 읍죠."

"허허."

"근디 형님, 뒤는 좀 어떠십니까요?"

"어, 그거 말이야. 내가 사과해야 헐 것 같다. 니 말이 맞더라고. 뒤가 찢어졌더구먼."

"아따, 찢어진 데는 회가 무척이나 안 좋은디."

"그건 그렇고……. 근데 넌 결혼하는 신랑이 복장이 왜 그 모양이냐?"

"네? 누가 결혼을 하는데 말입니까요?"

"김 부장, 너 결혼하는 거 아니냐?"

"아고, 울 형님 유머가 많이 녹슬었습니다요. 축하드립니다요. 봉봉이 결혼! 진짜 축하드립니다요."

저 멀리 하얀 웨딩드레스를 입은 아름다운 봉봉이가 신랑과 함께 퇴장하고 있다. 바닥에 길게 드리운 웨딩드레스 자락이 천사의 날개 같다. 자리에 모인 하객들이 박수를 친다. 꽃종이가 눈처럼 내리고 형형색색의 리본이 날아다닌다. 우리 봉봉이의 얼굴에 환한 웃음이 가득하다. 어린 봉봉이가 결혼을 하다니……. 세월이 많이 흘렀구나, 하고 생각하는데 누군가 내 바짓가랑이를 잡아당긴다.

"할아버지, 놀아줘!"

노랑 병아리 유치원복을 입고, 똘망똘망한 눈에 장난기 가득한 손자놈이 내 바지를 붙잡고 늘어진다.

"응, 뭐 하면서 놀까나?"

"물총 싸움해. 물총 싸움."

어린 손자는 긴 기관총 식 물총을 갖고, 나에겐 한 손에 쏙 들어갈 만한 작은 권총식 물총을 쥐여준다.

"자, 쏜다. 할아버지는 나쁜 깡패고 난 경찰이야. 알았지?"

손자가 물총을 잡아당기자 긴 물줄기가 쭉쭉 나와 나를 적신다. 물발이 장난이 아니다.

이마를 타고 물줄기들이 흘러내려 순식간에 온몸을 적신다.

"아유, 할아버지. 빨리 피해야지. 그냥 맞고 있으면 어떡해."

손자놈의 어린 목소리가 사라지고 나는 눈을 떴다.

눈을 뜨고 보니 하늘이 굵은 빗방울들을 뿌리고 있다.

"빨리 피해요. 그냥 맞고 있으면 어떡해요. 비 많이 오잖아요."

이미 젖어버린 태평이가 나를 재촉한다.

"어이쿠, 비 쏟아지네."

나는 겉옷을 벗어 태평이를 감싸안고 벤치에서 일어났다. 공원 출입구를 향해 달리는데, 비가 폭우로 변했다. 품 안의 태평이가 덜덜 떨며 말했다.

"아저씨, 추워서 이가 막 부딪혀요."

"그래, 아가. 좀만 참어라. 아저씨가 집에 데려다줄게."

아무도 없는 불 꺼진 공원에서, 보출이의 아들을 안고, 퍼붓는 비를 뚫고 뛰면서, 나는 울었다. 나 자신이 너무 불쌍해서 눈물이 하염없이 흘렀다.

그 옛날 우리 엄마도 나 때문에 이리 많이 울었을 게다. 감옥 간 아들 면회 오면서…… 멀미 때문에 타기 힘든 그 버스 안에서…… 우느라 건너지 못한 건널목에서……. 우리 불쌍한 아들이 훗날에 더 불쌍해질까 봐 걱정하며 눈물을 쏟으셨을 게다.

저 멀리 공원 출구가 보인다. 빗속을 달리며 나는 신에게 기도한다.

"신님, 우리 봉봉이 좀 살려주세요. 방금 꿈에서 본 것처럼, 우리 봉봉이 무사히 골수 기증 받아서 중학생도 되고, 고등학생도 되고, 신부도 되고, 엄마가 될 때까지 살 수 있도록 좀 도와주세요. 신님! 내 얘기 들려요? 들었으면 들었다고 한마디만 좀 해주세요. 아무 말이라도 좀 해주세요. 한마디라도 좀 해주세요. 네?"

하늘이 열렸나 보다. 비가 억수같이 내린다.

독자의 하루

||||

꿈

공항 같기도 하고, 기차역 같기도 한 커다란 대합실 2층 복
도에 나는 홀로 서 있었다. 분주하게 오가는 사람들이 쉴 새
없이 교차하는 그곳은 붐볐다. 왼쪽 벽을 따라 늘어선 긴 의
자들 주변에 한 무리의 사람들이 몰려 있었다. 그들은 서로
이야기하거나, 기차인지 비행기인지 모를, 곧 떠나는 무언가
의 출발시간을 확인하거나, 작별 인사를 하느라 둘씩, 셋씩
포옹을 하기도 했다.

잘 가라고, 잘 있으라고 인사하는 사람들의 다리 사이로
바닥에 누워있는 한 남자가 보였다. 내 아버지였다. 아버지
는 집에서 나갈 때 입었던 낡은 정장을 걸친 모습 그대로 대
합실 바닥에 누워있었다. 나는 사람들을 헤치고 아버지 곁으
로 다가갔다.

"아버지! 왜 여기 누워 계세요? 얼른 일어나요."

미끄러져 내려와 코끝에 걸린 안경을 치켜올린 아버지는
나를 보더니 희미하게 웃었다.

"사람들 오가는데 왜 차가운 바닥에 누워 계세요?"

나는 아버지의 양 겨드랑이에 내 팔을 한 쪽씩 밀어 끼우고 부축해 일으키며 타박하듯 물었다.

"그동안 어디 계셨어요? 잘 지냈어요?"

아버지를 다시 만난 벅찬 가슴에 횡격막이 눌린 듯 내 목소리는 실처럼 가느다랗게 새어 나왔다.

"여기 생각보다 나쁘지 않아."

"아버지, 보고 싶었어요."

바닥에서 일어난 아버지는 다리에 힘이 전혀 안 들어 가는지, 가만히 서 있는 걸 버거워하며 내 팔을 붙잡으셨다. 아버지의 양다리는 종아리부터 발등까지 물에 분 것처럼 통통 부어 있었다.

"아버지, 다리가…… 왜 그래요? 풍선처럼 부풀었어요. 터질 것 같아요."

"다리가 느껴지지 않아. 무게를 지탱하지 못하는 것 같아. 걸으려고 한 걸음 내디디면 발이 허공을 밟는 것 같아. 벼랑에서 떨어지는 것처럼."

아버지는 보고 싶었다는 나의 말에 반응을 하지 않고 다리에 힘이 없다는 얘기를 하셨다. 가족들의 안부를 묻거나 질문하지도 않았다. 이질감이 느껴졌다. 표정이나 말투, 생김새나 차림새는 분명 아버지가 맞는데…… 내가 알던 아버지라고 하기엔, 아니 사람이라고 하기엔 왠지 모르게 생경하게 혹은 헐겁게 느껴졌다. 세포가 아닌 이물질이 아버지의 몸을 채운 것 같기도 하고, 본인이 아닌 다른 누군가가 그의 머릿속에 들어가 있는 것 같기도 했다.

"아버지, 정말 보고 싶었어요."

나는 혹시 아버지가 못 들었나 싶어 같은 말을 반복했다. 그제야 아버지는 두 눈을 마주치고 나를 제대로 바라보았다. 둥그런 코에 하얀 얼굴, 맑고 순해 보이는 검은 눈동자, 큰 귀에 얇은 입술, 움푹 파인 볼 위의 팔자 주름까지, 내 아버지가 맞았다. 아버지는 오래전부터 귀가 잘 안 들렸다. 그래서 두 번, 세 번 반복해서 큰 소리로 말하면 그제야 반응하곤 했다. 지금 만난 아버지도 반복해서 말해야 반응하니, 필경 귀가 잘 안 들리는 것일 테고, 그렇다면 내 아버지가 맞다…… 라고, 느끼는 순간 뱃고동 소리 같기도 하고 기적 소리 같기도 한 엄청나게 큰 신호음이 울렸고, 사람들이 일제히 한 방향으로 움직이기 시작했다. 파도처럼 출렁거리며 이동하는 사람들 틈에서 아버지도 비틀거리며, 흔들리며, 위태롭게 따라 움직였다. 나는 아버지를 쫓아가기 위해 발걸음을 떼려 했지만, 웬일인지 발이 움직이지 않았다. 아버지를 부르려 했지만 후두를 넘지 못하고 역류한 목소리는 가슴 속에서만 맴돌았다. 몸이 말을 듣지 않은 상태에서 한자리에 나무처럼 서 있는 나를, 수많은 사람이 앞질러 가며 시야를 가로막았다.

보였다 안 보이기를 반복하며 멀어져가던 아버지가 고개를 돌려 두리번거렸다. 그러다가 나를 발견한 아버지는 희미하게 웃다가 입을 벌려 무어라 말씀하셨다. 하지만 주변의 소음 때문에 무슨 말씀을 하시는지 전혀 들리지 않았다. 나는 아버지의 입 모양을 읽어보려 애썼지만 거리가 멀어 그것도 어려웠다.

"아버지, 어디로 가세요? 왜 이리 금방 가요? 아버지 혼자 가면 나는 어떻게 해요? 나도 가요, 아버지. 나도 데리고 가요……."

가슴에서부터 북받쳐 올라온 그 말은 내 가슴 깊숙이 묻어둔 말이었다. 혹시라도 아버지를 만나면 꼭 하고 싶었던 말이 눈물처럼 쏟아졌다. 오가는 사람들로 붐비는 대합실 한복판에서 나는 아이처럼 울었다.

뚜뚜뚜뚜뚜.

뱃고동 소리 같기도 하고, 기적 소리 같기도 한 신호음이 점점 커지면서 내 울음소리를 집어삼켰다.

오전

20년 전 어느 날.

뚜뚜뚜뚜뚜.

알람을 끄고 손목시계를 본다. 한참 존 것 같은데 눈 뜨고 보니 10분밖에 안 지났다. 매일 아침, 명상을 시작할 때면 '오늘은 절대 졸지 말자' 다짐하건만 끝은 늘 똑같다. 비몽사몽 중에 아버지를 보았다. 처음 있는 일이다.

내 아버지 얼굴색은 다른 사람들에 비해 하얀 편이었다. 아버지는 태어날 때부터 그랬다고 했지만 내 생각에는 피를 너무 자주 뽑아서 하얘진 것 같다. 내 아버지는 20년 동안 총 354차례 헌혈을 했다. 처음에는 한 달에 한 번꼴로 하다가 언제부턴가 2주에 한 번씩 했다. 매달 둘째 주와 넷째 주 토요일 오후가 되면 비가 오나 눈이 오나 서울역에 있는 헌혈의 집을 방문해서 피를 뽑았다. 결코 쉬운 일이 아니었다. 왜냐하면 피를 깨끗하게 유지하기 위해 헌혈 이틀 전부터 기름진 음식이나 육류는 조금만 섭취하고 술, 담배도 삼가야 했다.

과로해도 안 되고, 질병이 있어도 당연히 안 되었다. 얼굴도, 이름도 모르는 누군가에게 좋은 피를 나눠 주기 위해 20여 년간 몸에 해로운 것들을 피하며 금욕적으로 살았으니, 이 얼마나 헌신적인 삶이었는가? 내 아버지는 "네 이웃을 네 몸과 같이 사랑하라"라는 말을 실제로 실천하며 사는 내가 아는 유일한 사람이었다.

아버지는 차분하고 조용했다. 순간에 집중하고, 현재에 최선을 다했다. 그게 아버지가 사는 방식이었다. 글자 한 자를 써도 정성 들여 정자로 쓰셨고, 책 읽을 때는 책상 앞에 허리를 곧추세우고 앉아 정독하셨다. 누군가를 만날 때면, 설령 그가 보잘것없는 사람이라 해도, 그의 이야기를 듣는 데 몰두했고, 밥을 먹을 때는 먹는 데 집중했다. 별다른 찬이 없어도 밥 한 그릇에 된장국 한 사발만 있으면 "맛있다, 맛있다"를 연발하며 비웠다. 아버지가 가장 좋아하는 메뉴는 칼국수였다. 내가 대학생이 되기 전까지 아버지는 종종 나와 함께 칼국수를 드시러 가곤 했다. 김이 모락모락 나는 국수를 한 젓가락 집어 파김치 얹어 한 입 드실 때면, 힘들어도, 피곤해도, 피 뽑고 어지러워도 눈꼬리가 입꼬리에 닿을 만큼 함박웃음을 지었더랬다.

나는 한 번도 아버지가 화내는 모습을 본 적이 없다. 분명

화 난 적이 있겠지만 그 어떤 경우에도 아버지는 소리를 지른다거나 역정을 내지 않았다. 가장 많이 화가 났을 때는 말씀을 안 하고 입을 일자로 닫으셨다. 나에게도 입을 일자로 잠그신 적이 있었다. 대학에 갓 입학한 내가 아버지를 따라 생애 첫 헌혈을 하기로 약속한 몇 년 전 어느 날이었다.

헌혈하기로 한 전날 밤, 나는 여친과 싸운 여파로 술을 퍼마시고 진탕 취해 버렸다. 밤새 술 마시다 집으로 돌아오는 길에 골목길 어느 담벼락에 오바이트하고 있었는데, 마침 새벽예배 가는 아버지와 마주치고 말았다. 아버지는 어두운 골목길에서 웩웩거리는 그림자가 설마 아들인 줄 모르고, 나를 피해 타원을 그리며 종종걸음으로 걷다가…… 가로등 불빛에 노출된 내 얼굴을 보고 흠칫 놀라 멈춰 섰다. 길바닥에 정신없이 토하는 자가 아들이라는 걸 확인한 아버지의 입에서 헉하고 작은 신음이 새어 나왔다.

갑작스러운 아버지의 출현에 놀란 나는 구역질을 멈추고 인사를 하려는데, 안녕히 주무셨냐고 해야 하는지 아니면 안녕히 계셨냐고 물어야 하는지 갑자기 헷갈려서 꿀 먹은 벙어리처럼 아버지의 얼굴을 바라보았다. 아버지는 세상에서 제일 슬픈 눈을 하시고 입을 일자로 잠근 채 나를 말없이 바라보셨다. 성경책을 받쳐 들고 있는 손이 덜덜 떨리는 모습을 보니 화를 무지하게 참고 있던가, 아니면 속으로 엉엉 울고 계시는 것 같았다. 무슨 말이라도 해야 할 것 같아서 "아버지 안녕히 다녀오세요"라는 말을 하려고 입을 벌려 '아' 소리를 내는 순간! 잠시 멈췄던 구역질이 확 올라왔고 나는 아버지 앞에 오바이트를 쏟아냈다. 꾸에엑 돼지 울음 비슷한 소리를 내며 토하다가 식도와 인두 중간쯤에 토사물이 막혀 캑캑거리고 있는데, 아버지가 내 등짝에 손바닥을 올리더니 등을 두드려 주셨다.

툭, 툭, 툭.

따스한 손길에 긴장했던 상부 조임근이 이완되면서 막혔던 토사물이 아버지의 낡은 구두 위로 쏟아져 내렸다. 다음날 느지막이 일어나보니 책상 위에 보리차 한 잔과 아버지가 남겨 둔 메모가 놓여 있었다.

"아들아. 나는 너를 믿는다."

아버지는 나를 믿는다고 했다. 뭘 믿는다는 건지, 나도 나를 못 믿는데 아버지는 나의 어떤 점을 보고 나를 믿는다는 건지, 알 수 없었다.

내 이름은 정유일. 이름처럼 나는 우리 집 삼녀 일남 중 유일한 아들이다. 대학에서 문예창작과를 전공하고 있었는데, 2년 전 집안에 닥친 사고 때문에 학업을 중단했고 공익에 소집됐다. 시간이 강물처럼 유유히 흐르는 동안 세상은 구름처럼 소리 없이 변했다. 시간도, 세상도 부분만 보면 머물러 있는 것 같은데 돌아서 보니 쉬지 않고 움직였다. 이래서 사람은 미시적 시각과 거시적 안목을 둘 다 겸비해야 하나 보다. 그래야 시시각각 변하는 주변 환경에 대처할 수 있을 테니까.

내가 배치된 근무지는 특이한 곳이다. 시설관리 하는 구청 직원과 한강 정화 대책 위원회에서 파견된 직원이 일주일에 한 번씩 방문하는 걸 제외하면, 한강대교 둔치 관리초소의 복무 인원은 단 두 명뿐이기 때문이다. 따라서 함께 일하는 나머지 한 명과의 궁합이 어떠하냐에 따라 근무지 온도는 냉탕이 될 수도, 온탕이 될 수도 있는 특이점을 갖고 있다.

공익 제복으로 갈아입고 처음 이곳에 배치되었을 때 나에게는 꿈이 있었다. 공공의 이익을 위해 이 한 몸 바치겠다는 숭고한 꿈 같은 거 말이다. 맨날 청소나 하고 쓰레기나 줍다가 때 되면, 왕뚜껑을 먹을지 짜파게티를 먹을지 고민하는 그런 무의미한 일상이 아닌 뭔가 의미 있고 중요한 일······. 이를테면 홀로 자전거를 타는 아가씨를 치한으로부터 구했더니 그 아가씨가 고맙다며 밥 한 끼 사겠다고 연락처를 남긴다던가, 우연히 한강을 배회하는 간첩을 잡아서 정부의 포상을 받고 조기 전역한다던가, 강에 빠진 노신사를 구해 줬는데 알고 보니 그분이 큰 회사 사장님이어서 나중에 찾아오라며 건넨 명함을 받는다던가, 그런 멋지고 폼 나고 드라마틱한 일을 꿈꿨다.

그런데 그건 그냥 꿈에 불과했고 그동안 쓰레기 줍고, 휴지통 비우고, 청소하고, 길 안내하고, 개똥 치우면서 꼬박 2년을 보냈다. 폼 나는 일은 단 한 차례도 없었다. 의미 있는 일도 한 건도 없었다. 연락처를 남기는 아가씨도, 한강을 배회하는 간첩도, 명함을 건네는 재벌 회장도 당연히 없었다.

외롭고 지난했던 지난 2년, 답답한 가슴을 열고 마주치는 모든 생명을 사랑해 보려고 했으나, 내가 정작 사랑한 것은 먹는 것뿐이었다. 78킬로그램으로 공익생활을 시작했는데 전역을 앞둔 지금은 102킬로그램 나간다. 며칠 전 둔치 공원에서 우연히 마주친 고등학교 선배는 나를 보자마자, 내 얼굴이 볼링공처럼 둥그런 모양으로 변했다면서, 다짜고짜 얼굴 평을 날렸다. 내 머리통을 몸통으로부터 분리한 후, 양 콧구멍에 집게손가락이랑 가운뎃손가락을 끼우고, 입에 엄지손가락 집어넣고 굴리면 떼굴떼굴 잘 굴러갈 거라며, 혼자 낄낄거렸다. 인간의 머리통을 볼링공에 비유한 참으로 부적절하고 외람된 그의 말에 선뜻 반박하지 못한 건, 내가 보기에도 어느 각도에서 보건 내 얼굴이나 몸통이 땡글땡글하게 부어 보이기 때문이다. 예전에는 안 그랬는데 어느 날, 우리 집에 닥친 사고 이후 나는 식욕을 주체할 수 없게 되었다.

오늘도 출근 전 아침 댓바람부터 너구리 한 개 끓여 먹고, 출근하자마자 김밥 두 줄 먹고, 조금 전 초코파이로 입가심을 했다. 이제 10시밖에 안 됐는데, 점심에는 뭘 먹을지 고민 중이다.

나의 별명은 독구은둔자, 줄여서 독자라 불린다. 코딱지만 한 초소에 틀어박혀 세상 밖을 판단하려는 모습이 마치 플라톤의 이데아 이론에 나오는 '동굴 속 인간'과 흡사하다며, 같이 근무하는 조박이 붙여준 별명이다. 언뜻 들으면 현자나 고승의 이름 같지만, 한자로 풀어보면 홀로 독, 웅크릴 구, 숨을 은, 피할 둔, 사람 자. 즉 '혼자 웅크리고 앉아 세상을 피해 숨어 있는 사람'이라는 뜻이다. 내 처지를 족집게처럼 집어 예리하게 규정한 호칭이다. 동굴 입구에 어른거리는 그림자만을 보고 동굴 밖 세상을 판단하는 암굴인처럼 나는 지난 2년, 두 평 남짓한 초소에 웅크리고 앉아 세상을 판단하고, 해석하고, 분석하고, 비판했다.

공익 제복을 입고 초소 안에 들어가 있으면 벌거벗은 채 엄마 태 속에 누워있는 아기처럼 편안했다. 바깥세상은 소란스럽고, 북적대고, 비상식적이며, 불공평했다. 위기 상황과 돌발 상황으로 가득 차 있었다. 따라서 세상으로 시선을 돌리는 순간 흡사 멧돼지나 곰 같은 맹수와 마주친 것처럼 머릿속 편도체는 급격하게 활성화되었고, 근육은 막대기처럼 경직되었으며, 과한 호흡을 동반한 식은땀이 줄줄 흘렀다. 세상의 위협으로부터 나를 지키는 방법은 세상을 향한 관심을 거둬들여 세상과 나를 단절시키는 방법뿐이었다. 나는 차츰 주변에서 일어나는 일에 개의치 않고, 다른 사람들에게 관심을 두지 않는 홀로 웅크린 은둔자로 변해갔다.

그 무렵부터였던 것 같다. 내가 급격히 살찌기 시작한 시점이. 주변 사람들을 향해야 할 관심이 먹는 것으로 옮겨 간 듯하다. 인간에 대한 관심이 사그라드니 관계가 끊어지고 사람들이 하나둘 사라졌다. 바라던 바였다. 나에게 주변인은 필요 없었다. 그들이 잘 되든, 못 되든, 죽든, 살든 내 세상 밖의 일이었고, 따라서 내 관심 밖이었다. 세상으로부터 거둬들인 관심을 모아 나만의 세계를 만들었으니 이른바 '식욕이 지배하는 세계'였다. 식욕의 하수인이 된 나의 뇌는 음식만 바라보라고 눈에 신호를 보냈고, 그 결과 나는 날이 갈수록 살쪄 갔다.

2년 전, 인간의 몸매로 이 굴에 들어왔지만, 지금은 판다의 몸으로 변해 굴을 떠날 준비를 하고 있다. 시간은 꿈쩍하지 않는 듯했지만 다음 달이면 제대, 즉 소집해제다. 이제 엄마의 태처럼 편안했던 굴에서 나와 무어라도 해야 할 시간이 다가오고 있다. 재난을 피해 숨어들어 곰처럼 웅크리고 있던 한강 둔치 관리초소를 떠나 세상으로 돌아가야 할 시간이 코앞까지 다가온 것이다. 아직 준비되지 않았는데, 무엇을 해야 할지 모르겠는데, 내게 큰 고통과 실망을 준 세상과 마주할 준비가 덜 되었는데, 세상에서 가장 착했던 그를 허망하게 데려간 신을 결코 용서한 적 없는데, 용서할 수 없는데……. 나의 주변인들은 벌써 "제대하면 뭐 할 거냐?"는 질문으로 무기를 만들어 대책 없는 나에게 화살처럼 쏴대고, 창처럼 찔러댄다.

"전역하면 뭐 할래?"

이 질문은 나를 매우 불편하게 만든다. 친척 어르신들이나 사촌들, 친구들이나 심지어 길에서 우연히 마주친 고교 선배까지도 껌 뱉듯 쉽게 묻는다. 언제부터 그들이 나에 대해 궁금해했는지 당최 모르겠다. 나도 하고 싶은 것이 있다. 다만 내가 그것을 할 수 없을 것 같기에 드러내놓고 말하고 싶지 않은 것뿐이다.

나는 드라마 대본을 쓰는 작가가 되어 나만의 세상을 만들고 싶다. 드라마는 나에게 자유롭고 평안한 세상을 선물한다. 드라마 세상 속에서 나는 둔치 관리초소 안에 있을 때처럼 안전함을 느낀다. 현실이 아닌 또 다른 세상을 만들어 그 세상 속에 매력적인 인물들을 창조하고, 그들과 소통하며 살 수 있다면 나의 공황도 고쳐지고, 강박도 나아지며, 더 이상 불안하지 않게 살 수 있을 것 같다. 다만, 나도 안다. 드라마 작가는 아무나 되는 것이 아니라는 것을. 나 같은 인간은 보나 마나, 십중팔구 될 수 없다는 것을. 그래서 나는 전역하면 무엇을 하고 싶은지 아무에게도 말하지 않는다. 내가 침묵으로 답을 갈음하면 그들은 걱정스러운 표정을 지으며 이렇게 말한다.

"뭐라도 해야 하지 않을까? 나이가 몇인데."

이 표현은 불편함을 넘어서 모욕적이다. '뭐라도'라⋯⋯ 뭐라도는 뭐지? 각자의 삶은 한 번뿐이기에 누구에게나 소중할진대, 뭐라도 하라니? 자기는 하고 싶은 것을 하고, 나는 뭐라도 하라는 말인가? 머뭇거리거나 얼버무릴라치면 그럴 줄 알았다는 듯 답도 스스로들 내린다. "괜찮아. 인생 급할 거 뭐 있어? 차차 생각하면 되지. 뭐"라고.

그들은 이미 알고 있다. 내가 백수가 될 것이라는 사실을. 이미 알고 있는 것을 다시 확인하기 위해 질문을 돌멩이처럼 던질 뿐이다. 내가 답을 안 하면 그들은 깍지 낀 양손에 턱을 괴고 실눈을 치켜떠 내 눈에 고정한 채 반복해서 묻는다. 이런 자세는 대답을 듣고야 말겠다는 강력한 의지의 표현이다.

"제대하면 뭐 할 거냐고?"

"뭐라도 해야겠지. 하지만 지금은 돈가스를 먹을 거야. 햄버거도 먹을 거야. 꾸역꾸역 먹을 거야."

모욕적인 질문에 성의 없는 답을 하고 나면 기분이 구려진다. 구린 기분을 억지로 잊는 데는 역시 식욕만 한 게 없다. 정신 차려 보면 나는 또다시 무언가를 꾸역꾸역 입에 쑤셔 넣고 있다. 이럴 때면 나는 치타가 된 듯하다.

언젠가 〈동물의 왕국〉에 치타가 나온 적이 있다. 치타는 마음먹고 뛰면 순간 시속 120킬로미터까지 달릴 수 있다고 했다. 그런데 2킬로미터쯤 뛰고 나면 반드시 멈춰야 한다는 거였다. 뛰면 뛸수록 머리로 열이 올라오기에, 멈추지 않을 경우 자동차 엔진이 폭발하듯 뇌가 터져 버린다는 이야기였다. 하지만 치타는 코앞에 달리는 가젤을 잡아먹을 욕심에 스스로 멈추기 어렵다고 했다. 실제로 치타 사망원인 1위는 사자나 하이에나한테 물려 죽거나 굶어 죽는 게 아니라, 뛰다가 멈추지 못해 스스로 뇌사하는 거라고 했다. 뇌가 터져 죽어가는 치타의 얼굴 위로 내 얼굴이 겹쳤다. 나도 치타와 별반 다를 바가 없었다. 찔 줄 알면서 꾸역꾸역 먹어대고, 혈관 막힐 줄 알면서 커피믹스를 하루에 다섯 잔씩 타 먹는 내 모습이 치타와 닮아 있었다. 어쩌면 인간은 모두 치타인지도 모른다. 찔 줄 알면서 먹고, 감옥 갈 줄 알면서 사기 치고, 후회할 줄 알면서 사랑하고, 죽을 줄 알면서 살아가니 말이다.

강물에 부딪힌 초여름 햇살이 보석처럼 반짝거린다. 햇빛이 비치는 곳마다 잔물결이 일렁인다. 한숨이 저절로 나온다. 하다못해 물의 결도 보이는데, 나의 앞길은 왜 보이지 않는 걸까? 인간은 계획하고, 신은 웃는다고 했던가. 나는 내일을 믿지 않는다. 미래를 믿지 않기에 계획 같은 걸 짜지도 않고, 목표를 설정하지도 않는다.

옛날에 내가 아버지에게 물었다.

"아버지, 피 그렇게 자주 뽑으면 머리가 핑핑 안 돌아?"

"가끔 막 뽑고 나서 어질어질해질 때도 있지만, 좀 앉아 있으면 괜찮아져."

의자에 앉아 손바닥으로 양미간을 누르고 있던 아버지가 대답했다.

"근데 왜 그렇게 자주 뽑아?"

"지금, 이 순간에 누군가가 말이야, 내 몸에 남아도는 이 피 한 방울이 필요해서 애타 하고 있을지도 모르지 않니? 그 누군가를 생각하면 한 차례도 빼 먹을 수가 없구나."

"그 누군가를 왜 생각하는데?"

"내가 그 사람이라면 도움을 절실하게 바랄 테니까."

아버지가 자리에서 일어났다.

"아버지, 어디 가?"

"피 뽑으러. 토요일이잖니."

알지도 못하는 그 누군가의 심정이 되어, 그 아픔을 공감
해서 그를 위해 피를 뽑으러 가게 만드는 것, 그것이 바로 불
쌍히 여기는 마음이 갖고 있는 신비로운 힘이라고 했다. 나
로서는 이해할 수 없는 알쏭달쏭한 말이었다.

오후

둔치 주변에 있는 굴다리 횟집 홀 중앙에 덩치 큰 아저씨 두 명이 마주 앉아 회덮밥을 먹고 있다. 나이가 좀 있어 보이는 중년의 아저씨와 깍두기 머리에 체격이 우람한 사람이다. 이들은 건달임이 확실하다. 건달은 티가 난다. 한눈에 봐도 건달이고, 뒷모습만 봐도 건달이고, 앉은 자세, 옷 입은 뒤태, 말하는 본새, 걸음걸이만 봐도 건달이다. 그들이 티가 나는 이유는 건달은 티를 내야 하는 직업이기 때문일 것이다. 선생님처럼 생긴 건달이 떼인 돈 받겠다고 나타난들 누가 돈을 줄 것이며, 목사님처럼 생긴 건달이 자릿세를 달라고 한들 누가 오백 원짜리 한 닢이라도 주겠는가? 건달 자격증이 있어서 제시할 수 있는 것도 아니니 티 안 나는 건달을 누가 무서워하랴?

따라서 건달은 무조건 티를 내야 한다. 어떻게 티를 내느냐? 스스로를 끊임없이 낮춰야 한다. 조금 낮추는 것이 아니라 사회통념에 어긋날 정도로 많이 낮춰야 한다. 사회의 직업별 종사자들은 외적으로 풍기는 용모와 분위기만으로 사회 구성원들이 암묵적으로 정한 어느 정도의 눈높이에 부응한다. 이를테면 성직자는 선하고, 경찰은 믿음직스러우며, 비행기 승무원은 단정하면서 친절하고, 선생님은 유식하면서 자애로워 보인다 등이 그러한 예다. 이런 맥락에서 볼 때 건달은 사납고, 급하고, 거칠고, 불친절하고, 질서 안 지키고, 불량해 보여야 인정을 받으니 이 얼마나 스스로를 낮추는 겸손한 태도란 말인가?

우리는 두 건달을 피해 구석 테이블에 자리 잡았다. 내 맞은편에 앉아 겉표지가 너덜너덜해진 부동산등기법 책을 만지작거리고 있는 키 크고 마른 녀석이 나의 유일한 부하이자 친구, 그리고 말동무인 조박이다. 박사처럼 책을 많이 읽기에 조 박사라 부르다가 요즈음은 '사'자를 떼고 줄여서 조박이라 부른다. 그는 여러 종류의 국가 자격시험 경험자다. 별배경 없는 가정에서 태어난 조박은 국가가 공인하는 자격증을 따는 것이야말로 자동차 승객의 안전벨트나, 잠수부의 산소통처럼 세상을 살아가기 위해 당연하고 필수적인 일이라여기는 듯하다.

그런 연유로 조박은 지난 수년간 각종 국가 자격시험에 응시하는 수험생으로 살아왔다. 다만 모든 선비가 과거에 급제하지 못하고, 모든 연습생이 아이돌이 되지 못하듯, 각종 국가자격증 시험공부를 했다고 해서 그에게 자격증이 많다는 얘기는 아니다. 무슨 자격증을 가졌는지 굳이 묻지 않았고, 말해 주지도 않았다.

본인 말로는 판사가 되고 싶어 사법고시도 응시했다고 하는데 현재는 판사 대신 공익이 되어 있는 상태다. 공익 마치는 대로 법무사 시험에 도전하겠다며, 요즘은 헌법, 상법, 부동산등기법, 공탁법, 조세법 등 다양한 책들을 들고 출근한다. 하나같이 겉표지가 해지고, 너덜거리고, 낡고 두꺼운 책들이다. 거의 모든 페이지 대부분의 행마다 형형색색으로 빨간 줄, 파란 줄, 노란 줄이 빽빽하게 그어져 있어, 정작 아무 줄도 안 그어져 있는 단어를 찾기 어려울 지경이다. 모름지기 책의 특정 부분에 줄을 치는 이유는 주변의 글들과 구별해서 강조할 필요가 있기 때문이다. 따라서 모든 행에 줄을 칠 바에는 차라리 아무 줄도 안 치는 게 나을 것도 같지만, 조박에게 있어서 매 행을 읽을 때마다 줄을 치는 행위는 개가 소변으로 영역 표시를 하듯, 시험 준비를 하며 오랜 시간 감내해 온 노력의 흔적을 남기는 일종의 의식으로 승화된 듯하다.

그는 확실한 노력파다. 지난 1년간 책 없이 빈손으로 출근하는 그를 단 한 번도 본 적이 없다. 다만 많이 먹는다고 전부 살로 가지는 않는 것처럼, 무턱대고 많이 읽는다고 온전히 지식으로 차곡차곡 쌓이는 것 같지는 않다. 지식의 자기

화가 이루어질 때 비로소 그것을 습득한 효과가 나타나고 변화가 생길 텐데, 조박에게 변화란 찾아보기 힘들다. 동상처럼 늘 경직된 그의 얼굴이 그것을 뒷받침해 준다. 인간이 보편적으로 느끼는 감정들, 즉 기쁨, 분노, 슬픔, 즐거움과 이것들 사이에 촘촘히 자리 잡은 기쁘지만 슬프거나, 화나지만 즐겁거나, 웃기면서 아프거나 같은 복합적인 감정들이 그의 얼굴에서는 '무표정'이라는 한 가지로 표현된다. 수탉이던, 씨암탉이던 털 뽑으면 전부 비슷하게 보이듯, 감정을 제거한 그의 세계관에서는 그 어떤 사건이나 자극도 무의미한 현상으로 처리되는 것 같다.

변화 없는 표정처럼 그의 삶 역시 무변화라는 고정 틀에 갇힌 듯하다. 국가자격증을 취득하기 위해 공부하고, 시험 보고, 취득에 실패하면 또 다른 자격증을 따기 위해 공부하고, 시험을 보며 이 무한 반복의 궤도에 스스로를 가둔 채, 사회가 짜놓은 틀에 어떻게든 맞춰보려 끊임없이 자신을 부수고, 깨고, 갈아버리는 중이다. 말 그대로 각고의 노력을 하는 셈이니 그의 삶이 얼마나 아플지 상상이 되지 않는다. 조박, 어쩌면 그는 스스로를 비좁은 창고 안에 가둬놓고 열리지 않는 문을 하염없이 두드리고 있는 지친 수감자인지도 모른다.

맞은편에 보이는 더러운 어항 속에 광어 두 마리가 바닥에 납작 엎드려 체념한 듯 눈을 감고 있다. 명상이라도 하나? 설마 잠든 건 아니겠지? 곧 죽을 운명인데 얼마 남지 않는 생을 잠으로 낭비하는 건 아니겠지? 광어를 바라보고 있자니 배 속에서 꼬르륵 소리가 났다. 주문한 지 20분이 넘게 지난 알탕은 나올 생각을 안 한다. 모든 직장인이 그렇지만, 특히 공익이나 군인에게 점심시간 한 시간은 천금 같은 시간이다. 홀을 돌아다니며 빈 테이블을 행주로 훔치고 있는 아주머니에게 물었다.

"아주머니!"

"왜요? 뭐 줘요?"

"아니요, 그게 아니라 우리 알탕 언제 나와요?"

"금방 나와요. 알탕 기다리는 동안에 광어 한 마리 발라줘요? 울 사장님 회 맛있게 뜨는데."

"아뇨. 회는 됐고요, 저기 저희 알탕 시킨 지 오래됐는데……."

나는 홀 중앙에 앉은 건달 손님들에게 들리지 않을 정도로 목소리를 낮추고 말했다.

"저쪽 손님들보다 우리가 먼저 주문했거든요. 근데 저 손님들은 이미 식사 나와서 먹고 계시고……."

"누구요? 누구보다 빨리 안 나온다고요?"

식당에 손님이 두 테이블밖에 없으니 당연히 나머지 한

테이블에 비해 빨리 안 나온다는 거라는 걸 알 텐데……. 아주머니는 굳이 큰 목소리로 확인한다. 나는 혹시라도 건달들의 심기를 건드렸을까 봐 얼른 그들의 눈치를 살폈다. 나이 든 건달이 한 손으로 원을 만들고, 다른 한 손으로는 동그랑땡 한 개를 집어 들고 덩치 큰 건달에게 뭔가 열심히 설명하고 있다. 설명을 듣는 건달의 표정이 심상치 않다. 진지함을 넘어선 비장함이 엿보인다. 뭘까? 저들은 조만간 벌일 범행을 암호로 설명하는 중일지도 모른다. 그렇다면 손가락으로 만든 원은 터널일 테고, 동그랑땡은 혹시 돈? 그렇다면 저들은 터널을 파서 은행 금고를 털 계획을 짜고 있는 건 아닐까?

"저분들은 회덮밥 시켜서 빨리 나온 거예요. 울 사장님이 회를 금방 떠서."

식당 아주머니 목소리가 엄청 빠르고 크다.

"사장님이 회 증말 잘 떠요. 울 사장님이 한번 칼 잡으면 순식간에 생선 살 싹 발라내고, 대가리하고 뼈다귀만 남겨요. 진짜 잘 떠요. 회 한 사라 보내요?"

"아니요. 됐다니까요. 알탕이나 빨리 주세요."

조박이 잠시 고개를 들어, 나와 아주머니를 번갈아 보더니 다시 책으로 시선을 돌린다. 적정 수준 이하의 대화에는 참여하지 않겠다는 자신의 의지를 완곡하게 표현하는 중이다.

조박과 나의 첫 만남은 드라마틱했다.

조박이 오기 전에 내 위로 고참, 즉 사수가 한 명 있었고, 1년 전, 그가 전역하면서 조박이 내 밑으로 들어왔다. 예민하고 소심하며 비관적인 성격의 내 사수는 같이 일하기 어려운 존재였다. 그와 함께 복무하는 동안 나는 소나기처럼 쏟아지는 비관적인 멘트와 화살처럼 날아오는 신경질을 웃으며 받아내야 했다. 나는 악마의 섬에 갇혀 탈출을 꿈꾸는 파피용이 된 심정으로, 하루빨리 고참이 전역하고 부하가 들어올 날만을 손꼽아 기다려 왔다.

어둠은 가고 동이 트듯 그날이 왔고, 기쁨과 반가움에 각성된 나는 전날 밤잠을 설쳤다. 지난 1년, 내 사수가 나에게 신경질을 부릴 때마다 나는 너그럽고, 정 많고, 위트 있는 사수가 되어 부하의 존경을 받겠다고 다짐했었다. 그런 다짐이 나를 견디게 했고, 부하에 대한 기대감은 자연스럽게 증폭되었다.

1년 전 그날, 나는 신랑을 기다리는 신부가 된 심정으로 출근 시간인 오전 8시보다 15분 일찍 초소 앞에 나와 그를 기다렸다. 하늘은 푸르고 높았다. 봄바람이 살랑살랑 불어와 얼굴을 간지럽혔다. 8시가 되었는데, 정시에 와야 할 부하가 나타나지 않았다. 3분, 5분, 7분이 경과했다. 혹시 그의 첫 출근 일이 오늘이 아닌가 싶어 담당관에게 전화하려는데, 먼발치에서 몸은 비쩍 마르고, 키는 훌쩍 큰, 늙수그레해 보이는 한 남자가 나타났다. 공익 제복을 걸친 그는 양손을 호주머니에 푹 찔러넣고, 팔과 옆구리 사이에 두꺼운 책을 한 권 낀 채 휘적거리며 나를 향해 걸어오고 있었다.

그것이 조박과의 첫 만남이었다. 그는 부하가 갖추지 말아야 할 조건을 두루 갖추고 있었다. 우선 스물세 살인 나보다 나이가 여덟 살 더 많았다. 키는 171센티미터인 나보다 17센티 더 컸다. 첫 출근일부터 무려 8분을 늦었다. 더 이상 살고 싶지 않은 사람 같은 표정을 하고, 호주머니 깊숙이 양손을 찔러 넣은 채 비실거리며 걸어오는 그를 보면서 애교 있고, 귀엽고, 골든 리트리버처럼 말 잘 듣는 부하를 만나 오순도순 사이좋게 지내겠다는 나의 기대는 믹서기에 갈린 가루로 변해 봄바람에 실려 강물 위로 날아가 버렸다.

첫 출근일인 월요일부터 한 주 내내 참을성 있게 지켜본 나는 금요일 아침, 그와 진지한 대화를 나누기로 결심했다. 다른 건 몰라도 공공의 이익을 위해 일하는 공익근무요원으로서 상습적으로 지각하는 것은 절대 용납할 수 없는 사안이었다. 나는 출근하는 조박을 초소 뒤 공터로 불러내 부동자

세로 세워 놓고 그의 주위를 말없이 뱅글뱅글 돌다가 목소리에 최대한 위엄과 무게를 실어 말했다.

"우리 몇 시까지 출근해야 하냐?"

"여덟 시."

"현재 시각 몇 시냐?"

"여덟 시 구 분."

비록 공익이라도 군번으로 따지면 나는 그의 아버지 군번이었다. 그런데 대답하는 조박의 말꼬리가 짧았다. 나는 단박에 알아챘다. 이 순간 그가 나와 똑같은 생각을 하고 있다는 것을. 단둘이 근무하는 이곳의 특수한 여건상 밀리면 끝장이라는 생각 말이다. 나는 그보다 1년 더 일찍 들어온 상급자로서, 조박은 나보다 여덟 살 많은 연장자로서 서로를 길들이기 위한 기 싸움이 시작된 것이었다. 길들이느냐 길들여지느냐, 개가 되느냐 개 주인이 되느냐를 결정하는 중요한 순간, 물러설 수 없는 결투가 시작되었다.

"왜 늦었냐?"

"늦잠 자 가지고."

"넌 머리통에 고장 난 알람 넣어놨냐? 그래서 매일매일 시간 맞춰서 딱 5분씩 늦게 일어나냐?"

"늙으니까 배터리가 빨리 닳아서 그런가 보지. 오래되면 그래. 뭐든 빨리 닳아."

여기서 '늙었다는 말'과 '오래됐다는 말'은 중복된 표현으로 자신이 연장자라는 사실을 강조하기 위해 의도적으로 쓰인 것이다. 권투 시합으로 치면 전광석화 같은 공격이 아닌 상대를 지치게 만드는 우회적 방법을 택한 것이다. 사람들은 잘 모르지만, 권투 시합에서 이기는 데 결정적 역할을 하는 효과적인 기술이 한 가지 있다. 그것은 짧게 끊어 치는 잽이나, 코에 작렬하는 스트레이트나, 바람을 가르며 돌아 들어오는 훅이 아니다.

경기에서 이기기 위해 가장 중요한 움직임은 클린치다. 엉겨 붙는 것, 그것이 클린치다. 상대방이 공격하기 위해 들어올 때, 나의 양팔을 상대의 겨드랑이 깊숙이 집어넣고 상대의 등을 부여잡고 엉겨 붙는 것, 그래서 나도 못 치고 상대방도 못 치는 상태로 만드는 것, 아무것도 못 하고 그냥 그 자리에 서 있게 만드는 것! 그것이 바로 클린치다. 올 수도 갈 수도 없는 상태에서 그냥 씩씩거리다가 지치게 만드는 것! 그것이 클린치의 위력이다.

클린치를 잘하는 선수와 싸우면 강펀치도 소용이 없다. 엉겨 붙어버린 상황에선 훅도 어퍼컷도 날릴 수가 없기 때문이다. 왜 늦었냐고 묻는 나의 질문에 자신이 늙었다는 사실을 강조하는 조박의 대화 방식이 그가 엉겨 붙으려 한다는 사실을 말해 주고 있었다. 대결은 지리멸렬해질 것이다.

"그런가 보지? 상급자한테 반말해? 너 오늘 퇴근할 때까지 머리 피나게 한번 박아 볼래?"

단도직입. 칼 한 자루 들고 적진으로 직진하는 심정으로 나는 강공을 택했다. 조박의 턱을 향해 강력한 훅을 날린 것이다.

"아니, 목 디스크가 있어서 못 박아. 어릴 때 같으면 잘 박았을 텐데."

내 공격을 받아낸 조박은 나이를 들먹거리며 다시 엉겨 붙으려 했다. 나는 엉기는 그를 밀어내며 다시 펀치를 날렸다.

"박아."

"……."

여기서 밀리면 패배다. 나는 있는 힘껏 최대한 근엄하면서도 큰 목소리로 그의 면전에 고함을 질렀다.

"대가리 박아!!!"

조박의 눈동자가 흔들렸다. 때는 이때다 싶어 파이널 블로우를 날렸다.

"담당관에게 보고해 줄까? 매일 늦는다고? 복무 태만으로 근무지에서 쫓아내 줄까? 집에서 출근하는 데 두 시간 걸리는 근무지로 발령받을래?"

물론 나에게는 조박을 근무지에서 쫓아낼 힘도, 먼 곳으로 발령할 권력도 없었다. 하지만 밀리면 끝인 이 시점에서 옳고 그름을 따질 수 없었다. 사실 아무리 부하라고 해도 얼차려를 주는 것도 말이 안 된다. 매일 지각하는 것은 보고감이었지만, 부하에게 '머리 박아'를 시키는 것도 당연히 보고감이다. 하지만 극도로 흥분한 나는 눈앞의 인간을 제압하는 데 온 힘을 기울이느라 앞뒤 사정을 가릴 수 없었다. 다행히 말도 안 되는 공갈이 먹히는 듯했다. "집에서 먼 곳으로 발령 받게 해줄까?"라는 협박에 조박은 당황하는 표정을 보이며 나를 물끄러미 내려다보았다.

잠시 뒤, 그는 고개를 들어 먼 하늘을 한번 바라보며 '훅' 한숨을 내쉬더니 옆구리에 끼고 있던 낡은 책을 내려놓고, 양손으로 바닥을 짚고 엎드려 이마를 땅에 대고 머리를 박았다.

'오케이! 어퍼컷이 턱에 작렬했구나.'

공격이 통한 것에 대해 나 스스로 순간적인 통쾌함과 희열을 느끼기는 했지만, 다음 순간 난감해졌다. 실제로 내 눈앞에서 머리 박고 있는 조박을 보니 그다음에 무엇을 어떻게 해야 할지 다음 스텝이 마땅히 떠오르지 않았다. 훈시를 계속해야 하는 건지, 이제 그만 일어나라고 해야 하는 건지, 아니면 앞으로 지각을 안 할 거라는 약속을 받아야 하는 건지……. 애당초 사람의 머리를 땅바닥에 박게 할 생각이나 계획이 없었기에 어떻게 이 상황에 대처해야 할지 당황스러워하는 와중에 갑자기 노랫소리가 들렸다.

– 감사해요. 깨닫지 못했었는데. 내가 얼마나 소중한 존재라는 걸.

더 이상 다니지 않는 교회에서 중학교 때 부르던 익숙한 복음성가가 어디선가 흘러나오고 있었다. 어디서 들려오는 소리지? 의아해하며 노랫소리를 따라 눈을 돌려 보니 진원지는 땅바닥에 엎드린 조박의 바지 뒷주머니였다. 당황한 내가 조박에게 말했다.

"전화 온 거 같은데 전화 받던가."

조박은 전화 받으라는 내 말을 현재 상태를 유지한 채 전화 받으라는 소리로 잘못 알아들은 듯했다. 그는 머리를 박고 엎드린 채로 한 팔을 뒤로 뻗어 뒷주머니를 더듬었다.

– 태초부터 지금까지 하나님의 사랑은 항상 날 향하고 있었다는 걸.

이 노래는 더 이상 다니지 않는 교회에서 옛날에 생일 맞은 아이들에게 양손 벌리고 불러주던 축복송이었다. 주머니를 잘못 짚은 조박이 팔을 바꿔 반대쪽 엉덩이를 더듬기 시작했다.

– 고마워요, 그 사랑을 가르쳐준 당신께 주께서 허락하신 당신께.

"아니. 그만 일어나라고. 일어나서 전화 받으라고."

보다 못한 내가 급하게 말했다. 그제야 말귀를 알아들은 조박은 주섬주섬 일어나 허리를 펴고 뒷주머니에서 전화기를 꺼냈다. 조박의 이마에 피가 몰려 그새 하트모양의 벌건 도장이 찍혔다. 그는 잠시 내 눈치를 보는가 싶더니 한발 물러서며 전화기 폴더를 열었다.

"어. 엄마."

그는 한 걸음, 두 걸음 뒤로 물러서며 전화 통화를 했다.

"무슨 일 있어? 아침밥? 금방 먹었잖아."

결투는 중단되었다. 그는 통화를 하며 야금야금 먼발치로 옮겨갔지만, 거리에 비례해 목소리도 커졌기에 무슨 말을 하는지 다 들렸다.

"누나가 어떻게 와? 누나 리우데자네이루에 살잖아."

"몇 번 버스 타고 가긴? 거기는 버스 타고 못 가. 엄마, 나지금 일하는 중이야. 이따가 일 끝나고 데리러 갈게."

등을 보이고 전화 통화를 하는 조박의 어깨가 점점 앞으로 말려 들어가는 듯 보였다.

누구나 가족이 있고, 삶이라는 걸 살고, 각자의 삶 속에 사정이라는 굴레가 틀처럼 박혀 있었다. 그게 사람의 어깨를 굽어들게도 만들고, 둥글게 말아 버리기도 하고, 축 처지게 만들었다가, 으쓱하게 만들기도 하는 듯했다. 재수 없어 보이는 그에게도 '가족'이 있고, '사정'이 있다는 걸 새삼 깨닫게 된 순간이었다. 이 세상을 사는 사람이라면 누구에게나 찐빵 속 앙꼬처럼, 피치 못할 사정이라는 게 있다는 걸 그때 어슴푸레 알게 되었다. 이건가? 아버지가 말하던 공감이라는 게? 다른 사람의 아픔을 알아챈다는 게?

나오지 않는 알탕을 기다리며 조박과의 첫 만남을 회상하고 있는데 느닷없이 호통 소리가 들렸다.

"찢어진 게 아니라니까. 참, 진짜 말귀를 못 알아듣네."

홀 중앙 테이블에 앉아 있는 나이 든 건달이 덩치 큰 건달한테 무지하게 화를 내고 있었다.

"야. 넌 말이다. 사람이 뭔 말을 하면, 단어 한두 개만 대충 듣고, 니 머리로 지레짐작하지 말란 말이여. 니가 듣고 싶은 말만 쏙 빼서 듣고 니 멋대로 지어낼 거면, 뭐 허러 대화허냐? 혼자 벽 보고 말하고, 혼자 고개 끄떡거리면 되지. 자식이 뭔 곰 새끼도 아니고 의사소통이 이리도 안 되냐."

나이 든 건달이 격노했다. 은행을 털 계획이 제대로 전달되지 않은 것 같다. 아무리 그래도 자기 부하를 곰에 비유하다니…… 부적절한 비유다. 나는 한 번도 조박을 동물에 비유한 적이 없다. 드디어 알탕이 나왔다. 뚝배기 안에서 보글보글 잘 끓는다.

"많이 먹어, 조박아."

"너도, 독자야."

우리는 머리를 맞대고, 뜨거운 국물을 후후 불며 알탕에 공깃밥을 먹었다.

해 질 무렵

해가 질 무렵이 되면 시간은 느려지고, 의식은 확장되고, 마음은 평온해지며, 배는 고파온다. 뉘엿뉘엿, 해도 허기진 지 힘없이 강 너머로 가라앉는다. 매일 저렇게 가라앉아 사라지는데, 다음 날 아침이면 어김없이 떠오른다. 사람도 해 같으면 좋겠다. 지면 다시 뜨고, 가라앉아도 다시 떠오르고, 쓰러져도 다시 일어서면 좋으련만. 그러려면 일단 버텨야 한다. 지레 포기하지 말아야 한다. 그래야 언젠가 떠오를 수도 있고, 일어설 수도 있을 테니까. 머리로는 잘 아는데, 현실은 그렇지 않다. 주변의 모든 것들이 그만 포기하라고, 희망이 없다고 말하는 듯하다.

만약 지금의 내가 드라마 속 인물이라면 나는 시청률 폭 망한 드라마에 나오는 엑스트라쯤 될 것 같다. 나의 존재감 은 그 정도로 미미하다고 볼 수 있다. 소설 속 인물로 친다 면, 출간되지 못할 소설, 혹은 출간되더라도 잘 팔리지 않는 소설을 쓰는 별 볼 일 없는 작가의 노트북 한 귀퉁이, 아무 도 열어보지 않는 폴더에 담겨 영영 빛을 보지 못할 확률이

높다. 쥐구멍에는 볕이 뜨지 않는다. 쥐구멍은 쥐구멍일 뿐이다.

이제 15분 있으면 퇴근이다. 오늘 퇴근하고 한 주만 더 복무하면 앞으로 이곳에 올 일이 없어진다. 더 이상 강 너머로 가라앉는 저녁 해나, 다리 위로 솟아오르는 아침 해를 볼 일이 없어질 것이다. 더불어 나를 보호해 주던 정체성도 사라지게 된다. 지난 2년 동안, 누군가가 나에게 뭐하냐고 물으면 나는 당당히(?) 공익 복무 중이라고 말했었다. 그럼 물어본 사람은 나를 공익으로 정의하고 별 토를 달지 않았다. 하지만 앞으로는 다르다. "뭐 하느냐?"고 묻는 사람들은 내 입에서 백수라는 답이 나올 때까지 집요하게 묻고 또 물을 것이기 때문이다.

1년 전 그날, 머리 박고 있던 조박이가 어머니에게 걸려 온 전화를 받는 동안, 초소로 돌아가 웅크리고 앉은 나는 상황을 어떻게 수습할지 고민했다. 조박이 싫었지만, 불쌍하게 느껴졌다. 기다리던 부하와의 첫 만남을 망쳐버린 스스로에게 화가 나고 짜증이 났다. 무엇보다 이 상황을 즐기고 있을 신이 정말 얄미웠다. 죽으나 사나, 좋으나 싫으나 앞으로 비좁은 공간에서 단둘이 1년을 보내야 하는데 시작부터 꼬여버린 관계를 어떻게 개선해야 하는지 고민하던 중, 문득 옛날에 아버지가 했던 말이 떠올랐다. 아버지는 나에게 엘리베이터 안에서 마주친 이웃이 어색하거나, 아파하는 누군가를 위로하고 싶거나, 관계가 실타래처럼 얽혀 잘 안 풀리는 친구가 있을 때, 그 사람에게 질문을 하라고 했다.

"근데 아버지, 무슨 질문을 해?"

"아무 질문이나. 밥은 먹었는지, 잠은 잘 잤는지? 아픈 데는 없는지, 무슨 색깔을 좋아하는지."

"그렇게 여러 질문을 해?"

"질문은 많이 하면 할수록 좋은 거야."

"질문만 하면 돼?"

"그다음엔 듣기만 하면 돼. 질문을 한다는 건 '난 당신이 궁금합니다'라는 뜻이고, 듣는다는 건 '난 당신을 중요하게 여깁니다'라는 뜻이거든."

"어떻게 단순히 질문만 하고 듣기만 하는 게 그런 뜻이 돼?"

"사람들은 저마다 자신만의 꾸러미를 가슴에 품고 산단다. 그 꾸러미 속에는 각자 자기 삶을 사는 동안 아파서 부서진 마음의 조각들이 들어 있어. 다른 이들에게는 말 못 하고 혼자만 품고 있던 파편들이지. 그 꾸러미가 점점 커져서 가슴을 짓누르게 되면 답답하고 고통스럽잖아. 그러니까 꾸러미를 풀어서 열고, 그 안에 담긴 것들을 털어놓을 수 있도록 누군가 도와줘야 해."

"어떻게 도와줘?"

"우선 그 사람에게 질문을 하고, 그 사람이 말을 시작하면 들어주기만 하면 돼."

"질문하는 건 마음 꾸러미를 풀어주는 거고, 들어주는 건 마음을 털어놓게 하는 거야?"

"응, 아픔은 말로 표현할 때 줄어들거든."

맞다. 표현하면 덜 아프다. 고교 시절 선생님이 휘두른 '사랑의 매'에 단체로 엉덩이를 맞을 때, 아프다고 엄살떨고 난리 친 친구들은 조용히 맞는 친구들에 비해 상처가 덜 남았다.

"그런데 말하려면 누가 필요하지?"

"상대방?"

"맞아. 그래서 우리는 서로가 필요한 거야."

그날, 해 질 무렵 퇴근 직전에 나는 조박과 다시 대면했다. 엉거주춤 서서 나를 내려다보는 조박에게 비타800 한 병을 내밀고 물었다.

"결혼했어?"

"아니."

"혼자 살아?"

"아니, 어머니랑 살아."

"둘이서?"

"응."

"언뜻 들으니까, 브라질에 누나가 계신 것 같던데."

"아니야. 없어."

"아까 뭐 브라질에 사신다고 하지 않았어?"

"있었는데 지금은 없어."

"이민 가셨구나."

"아니, 죽었어."

"아…… 그렇구나. 나도 어머니랑 둘이 사는데. 누나들은 시집갔고."

"……."

"나보다 나이가 많던데. 내가 형이라고 부를까?"

"아니, 됐어."

"그럼, 서로 말을 깔까?"

"그래."

"족발이 좋아? 보쌈이 좋아?"

"돼지 안 먹어."

"비건이야?"

"아니, 소는 먹어."

아버지를 일찍 여읜 조박은 원래 어머니, 누나와 셋이 살았다고 했다. 손맛이 좋은 어머니는 동네에서 작은 식당을 운영하셨고, 시집갔다가 돌아온 누나도 옆에서 거들었는데, 몇 년 전 누나가 급성 암에 걸려 세상을 떴고, 그로부터 얼마 지나지 않아 어머니에게 치매가 찾아왔다고 했다. 발병 초기에는 밥솥에 물 없이 쌀만 넣고 밥을 짓거나, 계산 안 한 손님을 그냥 보내는 등의 실수로 시작되었는데 현재는 누군가 돌보지 않으면 안 될 만큼 병세가 심해졌다고 했다. 조박은 매일 아침 어머니를 지역 성당에서 운영하는 치매 노인 보호소에 모셔다드리고 저녁에 모시고 왔는데, 공익근무를 시작한 이번 주부터 출근 시간과 보호소 문 여는 시간이 겹치는 바람에 7~8분씩 지각하게 되었다.

조박은 누나가 언제 오는지 수시로 묻는 어머니에게 누나는 브라질 리우데자네이루로 이민하였다고 이야기했다. 발음하기 어려운 도시로 갔다고 하면 어머니가 묻기를 그만두지 않을까 해서 리우데자네이루를 택했다고 했다.

종일 번쩍번쩍 강렬한 빛을 과시하던 해는 힘이 빠지면서 노르스름해졌다가 불그스름해졌다가 급기야 얼룩덜룩해져 한강 다리에 젖은 빨래처럼 걸렸다. 멀뚱하게 서 있는 조박과 비껴 선 나의 그림자가 마치 서로에 기대어 버티고 선 지

264

게 다리 같았다. 아무튼 그날 이후, 조박과 나는 친구가 되었고, 지난 일 년간 별 탈 없이 지냈다. 서로 다름을 인정해 주었기에 가능한 일이었던 것 같다.

우리는 굳이 말을 하지 않아도 상대가 무엇을 원하거나, 무슨 말을 할 거라는 걸 알 만큼 서로에게 익숙해졌다. 내가 쓰레기를 수거하면 조박은 개똥을 치우고, 내가 짜장면을 시키면 조박은 짬뽕을 시켰다. 우리는 점심을 주로 편의점에서 해결하지만, 간혹 중국집이나 인근 식당에서 사 먹기도 했다. 흐르는 강물처럼 그렇게 일 년이 흘렀고, 이제 다음 달에 내가 제대를 하면, 조박은 고참이 되어 골든 리트리버처럼 말 잘 듣는 부하를 받는 꿈을 꾸게 될 것이다.

옛날에 아버지한테 물었다.

"아버지, 마음의 소리는 어떻게 들려?"

"마음의 소리는 말이야……. 말풍선이 터져서 마음을 순식간에 가득 채울 때 들려."

"말이 마음을 가득 채운다는 건 어떤 건데?"

"그건…… 거스를 수 없는 충만한 느낌이야."

"그럼, 마음의 소리를 들으려면 어떻게 해야 해?"

"네 마음속에 있는 말풍선에 바람을 힘껏 불어넣어 줘야지. 터질 만큼 힘껏, 터지도록 많이."

"풍선 안에는 어떤 말이 들어있는데?"

"각자가 염원하는 말이 들어있지."

"아버지 풍선에는 어떤 말이 들어있는데?"

"네가 보기에 아빠 풍선에는 어떤 말이 들어있을 것
같아?"

"사랑, 아버지 풍선에는 사랑이 가득 들어있을 것 같아. 아
버지, 사랑이 뭐야?"

"사랑은…… 글쎄, 사랑이 뭘까?"

그때 전화벨이 울렸고, 아버지는 전화를 받았다. 전화 통화
가 끝난 후 아버지는 외출하셨다.

"아버지, 어디가?"

"헌혈하고 올게. 오늘 토요일이잖니?"

그날 헌혈하러 간 아버지는 다시 돌아오지 않았다. 345번
째 헌혈을 마치고 돌아오는 길에 횡단보도를 건너던 중 신호
를 위반한 차에 치여 세상을 떠났다. 아버지의 장례를 치른
후 나는 대학을 휴학하고 공익에 입대했다. 엄마는 아버지의
뜻을 이어 나에게 346번째 헌혈을 하라고 했지만, 나는 그따
위 헌혈증은 개한테나 던져 주라고 했다. 엄마는 아버지가
돌아가신 것은 신의 깊은 뜻이라고 했다. 나는 20년 동안
345번이나 헌혈을 한 우리 아버지를 유언 한마디 못 남기도
록 비명횡사케 한 자가 신이라면, 그 신을 신발처럼 신고 개

똥 묻은 잔디밭을 밟고 다니겠다고 했다. 아버지가 하루아침에 없어진 건 천재지변이었다. 재난이었다. 재난을 피해 나는 휴학했고, 서둘러 공익에 입대해 한강 둔치 관리소로 대피했다.

오늘도 정시에 퇴근하는 태양을 바라보며 퇴근 준비를 하고 있는데 초등학생 한 명이 초소로 찾아왔다.

"형."

"응? 왜 화장실 가려고?"

"아니요. 형들 여기서 다리 지키는 거 맞죠?"

"응. 왜? 길을 잃어버렸어? 핸드폰 빌려줄까?"

"그게 아니라요. 저쪽 다리 위에서요, 어떤 아저씨가 구두 벗고, 양말 벗고, 상의를 막 벗고 있는데요?"

조박과 나는 용수철 튕기듯 자리를 박차고 일어났다. 그리고 레드 카펫이 깔린 것처럼 붉은 노을 진 다리 위로 죽을힘을 다해 달렸다. 저 멀리 다리 중간쯤 한 남자가 난간을 붙잡고 서 있었다.

"저 인간 맞지? 헥헥, 노숙자 같은데?"

달리는 조박이 나에게 물었다.

"진짜 뛰어내리기야 하겠냐? 헥헥, 십중팔구 노숙자가 술 먹고 와서 주정 부리는 거겠지."

숨이 턱까지 차오른 내가 대답했다.

그는 상의 탈의를 마친 채 팬티만 입은 모습으로 난간 앞에 서서 강물을 내려다보고 있었다.

"야, 조박아. 헥헥, 너 저 사람한테 아무 말도 하지 마."

"헥헥, 왜? 독자야?"

"네 무심한 표정은 얼음처럼 차가워 보는 사람에게 아픔이 되고, 너의 사무적인 멘트는 정이 떨어져서 듣는 사람의 화를 돋우거든"이라고 사실대로 말하고 싶었으나, 부드러우면서 단호한 표현을 택했다.

"내가 너보단 말을 예쁘게 하잖아."

키가 조막만 한 아저씨가 누런 팬티만 남긴 채 옷을 홀딱 벗고 서 있는 모습을 보니, 구역질이 확 올라왔다. 진짜 꼴불견이다. 저 모습으로 더러운 강물로 뛰어들겠다니. 예기치 않은 전력 질주에 숨이 턱까지 차올라 과호흡으로 얼굴이 하얘진 나는 잠시 숨을 고른 후 최대한 친절하게 말했다.

"헥헥. 사장님, 지금 여기서 뭐 하시는 거예요?"

뭐 하려고 하는지 알지만, 그래도 그냥 물었다. 달리 할 말이 없었기 때문이다. 옷 벗고 막 강물에 들어가려고 하는 사람한테 평소처럼 "친절!" 경례 붙이고, "무엇을 도와드릴까요?"라고 물어볼 수는 없는 노릇이니까.

"보면 몰라?"

아저씨가 새우 눈을 뜨고 말했다.

역시 반말이다. 언제 봤다고 반말일까?

"에이, 이러시면 안 되죠. 옷 도로 입으세요."

"뭐가 이러시면 안 돼. 너네야말로 이러시면 안 되지. 내 인생 내가 마감한다는데, 웬 참견이야."

말하는 태도를 보니 금방 갈 인간은 아니라는 판단이 들었다. 조박이에게 눈짓을 하고 둘이 동시에 다가서며 노숙자의 양 팔을 붙잡았다. 가늘디가는 팔에 힘이 하나도 없었다.

"어? 이거 뭐야? 이 팔 안 놔?"

그의 침이 내 목에 튀었다.

"팔 놓아드리면 옷 도로 입고 팔리 팔리 갈 길 가실래요?"

나도 최대한 '팔'자에 힘을 주며 복수를 했다. 그의 얼굴에 내 침이 두 배로 많이 튀었다.

"내가 빠져 죽겠다는데 니들이 왜 참견이야. 응? 인생 꼬이니까 별 거지 같은 것들까지 다 참견이네."

"참견은 니가 하는 거죠. 왜 퇴근 시간 다 돼서 남의 구역에 들어와서 옷 벗고 난리를 치세요"라고 말하고 싶었으나 그냥 거짓말을 했다.

"참견하는 게 아니라, 사장님 생각해서 이러는 거죠."

내가 생각하기에도 완전 거짓말이다. 왜냐하면 난 이 사람을 한 번도 생각해 본 적이 없기 때문이다. 오늘 이후로도 한 번도 생각하지 않을 것이 거의 확실하기도 하다.

"니네가 내 생각을 해? 참새 뒤집어져 날아가는 소리 하지 말고, 이 팔 놓고 퇴근들 하라고."

공익 출신인가? 퇴근 시간이 임박한 걸 정확하게 맞춘다.

"사장님, 팔 놔드리면 옷 도로 입고 갈 길 가실 거냐고요?"

"글쎄, 내 갈 길 가려고 이리로 왔다잖아."

"사장님, 일단 술 좀 깨시고, 천천히 다시 생각해 보세요."

"나 술 안 먹었어. 원래 술 못 먹어."

술 안 먹었으면 본드를 불었나? 도대체 왜 대낮에 옷을 벗냐고.

"술도 안 드신 분이 이게 웬일이에요. 백주에 옷을 벗고. 일단 정신 좀 챙기시고, 집에 돌아가셔서 다시 생각해 보세요."

"집 없어, 돌아갈 집이 없다고. 됐냐?"

알아. 첫눈에 먼발치에서도 당신 같은 부류는 노숙자라는 거 안다고. 집 없는 거 다 안다고. 대신 노숙자의 집 같은 데 있잖아. 서울역도 있고. 당신 같은 사람들 모여 사는 데, 그런 데로 가면 되잖아.

"사장님, 사업이 전부가 아니잖아요. 일단 부인을 생각하세요. 사장님을 애타게 기다릴 부인을 생각하시라고요."

"부인 없어. 됐냐? 내 마누라는 수영 강사랑 도망갔다. 이 새끼들아."

내가 만에 하나 이 사람의 목숨을 조금이라도 걱정한다면, 지금이야말로 말꼬리를 이어 잡고 대화를 지속할 수 있는 적절한 타이밍이다.

"왜 하필 수영 강사예요? 스키 강사, 골프 강사, 요가 강사도 있는데……. 그리고 사장님의 첫 번째 반응은 뭐였어요? 상처 많이 받으셨어요? 어떻게 푸셨어요? 정신과 치료는 받으셨나요? 따뜻한 커피 한 잔하면서 차근차근 얘기해 주세요. 네?"

표면에서 한 걸음만 더 깊게 들어간 질문 하나로, 평상시보다 단 한마디만 더해진 친절 하나로, 나는 이 인간의 마음을 열 수도 있다는 것을 알고 있다. 그러나 그 정도로 친절하기엔 시간도 없고 관심도 없었다. 빨리 퇴근해야 하니까.

"그럼 더더욱…… 더더욱…… 맞아, 자식들을 생각하셔야죠. 사장님이 이러는 것 알면 자녀분들이 얼마나 상처받겠어요?"

노숙자가 갑자기 미친 사람처럼 소리를 지른다.

"나 불임이다. 자식 없어. 없다고! 이 세상에 내 몸뚱이 딱하나야. 그러니까 더 이상 화 돋우지 말고 좀 꺼지라고. 차분하게 좀 죽자, 응?"

"자식이 없으면…… 그래도 누구라도 있을 거 아니에요? 사장님 죽으면 슬퍼할 그 누군가를 생각해서라도 여기서 이러시면 안 되죠."

"으아아아악, 없다니까. 나 죽어도 슬퍼할 사람 한 명도 없다고."

땡. 틀렸다. 본인이 모를 뿐이지, 슬퍼할 사람이 한 명도 없는 사람은 없다.

"에이, 한 명도 없을 리가 있어요? 그런 사람이 어디 있어요? 잘 생각해 보세요. 분명히 있죠. 누구나 함께 슬퍼해 줄 누군가는 있는 법이에요."

"없어, 없다고. 네가 슬퍼할래? 너, 나 죽으면 슬퍼할 거야? 솔직하게 말해 봐, 인마."

내가 입을 일자로 잠그고 대답을 안 하자 이번엔 조박이를 다그친다.

"그럼, 네가 슬퍼할 거야?"

실수한 거다. 조박이는 자기 자신이 죽어도 안 슬퍼할 만큼 무심하고 건조한 인간인데. 아까부터 끼어들어 뭔가 말하고 싶은지 조박이의 턱이 자꾸 들썩댄다.

"거봐, 안 슬퍼할 거잖아! 하나도 안 슬퍼할 거면서 왜 참견이냐고. 관심은 손톱만큼도 없으면서 웬 참견들이냐고?"

웬 참견이냐는 말이 끝나기 무섭게 말 한마디 없이 눈만 껌뻑거리고 있던 조박이가 불쑥 한마디를 내질렀다.

"사장님, 반포대교로 가세요, 네?"

"뭐?"

생각지도 않은 멘트에 어리둥절한 노숙자에게 조박이 또 한마디를 내질렀다.

"반포대교로 가시라고요. 거기는 관리초소가 아예 없어요. 그러니까 아저씨가 뭘 하던 참견할 사람이 없어요."

바로 그 순간, 정말 찰나의 순간이었지만 나는 보았다. 정말 아플 때 남자는 어떤 표정을 짓게 되는지. 조금 전까지 고래고래 악을 쓰던 남자의 두 눈동자는 순식간에 얼어붙은 듯 무표정해졌다. 마지막까지 구조를 기다리며 잡고 있던 밧줄을 놓아 버린 사람처럼 그는 고개를 떨구었다. 이윽고 "허" 하고 토해낸 한숨은 신음에 가까웠다. 반포대교로 가라는 한마디에 그는 세상을 다 잃은 것처럼 뼛속 깊이 아파했다. 그때 나는 주먹을 들어 직접 가격하지 않고도 상대방을 처절하게 아프게 할 수 있다는 것을 알게 되었다.

정적이 흐른 뒤, 나와 조박이는 그의 가는 팔을 슬그머니 놓아버렸고, 그는 옷을 도로 챙겨 입기 시작했다. 그가 옷을 입는 동안 나는 그를 좀 더 자세히 볼 수 있었다. 그는 앙상하게 말라 있었다. 언제 밀었는지 모를 만큼 때가 꼬질꼬질 낀 아랫배 오른편에 맹장 수술 자국이 희미하게 보였다. 더러운 팬티 여기저기에 구멍이 나 있었고, 언제 빨았는지 얼룩이 가득한 양말에는 크고 작은 구멍들이 여러 개 뚫려 있었다. 낡고 찢어진 그의 구두 앞코는 입 벌린 채 죽은 개구리처럼 힘없이 벌어져 있었다. 옷을 주섬주섬 챙겨 입은 그는 낮은 목소리로 중얼거리듯 한 마디를 남긴 채 자리를 떴다.

"그래, 갈게."

그는 좁은 어깨를 들썩이며 멀어져 갔다.

나는 그가 조금 전까지 서 있던 자리에 서서 강물을 내려다보았다. 강은 물이 아니라 벽처럼 보였다. 깨지지 않는, 뛰어넘을 수 없는 단단한 담장 같았다. 뛰어들기엔 너무나 공포스럽게 느껴졌다. 그의 옷이 놓여 있던 곳에 작고 낡은 수첩이 떨어져 있었다. 수첩을 주워 열어 보았다. 꼼꼼히 적어놓은 일기나 시 따위들이 날짜별로 빽빽하게 적혀 있었다. 마지막 장에 적혀 있는 글을 읽었다.

거짓말이라도 좋으니까 누가 딱 한 번만,
만나서 반갑다고 말해 주면 좋겠다.
어서 오라며 웃어주면 좋겠다.
자기 집에 놀러 오라고 초대해 주면 좋겠다.
없는 사람 취급해서 미안했다고 말해 주면 좋겠다.
죽지 말라고 말해 주면 좋겠다.

거짓말이라도 좋으니까 누가 딱 한 번만,

내가 죽으면 슬퍼할 거라고 말해 주면 좋겠다.

거짓말이라도 좋으니까 딱 한 번이라도.

갑자기 마음속에 말풍선 한 개가 한껏 부풀어 오르더니, 팡 소리를 내며 터졌다. '아픔', 이 한 단어가 내 마음을 가득 채웠다. 나는 그 순간 아픔을 느꼈다. 내 것이 아니라 그의 것이었다. 그 사람의 아픈 마음을 내 마음이 본 듯했다. 세상을 떠나려는 그에게 우리 둘은 이 세상에서 보는 마지막 얼굴들이었을 텐데. 조박이와 나는 그를 밀어내 버렸다. 조박이도 나와 비슷한 생각을 하는 듯했다.

"독자야, 아저씨가 정말 반포대교로 갈까?"

"그러게, 왜 반포대교로 가라 그랬어?"

"퇴근 늦어질까 봐…… 엄마 데리러 가야 해서…… 말이 헛나왔어. 아 씨, 그 아저씨 진짜 반포대교로 가면 어쩌냐?"

연극이 끝나면 무대에 불이 꺼지듯, 한강 다리는 이내 어둠 속에 잠겼다. 집으로 향하는 자동차들이 해가 진 다리 위를 별처럼 반짝이며 오고 갔다.

퇴근 후 조박은 서둘러 어머니를 모시러 갔고, 나는 그 사람을 찾아 헤맸다. 강변을 따라 오르락내리락하며 몇 시간

동안 뒤지고 다녔다.

'한 번만이라도, 한 발짝만 더 다가가서, 커피믹스라도 한 잔 타 줄걸. 자기 죽으면 슬퍼할 거냐고 다그쳐 물을 때 내가 슬퍼할 거라고 시원하게 대답이라도 해 줄걸. 그랬더라면 좋았을 것을. 거짓말이라도 좋으니까 그렇게 말해 줄걸.'

내내 후회하며 곱씹으며 그를 찾아다녔지만 헛수고였다. 그의 모습을 다시 볼 수는 없었다.

어느덧 칠흑 같은 어둠이 몰려왔고, 밤하늘은 비를 한바탕 퍼부을 준비를 하고 있었다. 나는 여의나루 부근 둔치에 멈춰 섰다. 그리고 수많은 빗방울을 머금은 밤하늘을 향해 큰 소리로 외쳤다.

"미안해요!"

"죽지 마세요!"

"아저씨가 죽으면 내가 슬플 거예요!"

"그러니 죽지 마세요. 함께 살아요!"

나의 공허한 외침은 바람을 타고 밤하늘로 올라가 비구름 너머로 사라졌다.

하루를 마치고 집으로 돌아온 나에게 결코 있을 수 없는 기적 같은 일이 벌어졌다. 입맛이 없어진 것이다. 보통의 경우 이맘때부터 시작해서 하루의 가장 큰 식사를 거나하게 먹으며 위를 가득 채운 후 식곤증에 못 이겨 잠들곤 했는데, 오늘은 저녁 식사를 건너뛰었음에도 허기지지 않았다. 아니, 먹고 싶지 않았다. 대충 씻고 바로 잠자리에 들었다. 그리고 꿈을 꾸었다.

나는 철도가 깔리지 않은 승강장에 서 있었다. 아마도 지난밤 꾸었던 대합실 꿈의 연장인 듯했다. 기적 소리인지 나팔 소리인지 분간하기 힘든 소리가 울리고, 앞량과 뒷량이 보이지 않을 만큼 긴 기차처럼 생긴 탈것 위로 사람들이 끊임없이 올라타고 있었다. 한 차량의 창가 쪽에 아버지가 앉아 계셨다. 나는 아버지가 계신 창 아래로 가서 손바닥으로 창문을 두들기며 아버지를 불렀다.

"아버지, 아버지."

나를 발견한 아버지가 창문을 열었다.

"아버지, 어디 가요? 어디 가세요?"

"아빠는 이제 집으로 돌아가."

"집이라뇨? 집에 갈 거면 나랑 같이 가야죠. 우리 집은 노량진에 있잖아요."

"내 집은 내 세상에 있어."

"아버지, 나도 가요. 나도 아버지 세상으로 데려가요."

아버지는 씨익 웃으며 말했다.

"때가 되면 다시 만나 같이 또 산책하자. 볕 좋은 날이면 함께 걷자."

기차 같기도 하고 전철 같기도 한 그것이 연기를 뿜으며 덜컹거리기 시작했다. 출발이 임박한 듯했다.

"그때까지 난 어떻게 살아요? 혼자 어떻게 살아요?"

"세상은 혼자 살 수 없어. 그러니까 함께 살아."

"말이 쉽죠. 어떻게 함께 살아요? 아무도 나에게 관심을 갖지 않는데, 누구랑 함께 살아요? 애인은커녕 친구도 없는데?"

"하지만 너에게는……."

"저에게는 뭐요? 저는 오늘이 괴로워요. 내일은 두려워요. 당장 공익 끝나면 무얼 해야 할지 알지도 못하고, 갈 데도 없고, 오라는 데도 없는 미래가 없는 인간이라고요. 그러니 어쩌란 말이에요? 졸지에 아버지를 잃고, 희망을 버리고, 내일이 없고, 살아갈 자신도 없는 나에게 필요한 건 이미 들어본 잔소리나 추상적인 궤변이 아니라 실질적인 도움이나 처방이라고요."

"아, 그 새끼 진짜 말 많네. 누굴 닮아서 이리 말이 많은 거야? 대체."

엥? 아버지가 나에게 욕을 했다. 우리 아버지는 욕은커녕

화 한번 안 내는 분인데 이게 어찌 된 일인가? 아무리 꿈속이지만 너무 비현실적이다 싶어 의아한 표정으로 아버지를 올려다보는데…….

"잠시만 입 다물고 들어 봐. 내가 지금 마지막으로 한마디 하고 떠나려 하잖아. 유언을 미처 못 하고 급하게 갔으니까 이렇게 현몽해서 나타난 거 아냐? 유언 남기려고! 그런데 왜 말을 툭툭 끊냐고, 톡톡 가로채냐고!"

"안 그럴게요…… 하세요. 유언."

갑자기 성을 내시는 아버지의 기에 눌린 데다가, 그렇지 않아도 말없이 떠난 아버지를 그리워했던 차에 유언을 남기신다니 잘 새겨들어야겠다는 생각이 들었다.

"너는 자꾸 네가 뭐가 없다, 뭐가 없다 하는데 그래도 너한테는 나에게는 없는 중요한 것이 있어."

"그게 뭐예요, 아버지?"

"오늘 하루."

"중요한 거라면서…… 고작 하루요?"라고 말하려다가 토 달지 말라는 아버지의 역정이 생각나서 멈췄다.

"분명한 건 너한테 하루가 있다는 사실이야. 내일? 내년? 그건 있을지 없을지 아무도 몰라. 아빠 봤지? '잠깐 다녀올 게' 하고 나갔다가 영영 돌아오지 못하는 거. 아들아, 슬픈 날, 힘든 날, 고통스럽거나 희망이 보이지 않는 날에는 여러 생각 말고 오늘 하루에만 집중해. 딱 하루 동안만 오늘을 마지막 날인 것처럼 잘살아 보겠다고 스스로를 다독여. 술이나 담배를 끊고 싶다면 여러 생각 말고 오늘 하루만 끊어봐. 살빼고 싶으면 오늘 하루만 폭식을 참고 다이어트와 운동을 해봐. 다시는 못 볼 것처럼 사람을 대하고, 스스로를 대해봐. 마지막인 것처럼 하늘을 바라보고, 최후의 바람을 맞으며 심호흡을 해봐. 신에게 내일까지 보장해 달라고 매달리지 마. 내일은 내일 살면 돼. 오늘은 오늘을 살아."

"그렇게 하면 제 처지가 달라질까요?"

"네가 달라질 거야. 네가 달라지면 네 세상이 달라져."

"아버지, 이 세상에서 기왕 사는 거 행복하게 살고 싶어요. 하지만 행복이 너무나 멀게 느껴져요. 행복은 내 것이 아닌 것 같아요."

"행복은 공기 같은 거란다. 어딘가에 있는 게 아니라 어디에든 있는 거야. 다만 오늘 마신 공기로 내일 숨을 쉬지 못하는 것처럼 행복은 소유하거나 저장할 수 없단다. 오로지 지금, 이 순간만 느끼고 누릴 수 있단다. 그러니 아들아, 오늘의 행복을 내일 찾지 말아라. 하루의 행복은 지금 네 앞에 있는 거란다."

아버지를 태운 기차인지 전철인지 모를 그것이 움직이는

가 싶더니 금세 시야에서 멀어졌다. 그것이 떠난 자리가 물결처럼 일렁이더니 주위가 구겨지며 빛은 굴절되고, 사방이 무너져 내렸다. 세상을 감싸고 있던 껍질이 벗겨지고, 알이 깨지는 것 같기도 했다. 혼란이 사라지고 정적이 찾아오자 넓은 시야에 푸르고 넓은 하늘과 그 위로 떠가는 하얀 구름이 보였다. 햇살이 비처럼 쏟아져 내려와 나를 따스하게 안아주었다. 햇살 속에서 나도 반짝거렸다.

'행복은 갖는 게 아니라 누리는 것'이라는 아버지의 마지막 말은 시냇물처럼 흐르며 내 몸속으로 스며들었다가 이내 땀처럼 배어 나와 허공을 나비처럼 맴돌다가 하늘 위로 날아가 버렸다. 나는 고개를 들고 심호흡을 한 후, 힘을 모아 하늘을 향해 외쳤다.

"아버지, 감사해요. 사랑해요. 우리 이다음에 다시 만나 또 함께 걸어요."

20년 후, 그들의 하루

20년 후, 그들의 하루

그날로부터 20년이 지났다. 그들이 살았던 그날이 2008년 어느 봄날이었으니까 이제는 2027년쯤 되겠다. 나고단, 이보출, 박대수 그리고 독자는 오늘을 한탄하며 내일을 걱정했지만, 내일은 결코 오지 않았다. 하루가 지나면 또다시 오늘이 시작되었고, 내일은 하루만큼 뒤로 물러섰다. 내일은 오늘의 그림자일 뿐이었다. 혹자는 "하루가 지나 세월이 흘러갔다"라고 말하겠지만, 세월은 강처럼 흐르지 않았다. 사람이 살아낸 하루는 그 사람 삶 속에 차곡차곡 산처럼 쌓여갔다. 저마다 어떤 산을 쌓았는지 20년 후, 그들의 하루를 들여다보자.

서해안 갯벌의 드라마 세트장에서는 사극 〈그 많던 양반들은 임진왜란 때 다 어디를 갔나?〉의 촬영이 한창이다. OTT라는 인터넷 기반의 플랫폼이 방송국을 대체하면서 한국은 전 세계 시청자들을 대상으로 드라마를 만들기 시작했고, 규모도 시스템도 발전하고 변화했다. 하지만 보조출연자들이 가족처럼 한 팀을 꾸려 움직이는 시스템은 변하지 않았다. 나름 경제적이고 효율적이니 변하지 않았을 것이다.

"조선군은 해안 진지에서 대기하고, 왜군은 갯벌을 건너 저 멀리 보이는 배에 승선한다. 실시!"

보조출연자들을 지휘하는 이 반장의 걸걸한 목소리가 바닷바람을 가르자, 왜군들이 온통 진흙으로 뒤덮인 갯벌을 건너 바다와 맞닿은 펄 끄트머리에 걸쳐 있는 배를 향해 이동하며 투덜거린다.

"아우, 재수 없어. 어쩌다 왜군이 돼 가지고."

"죽었다고 복창해야지, 뭐. 이거, 한 30번은 왔다 갔다 해야 오케이 날걸?"

"조선군들은 좋겠다. 양지에서 널브러져 온종일 쉬겠네."

대오를 이탈한 살찐 중년의 조선군 한 명이 백발의 사내에게 슬며시 다가선다.

"저기…… 반장님."

돌아보는 백발의 사내, 20년 후의 이보출 씨다.

"왜?"

"저기 반장님, 오늘 이 장면만 세팅해 놓고 아드님 결혼식 때문에 먼저 서울 올라가신다면서유? 그래서 뵐 시간이 없을 것 같아서……."

살찐 조선군이 하얀 봉투를 내밀며 말을 잇는다.

"이 반장님, 아드님 결혼 축하드려유."

"아유, 뭐 이런 걸 다. 일단 고맙고, 얼른 조선군 진지로 가서 위치 잡아."

살찐 조선군이 안 가고 버티며 다음 말을 잇는다.

"저기유, 이 반장님. 다음 달부터 넷플릭스에서 제작하는 시즌 12탄까지 가는 대하 사극 〈절대 끝나지 않은 이야기〉 촬영 시작하신다면서유."

"그거 비밀인데, 어떻게 알았어?"

"저기 반장님, 저를 반장님의 팀원으로 뽑아주시면 존경하는 반장님의 손발이 되어 열심히 일할게유."

"야, 항아리! 너 빨리 안 가?"

항아리가 쫓겨 가며 필사적으로 하소연한다.

"저희 노모가 풍치 앓다가 이가 다 빠져버리셔서, 아무것도 못 씹으시거든유. 임플란트 해드려야 하는데 모아놓은 돈이 없어서유. 〈절대 끝나지 않은 이야기〉에 저를 반장님 팀으로 뽑아주신다면……."

"알았으니까 빨리 가! 뛰어!"

"지지직. 이 반장님, 저 감독인데요. 배 위에 카메라 세팅 끝났으니까 조선군들 빨리 준비시켜 주세요."

이 반장의 무전기에서 감독의 목소리가 흘러나온다.

이 반장이 확성기에 대고 소리를 지른다.

"왜군들! 다 승선했으면 그 자리에 앉아서 휴식한다. 실시."

어리둥절한 왜군들이 배 위에서 자리를 잡고 앉자, 이 반장은 확성기를 돌려 해안가 진지에 삼삼오오 널브러져 쉬고 있는 조선군들을 향해 호통을 친다.

"조선군! 빨리 안 일어나? 누가 널브러져 있으라고 했어!"

당황한 조선군들이 '왜 저러지?' 하는 표정으로 주섬주섬 일어난다.

"잘 들어라. 오늘 촬영 내용을 설명해 주겠다. 지금부터 촬영할 장면은 해안 상륙에 실패한 왜군들이 배를 타고 떠나려는데, 의기충천한 조선군들이 갯벌을 건너 왜군의 배에 기어올라가 퇴각하는 적을 섬멸하는 것이다."

망연자실한 조선군들의 입이 벌어진다.

"감독님이 레디, 액션 하면 커다란 함성과 함께 조선군들은 전력을 다해 펄 건너에 있는 배를 향해 질주하는 거야. 그리고 배에 닿으면 감독님이 컷 할 때까지 멈추지 말고 배 위로 기어오르란 말이야. 알았지? 요령 피우거나 늦게 뛰는 사람들은 알아서 해! 지지직. 감독님, 준비 다 됐습니다."

"레디— 액션!"

같은 시각.

인천의 국제공항 입국장 문이 열리고 키가 작고 피부가 까무잡잡한 노신사 한 명이 걸어 나온다. 기다리던 김 부장이 얼른 다가가 키 작은 노신사에게 90도로 인사를 한다.

"나고단 선상님 맞으시죠이?"

"누구……?"

"김후덕이라고 합니다요이. 대수 행님 고향 후배입니다요. 대수 행님이 식장서 준비헐 것이 많으셔가지고, 지한테 나 선상님을 공항서 실어 오라고, 아니 모셔 오라고 하셔가지고 말입니다요. 가시지요이. 제가 편안히 모시겠습니다."

"봉봉이는 건강한가요?"

노신사가 된 나고단 씨가 역시 머리가 희끗희끗해진 김 부장에게 묻는다.

"아따, 건강하다 뿐입니까요. 쌩쌩허니 날라댕깁니다요. 긍께 결혼도 하는 것이지요이."

머리는 희끗희끗해졌는데 말투는 하나도 안 변한 김 부장의 목소리가 점점 커진다.

"저기…… 그리고…… 제가 부탁드린 건……."

나고단 씨가 김 부장에게 은밀하게 묻는다.

"주례헐 때 입으실 양복허고 구두 말입니까요? 아따, 당연히 준비해 놓았지요이."

김 부장이 못 미더운지 나고단 씨가 재차 확인한다.

"구두를…… 조금 특별한 걸로 준비해 달라고 봉봉이 아버지한테 말씀을 드려놨었는데……. 캄보디아엔 그런 구두가 없어서……."

"아따, 그것 역시 준비가 완료되었습니다."

두 사람이 발걸음을 떼는데, 나고단 씨를 알아본 몇몇 여대생들이 앞을 가로막는다.

"저기요……. 혹시 《멀리서는 안 보여요》의 저자, 나고단 선생님 아니세요?"

"어머 어머, 맞네. 맞죠, 나 선생님. 엄마, 나 어쩌면 좋아."

여대생들이 나고단 씨와 사진을 찍고 사인을 받는 등 호들갑을 떤다.

"저 베스트셀러 《멀리서는 안 보여요》를 읽고 정말 감동받았어요."

"저희도 지금 봉사 가는 길이에요. 잠비아에 우물 파주러요."

"한 발짝 더 다가서야 보인다는 선생님의 말씀이 제 좌우명이 됐어요."

"제 남친은 선생님의 책을 읽고 인생이 변했어요. 특히 사나이 가는 길에 작은 키가 단 한 번도 부끄럽지 않았다는 말씀에 용기를 얻었어요. 제 남친 키가 저보다 훨씬 작거든요."

나고단 씨를 알아본 사람들이 몰려들어 더러는 사인을

받고 더러는 악수를 청하는 사이에 김 부장의 핸드폰이 울린다.

"여보시오. 어, 오 부장. 나? 공항이지. 나고단 선상님 마중 나왔지. 말도 마라. 나고단 선상님 알아보고 싸인들 받느라 시방 난리가 났다. 참, 오 부장, 너 나고단 선상님, 주례할 때 입으실 양복허고 구두 잘 챙겼지? 키높이 깔창은 몇 센티로 했냐? 뭐? 7센티? 나가 10센티 넘는 걸로 준비하라고 했잖냐. 나고단 선상님이 특별히 부탁하신 거란 말이여……. 7센티면 신어도 티가 안 난다고 하셨단 말이여."

언제나 늘 그래왔듯, 통화 시간에 정비례하여 목소리가 점증적으로 커지는 김 부장이 급기야 전화기에 대고 화를 낸다.

"151이나 158이나 그게 그거잖냐. 한 10센티는 높여야 160센티라도 간신히 넘어가니께, 특별히 나고단 선상님이 부탁하신 것인디. 뭐? 하이힐 신기면 안 되냐고? 야, 이 답답한 인간아. 캄보디아에서 우물 파시느라 발이 퉁퉁 부으셨을 것인디 어뜨게 여자 구두를 신기냐? 하여튼 나고단 선상님 식장 도착허실 때까지 키높이 깔창 10센티 넘는 걸로 확실허게 준비해 놔. 직접 자로 재서 10센티 안 넘으믄 알아서 혀. 나고단 선생님이 캄보디아에서 줌 회의하면서 직접 여러 번 강조하신 사안이여."

전화를 끊은 김 부장이 둘러보니, 나고단 씨를 에워싼 인파들 모두 얼음이 되어 김 부장을 쳐다보고 있다.

귀밑까지 빨개진 나고단 씨가 김 부장을 째려보다가 한마디 한다.

"빨리 갑시다."

서울의 한 결혼식장.

즐비하게 늘어선 화환들 옆으로 신부 박봉봉 양의 아버지인 박대수 씨와 박대수 씨의 부인 엄 여사가 하객들을 맞이하고 있다.

그 맞은편으로 훤칠한 키에 잘생긴 신랑 이태평 군과 그의 아버지 이보출 씨가 하객들을 맞이하고 있다. 줄지어 선 하객 중에 낯익은 얼굴이 보인다.

"어이구, 홍 여사. 우리 대배우 홍아름 여사가 와주셨네. 고마워요, 홍 여사."

이보출 씨가 아직도 아름다운 홍아름 씨를 반긴다.

"아드님 결혼 축하드려요, 이 반장님. 신랑이 칸 영화제 가는 바람에 혼자 왔어요."

"야…… 버벅이가 또 상 받으려나 보구나. 이번에 또 받으면 벌써 칸에서만 세 번째 받는 거네. 대배우다워요. 난 버벅이 신인 때부터 이렇게 대성할 줄 알았지."

이보출 씨가 자기 일처럼 기뻐한다. 홍아름 여사가 입장하자, 사회자의 안내 멘트가 흘러나온다.

"잠시 후, 신랑 이태평 군과 신부 박봉봉 양의 성스러운 결혼식이 거행될 예정이오니, 하객 여러분들께서는 자리에 앉아주시기 바랍니다."

박대수 씨와 이보출 씨와 모든 하객이 자리를 잡고 난 후, 사회자가 주례를 소개한다.

"신랑 이태평 군과 신부 박봉봉 양의 성스러운 결혼식의 주례를 맡아주실 나고단 선생님을 소개하겠습니다. 베스트셀러 작가이자 자원봉사자인 나 선생님은 지난 20년간 캄보디아의 목마른 사람들을 위해 500개의 우물을 파신 분으로, 봉사의 근본이자 선행의 표본이 되는 분이십니다. 주례사를 들으시고 감동을 하신 분들은 나가시면서 나고단 선생님의 저서 《멀리서는 안 보여요》를 구입하실 수 있습니다. 정가 2만 원인 책을 오늘 특별히 축하하는 의미에서 1만 8천 원에 드리도록 하겠습니다."

우레와 같은 박수를 받으며 주례석에 등장한 나고단 선생이 천사처럼 아리따운 신부 박봉봉 양과 멋지고 듬직한 신랑 이태평이를 앞에 두고 주례사를 시작한다.

"나고단입니다. 신랑 이태평 군, 그리고 신부 박봉봉 양. 이 자리에 오신 하객 여러분, 그리고 전 세계에 계신 저의 독자 여러분! 밥은 먹는다고 하고, 잠은 잔다고 하고, 꿈은 꾼다고

합니다. 근데 왜 사랑은 그냥 '한다'고 하는지 아시나요? 왜 냐하면 사랑은 그냥 하는 것이기 때문이에요. 그렇습니다. 사랑이라는 두 글자는 한없이 커서 그 안에 밥도 잠도 꿈도, 모두 들어 있습니다. 사랑을 한다는 건 밥을 먹고, 잠을 자고, 꿈을 꾸고, 누군가가 흘려놓은 밤하늘 은하수를 바라보고, 눈부신 햇살을 느끼고, 불쌍히 여기고, 품어 주고, 함께 울어 주고, 오래 참으며 기다리고, 위로하며 눈물을 닦아주고, 손 잡으며 함께 기뻐하고, 허리 굽혀 힘껏 안아 주고, 더 힘껏 온 힘을 다해 안아 주는…… 살면서 우리가 서로에게 베푸는 이 모든 것들입니다.

사랑은 내일이나 모레 할 거라고 얘기하거나 계획하는 게 아니라 오늘 하루 동안 상대방을 위해 할 수 있는 일을 하는 것입니다. 그래서 사랑은 먹거나, 자거나, 꾸는 게 아니라 그 냥 한다고 하는 것입니다. 사랑을 하면 겨자씨가 무성하게 자라듯, 사랑이 눈더미처럼 불어납니다. 그걸 어떻게 아냐고 요? 제가 살아온 삶이 거울처럼 보여줍니다.

과거에 저는 너무나 가난했고 삶은 고단했습니다. 배고픈 건 참을 수 있지만 외로운 건 참기 어려웠습니다. 세상에 나 혼자만 남았다고 생각했죠. 거짓말이라도 좋으니, 누가 딱 한 번만 만나서 반갑다고 얘기해 주면 좋겠다고 생각했습니 다. 그러나 아무도 반가워하지 않았습니다. 그래서 나는 하

293

지 말아야 할 결심을 했습니다. 스스로 삶을 등지기로 한 그 날 밤 저는……."

    20년 전 그날 저녁, 쏟아지는 비를 고스란히 맞으며 언덕을 내려온 나고단 씨는 추위와 허기에 덜덜 떨다가, 가까스로 식당을 찾아가 이보출 씨가 건넨 5천 원으로 순대국밥을 한 그릇 시켜 먹었다. 그날 하루 종일 아무것도 먹은 것이 없어 배가 몹시 고팠기에 허겁지겁 그릇을 비웠다. 그 모습을 본 주인 할머니는 밥이 남았다며 공깃밥을 한 개 더 주셨고, 고단 씨는 밥 두 공기를 순댓국에 말아 먹었다. 그는 순대국밥을 먹는 내내 이렇게 맛있는 식사를 한 번 더 하고 싶다고 생각했다. 한 번 더 하려면 하루를 더 살아야 했다. 그래서 그는 하루만 더 살기로 마음을 먹었다.

    그날 밤, 고단 씨는 여의나루역 지하도에서 밤을 보냈고, 다음 날 아침이 되었다. 아침이 되자 생각이 달라졌다. 순대국밥을 또 먹기보다는 다른 음식을 먹고 싶어진 것이다. 빈털터리 신세라 돈 주고 사 먹을 수는 없으니 밥퍼에 갈까도 생각해 보았지만, 혹시라도 김옥희와 또 조우할까 싶어 그곳은 피하기로 했다. 그래서 그는 노숙자들에게 무료 배식을 해주는 샬롬 교회라는 천막 식당을 찾아갔다. 시래기 된장국에 콩나물과 계란찜 그리고 밥이 전부였다. 메뉴가 성에 차지는 않았지만 그래도 배불리 먹을 수 있어서 기분이 좋아졌다. 밥을 먹고 있는데 벽에 붙은 표어가 나고단 씨의 눈에 띄었다.

"부자도 나누지 못하면 거지고, 거지도 나눌 수 있으면 부자다."

거지도 나누면 부자라는데, 평생 남한테 뭘 나눠줘 본 적이 있던가……. 나고단 씨는 밥을 먹는 내내 나눠준 것을 떠올리려 했으나 생각이 나지 않았다.

밥을 배불리 먹은 그는 육교 위를 걸으며 전날 하려다 미룬 일, 이른바 스스로 목숨을 끊는 일을 해치우자는 생각을 했다. 그런데 그에게 기이한 일이 벌어졌다. 기왕 세상을 떠나는 마당에 무엇 한 가지라도 가진 걸 나누고 싶다는 생각이 든 것이다. 가고자 하는 사람에게 나누고자 하는 마음이 생기다니, 이것은 기적이었다. 사람들은 로또에 당첨되는 걸 기적이라 생각할지 모르지만 그런 건 기적이 아니다. 그냥 재수가 좋은 것일 뿐이다. 진짜 기적은 신문에 나지 않는다. 커다란 북을 치며 요란하게 등장하지도 않는다. 기적은 아주 작은 것에서부터 시작한다. 너무 작아서 자신도 느낄 수 없을 만큼 미세한 변화로부터 시작된다.

나고단 씨는 무엇을 나눌지 생각해 보았다. 그런데 가진 것이 아무것도 없는 그에게는 나눠줄 수 있는 것도 없었다.

바람을 맞으며 육교 끄트머리에 도달한 나고단 씨는 혼잣말
처럼 중얼거렸다.

"그럴 줄 알았어. 역시 나는 이 세상에서 쓸모가 전혀 없는
인간에 불과했어."

육교 계단을 내려가려는 순간, 누군가 나고단 씨의 팔을
잡았다. 빨간 조끼를 입고 빨간 모자를 쓴 헌혈자 모집 요원
이었다.

"선생님, 헌혈로 필요한 누군가에게 선생님의 사랑을 나눠
주세요."

"나눠줘?"

나고단 씨는 자신에게도 이 세상과 나눌 수 있는 게 아직
남아 있다는 생각에 기꺼이 헌혈을 하기로 했다. "어차피 가
면 쓸데도 없을 거, 마음껏 나눠주고 가자"라는 심정으로 헌
혈 버스에 올라탄 나고단 씨는 먼저 채혈을 했다. 피가 깨끗
한지 검사 결과를 기다리면서 나고단 씨는 마치 당락 결과를
기다리는 취준생처럼 마음이 조마조마해졌다. 이것마저 떨
어질까 봐…… 노숙자의 피는 더러워서 안 받는다고 할까 봐
두려웠다.

흰 가운을 걸친 채혈사가 큰 소리로 나고단 씨를 불렀다.

"나고단 씨!"

"왜요? 저 술 안 먹어요! 담배도 안 피고!"

지레 겁먹은 나고단 씨가 항의하듯 말했다.

"그게 아니라요. 선생님 혈액형이요. 아주 희귀해요."

"O형 아니었어요?"

"O형은 O형인데요, 돌연 변종인 봄베이 O형이에요."

"내가요? 그게 뭔데요?"

그날 이후 하루, 이틀, 일 년, 그 후로도 오랫동안 하루하루를 더 살면서 나고단 씨는 깨달았다. 이 세상에 쓸모없는 인간은 단 한 명도 없었다. 인간은 모두가 실타래처럼 얽히고 설켜 있었던 것이다. 한 줄만 끊어져도 풀려버리는 실타래처럼 모두가 똑같이 소중했다. 다만 그 사실을 자꾸 잊어버리기 때문에, 서로 거듭 알려 줘야만 했다. 우리가 얼마나 소중한 존재인지, 살아있는 자가 얼마나 용기 있는 자인지. 결국 부대끼며, 의지하고, 부둥켜안고, 위로하며 끝까지 살아야 하기에 우리는 서로가 필요했다. 휴식은 할 수 있지만 중단해서는 안 되는 것, 그것이 인간의 삶이기에.

그들의 하루

발행일 | 2024년 11월 20일 개정판 1쇄
　　　　　 2024년 11월 27일 개정판 2쇄
지은이 | 차인표
펴낸이 | 장영훈
펴낸곳 | (주)이츠북스
편집 | 고은경, 박새영
마케팅 | 남선희, 김영경
디자인 | 디자인글앤그림
일러스트 | 성준호, 한소영

출판등록 | 2015년 4월 2일 제2021-000111호
주소 | 서울특별시 강서구 화곡로 416, 1715~1720호
대표전화 | 02-6951-4603
팩스 | 02-3143-2743
이메일 | 4un0-pub@naver.com

홈페이지 | www.4un0-pub.co.kr
SNS 주소 | 페이스북 www.facebook.com/saungonggam
　　　　　　 인스타그램 www.instagram.com/saungonggam_pub
　　　　　　 블로그 blog.naver.com/4un0-pub

ISBN | 979-11-988388-4-1 (03810)

사유와공감은 (주)이츠북스의 출판 브랜드입니다.

사유와공감은 독자 여러분의 책에 관한 아이디어와 원고 투고를 기쁜 마음으로 기다리고 있습니다. 책 출간 아이디어가 있으신 분은 이메일 **4un0-pub@naver.com** 또는 사유와공감 홈페이지 '작품 투고'란으로 간단한 개요와 취지, 연락처 등을 보내 주세요. 여러분을 언제나 응원합니다. ♡